LEONA

LEONA

CELIA DEL PALACIO

SUMA
de letras

D.R. © Celia del Palacio, 2010

D.R. de esta edición:

Santillana Ediciones Generales, SA de CV
Av. Universidad 767, col. de Valle
CP 03100, teléfono 54 20 75 30
www.sumadeletras.com.mx

Diseño de cubierta: Víctor Ortiz Pelayo
Composición tipográfica: Fernando Ruiz
Corrección: Yazmín Rosas
Lectura de pruebas: Antonio Ramos y Lilia Granados
Cuidado de la edición: Jorge Solís Arenazas

Primera edición: abril de 2010

ISBN: 978-607-11-0499-1

Impreso en México

*Para cuatro mujeres que me permitieron
conocer, apreciar y disfrutar la historia de
Leona y su tiempo.
Ellas, con enorme valentía, han enfrentado
los retos de la maternidad, de la vida
profesional y del cumplimiento del deber
en una época tal vez menos heroica, pero
mucho más compleja.
Laura Lara
Anna Staples
Virginia Guedea
Guadalupe Jiménez Codinach*

Así como para Alberto, mi Andrés Quintana Roo.

1

Las campanadas del reloj de porcelana anunciaron la hora de la comida en la enorme casa de la calle de Don Juan Manuel.

La imagen de una muchacha que no llegaba a los veinte años se reflejaba en el enorme espejo, en cuyo marco, cubierto de mil pequeños espejos ovalados, también se multiplicaba su rostro. Una mano regordeta de uñas rosadas daba los últimos toques al peinado, acomodando algunos rebeldes cabellos color miel que insistían en escapar del recogido en lo alto de la cabeza. La otra mano insertaba flores blancas con botoncillos de cristal en los pliegues del peinado. El arco decidido de las cejas y un ligerísimo prognatismo le daban a la muchacha un aire que contrastaba con la expresión pícara de los ojos y las mejillas casi infantiles. El espejo dejaba ver el torso exuberante bajo un escotado vestido de raso azul celeste, así como los zarcillos de oro que sobresalían de los anchos rizos color miel. Aparentemente satisfecha con su aspecto, la joven sonrió y sus labios llenos se entreabrieron para mostrar los dientes blancos que no necesitaban tinte alguno. De tanto mirarse, los ojos de la joven se perdieron en el trasfondo de su propia imagen.

A su espalda se alcanzaban a ver los muros de la sala e incluso el cielo raso pintados con escenas de su libro favorito: *Las aventuras de Telémaco*; los canapés forrados de seda rosa, el baúl de lináloe, los candelabros de cristal azul turquí, las bombas de cristal blanco con sus cadenillas para colgar que daban luz a la habitación, así como los muebles empotrados y pintados al óleo. La casa no había quedado nada mal después de tantos meses de minucioso arreglo.

La regresaron de su ensoñación las voces de sus dos damas de compañía:

—Leona, ya es hora de comer. Tu tío ya te mandó llamar y no tarda en subir —dijo Mariana.

—Es tardísimo —exclamó Francisca.

Leona bajó las escaleras y cruzó el patio interior con pasos rápidos. A la muerte de su madre había comprado esa enorme finca en una de las mejores calles de la Ciudad de México para vivir junto a la familia de su tío don Agustín Pomposo Fernández de San Salvador y, al mismo tiempo, conservar cierta independencia. Ella tomó para sí la mayor parte de la casa, mientras que las habitaciones de la familia de don Agustín ocupaban la parte restante; los bajos servían para acoger el bufete del abogado y el resto se rentaba a pequeños almacenes, como era la costumbre.

La joven huérfana logró salir del doloroso duelo pensando en las remodelaciones y adaptaciones que había que hacerle al caserón para que quedaran dos casas contiguas e independientes: construyó una nueva cocina; en la bodega de la planta baja hizo una cochera donde cupieran sus dos elegantes carruajes; se vio obligada a mandar a hacer nuevos muebles porque su madre, doña Camila, en su lecho de muerte le prohibió que usara los suyos por temor a contagiarla de la fiebre que padecía. Y con ayuda de su tío y albacea, el abogado Fernández de San Salvador, vendió la casa donde había vivido desde niña en la calle del Ángel, así como la casa de campo en San Agustín de las Cuevas. Los trabajos le tomaron casi un año y por esos días, Leona los consideraba terminados.

¡Cómo había cambiado todo! Más tarde o más temprano, llega un momento en la vida en el que el destino parece definirse y el pasado se presenta como un mero ensayo, una preparación para aquello que habrá de venir. Cada acto insignificante, cada palabra irreflexiva, aquel pensamiento de una tarde de la infancia, ese deseo insensato de la primera juventud, todo parece conducir a un solo día: el día que marcará el futuro de manera irrevocable. Para Leona ese día fue el 9 de septiembre de 1807, el día de la muerte de su madre.

A partir de entonces, los acontecimientos se fueron precipitando, sobreponiéndose unos a otros con la velocidad de una centella. A los dieciocho años, la joven María Leona Soledad Camila Vicario Fernández de San Salvador se había convertido en una heredera rica, que vivía de manera independiente, sin más familia que la de su tío. Tenía dos medias hermanas que por fortuna no frecuentaba: doña María Luisa, que había recibido su herencia en vida al desposarse con el marqués de Vivanco, y doña María Brígida, que había profesado en el convento de Santa Teresa en Valladolid, España.

Pocos días antes de morir, doña Camila había logrado que don Octaviano Obregón, joven agraciado y de enorme fortuna, firmara las capitulaciones matrimoniales para desposar a Leona. Y ella no tenía objeción; le agradaban Octaviano y su familia. Le gustaban las ideas autonomistas de su padre el coronel, así como la alegría y espíritu ligero de su cuñada. Los tres jóvenes compartieron muchos días en despreocupada charla, improvisando melodías en el pianoforte recién traído de Europa especialmente para la familia Obregón. ¡Cuántas tardes transcurrieron mientras Octaviano les leía en voz alta los poemas publicados en el *Diario de México* y Leona pintaba un retrato de su cuñada junto a la ventana de la sala! ¡Cuántos saraos! ¡Cuántas jamaicas en San Ángel! ¡Cuántos domingos luminosos en que los tres muchachos pasearon en el lujoso carruaje de los Obregón por Bucareli después de comprar granizados de sabor!

La muchacha entró al comedor de su tío detrás de las parsimoniosas sirvientas que llevaban los instrumentos necesarios a la enorme mesa de cedro cubierta por un mantel que, de puro blanco, lastimaba la vista. En el centro de la mesa estaban ya las dos jarras de pulque, los cubiertos y las servilletas de Holanda, los vasos de vidrio pintado, los platos de loza de Puebla y los soportes de hierro para poner sobre ellos los platillos calientes, en cuanto los comensales ocuparan sus lugares.

Su tío no había subido aún, pero Manuel, joven estudiante de diecisiete años, primo y confidente de Leona, estaba ya en el comedor y silbaba por lo bajo una tonadilla pegajosa. Pensando que nadie lo miraba, se sirvió una copa de jerez de la licorera de cristal cortado que descansaba en una mesita rinconera y luego se asomó a la ventana, perdiendo sus ojos castaños en el cielo límpido de octubre en busca de alguna nube. Al volverse, se encontró frente a frente con Leona. El muchacho no pudo reprimir un piropo.

—¡Se me hace tan poco azul para tan hermoso cielo...!

—Déjate de bromas —le dijo ella cariñosamente. Al verse sola con su primo favorito, lo condujo del brazo hasta la ventana—. Pasó algo horrible, Manuel. Acabo de enterarme...

Antes de que pudiera contar nada, entró al comedor la abuela de ambos, doña Isabel Montiel, seguida de una mujer entrada en años, con el rostro cetrino y huraño: era su tía Juana Agustina María de la Luz, una solterona que vivía para complacer a su madre.

Los dos muchachos se acercaron a besar la mano de doña Isabel y ante la inminente llegada del resto de la familia, se resignaron a continuar su conversación en otro momento. Pronto, todos los lugares alrededor de la mesa estaban ocupados. El patriarca de la familia, don Agustín, estaba en la cabecera; a su diestra estaba doña Isabel, una anciana que sin duda había sido muy bella en otros tiempos y que conservaba el donaire y la majestad, a pesar de los achaques de la vejez; doña Luz, a quien todos llamaban por su último nombre, ocupaba la silla del lado izquierdo; en el resto de las sillas estaban los hijos de don Agustín Pomposo, desde el apuesto Manuel, seguido por cuatro niñas entre los ocho y los quince años, hasta el más pequeño de siete, quienes se habían quedado huérfanos de madre desde los primeros años del siglo. Leona no siempre compartía la mesa con la familia, pero cuando lo hacía, tenía un lugar reservado en la cabecera opuesta.

Un silencio absoluto se apoderó del comedor en el largo tiempo que les tomó a las sirvientas traer las cacerolas de loza, los lebrillos de porcelana, las fuentes de plata que despedían los más exquisitos aromas en medio de un humillo apetitoso. Nadie se hubiera atrevido a interrumpir ese silencio casi ritual que el patriarca imponía con su presencia. Ni un susurro, ni un suspiro hasta que las sirvientas salieran del comedor. Y luego siguieron las oraciones encabezadas por la abuela: un padre nuestro, dos aves Marías y un alabado en signo de gratitud por esos alimentos que no todos podían tener en su mesa. Doña Isabel, con su voz cascada y algo ronca, pedía finalmente por las almas de los difuntos iniciando con su amado esposo y sus dos hijos muertos, siendo uno de ellos la madre de Leona; seguía implorando por los huérfanos, por las viudas, por el virrey don Pedro de Garibay y por la vida de nuestro bien amado soberano don Fernando VII, caído en desgracia a manos de los franceses impíos. Todos de inmediato respondían con la cabeza gacha: "te rogamos señor". Todos, menos Leona.

Doña Luz sirvió la riñonada de ternera en los platos que le fueron acercando. La solterona no perdía la concentración y apretaba la boca, haciendo temblar los pelillos que crecían en su labio superior. Uno de los pequeños se rehusó a comer aquello, hasta que don Agustín le clavó la mirada verde y dura y sin miramientos le dijo:

—Se come lo que hay en la mesa. Y si eso no es del agrado del señor, haga el favor de retirarse de inmediato a su habitación.

El niño aceptó el plato bajando la cabeza.

El abogado de la Audiencia, dos veces rector de la Pontificia Universidad de México, era un hombre alto, de tez blanca y barba cerrada. Había heredado los ojos verdes de su padre peninsular y la tozudez de su madre nativa de América. El cuerpo recio y la constitución de fierro le habían permitido soportar las largas horas de trabajo como aprendiz en los comercios de Porta Coeli, a donde había tenido que ir a pedir trabajo desde los trece años para mantener a su madre viuda y a sus hermanos menores. Luego, la boda de su hermana Camila con el rico comerciante don Gaspar Martín Vicario significó un pequeño respiro para don Agustín, quien pudo estudiar para convertirse en abogado. Finalmente la dote de su mujer, una criolla acomodada, le permitió dar estudios y posición al resto de sus hermanos. Su vida había sido de esfuerzo continuo, de privaciones y logros alcanzados de la manera más penosa en aras del honor.

—No hay que olvidar —decía frecuentemente a su familia— que el mundo es de los audaces, quienes sin rebelarse a los altos designios de la providencia logran imponer sus deseos con perseverancia y voluntad. Pero eso sí, ante todo, queridos míos, está el honor. Nunca hay que perder el honor. El que pierde el honor lo pierde todo.

Mientras que con su mano nervuda y cubierta de vello rubio tomaba la jarra de pulque, llenando los vasos de cada uno de los miembros de la familia, repetía el consabido discurso. De súbito, interpeló a su sobrina y ahijada:

—Vi que no estás dispuesta a rogar ¿...por el eterno descanso de nuestros muertos? ¿...o es por la vida y salud de nuestro señor virrey? ¿Tal vez por la de nuestro amadísimo Fernando?

Leona frunció el ceño. El señalamiento llegaba justo cuando ella limpiaba el plato con un trocito de pan. La abuela y la tía suspiraron mirando hacia el techo de miriñaque pintado, pues no era la primera vez que esas escenas se representaban a la hora de la comida en la familia Fernández de San Salvador y era obvio que las dos mujeres no querían tomar parte en ellas.

—Mi querido tío, usted sabe perfectamente que don Pedro Garibay no tiene ninguna atribución para ser virrey y que sólo lo puso en ese puesto el grupo de gachupines que derrocó a Iturrigaray, el virrey legítimo.

—Ay Leona, mi querida Leona, siempre has sido muy libre para expresar tus opiniones, dada la educación un tanto laxa y poco convencional que te dieron tus padres, Dios los tenga en su gloria… pero es preciso que no toques esos temas fuera de esta casa. La gente que apoyaba a Iturrigaray ha tenido un destino lamentable.

—Ya lo sé, tío, todos están presos o muertos. Pero no tengo miedo.

La abuela Isabel y la tía Luz se persignaron, conteniendo una exclamación.

—¡Niña tonta, no sabes lo que dices…! —por fin espetó la abuela, mirándola con desprecio.

—Leoncilla, sabes que te quiero como a una hija y que no he escatimado tiempo ni cuidados para cumplir todos tus caprichos desde que murió tu madre… ¿Cuánto hace ya? ¡Un año cumplido el mes pasado! —don Agustín quiso ser conciliador—. Pero no me perdonaría nunca que te pasara algo. ¿Qué cuentas le entrego a tu madre si alguien te oye hablar así? ¿Crees que no te meterán a la cárcel? La misma virreina comparte el destino de su marido en San Juan de Ulúa y esta gente no está jugando.

—Lo sabemos, padre —intervino Manuel—. Quienes lucharon por la autonomía de la Nueva España están muertos o presos en las mazmorras de la Inquisición.

—…y todo por proclamar que una vez preso Fernando, en manos de los franceses, la soberanía debe regresar al reino. Iturrigaray era el encargado de llevar la iniciativa a buen puerto —continuó la muchacha con ademanes delicados, mientras se llevaba a la boca una cucharadita de arroz con leche.

—¿Creen que no lo sé, jovencitos? —Estalló don Agustín levantándose de la mesa—. Yo formo parte, a Dios gracias, de la Audiencia que como ustedes saben, se enfrentó al Ayuntamiento que pretendía proclamar la autonomía. ¿A dónde vamos a ir siendo autónomos? ¿Creen que vamos a lograr algo? Primero autonomía, después independencia y luego ¿qué? ¡La debacle de este reino! Los hombres de bien no podemos permitirlo.

Don Agustín volvió a sentarse, pero todavía le temblaba la mandíbula. Todos los comensales callaban. Los pequeños se retorcían en su asiento sin atreverse a pedir permiso para retirarse.

—Acabo de enterarme que el coronel Obregón ha muerto en su casa de Guanajuato y que Octaviano se irá a España para evitar seguir el destino de su padre. —Leona reprimió un suspiro que más se acercaba a una lágrima. Miró a su primo y confidente, como diciéndole "esto es lo que quería decirte a ti primero…". El joven la miró a su vez con ternura.

Por un segundo, la sorpresa hizo mella en el rostro duro de don Agustín, pero de inmediato se repuso:

—Cada quien escoge su destino. ¿Quién le manda al coronel andarse metiendo en conspiraciones? ¿Qué necesidad, por Dios? Un hombre con su fortuna, descendiente de la casa de los condes de Rul, dueño de las minas más importantes de Real de Catorce… ¿Qué necesidad? ¡Tuvo que escaparse por la azotea de su casa y llegar a Guanajuato con la pierna rota! ¡Y para acabar muerto ahora!

—Iturrigaray era su amigo —objetó Leona—. Y el coronel Obregón era un hombre íntegro que creía en la autonomía de la Nueva España.

—¡Pamplinas! No soy dado a creer en chismes de viejas ni en consejas de lavanderas, pero se decía que si Iturrigaray era su amigo, la virreina era mucho más que eso —don Agustín se rio de buen grado y su abdomen abultado comenzó a temblar.

—¡Qué calumnia! —esta vez Leona fue quien se levantó, botando la servilleta con furia.

—¡Silencio! Haz el favor de tomar asiento —gritó don Agustín, dirigiéndose a su sobrina y luego con impostada suavidad pidió a su madre—. Doña Isabel, llévese usted a los niños, haga el favor. Quiero hablar a solas con estos jovencitos atolondrados.

Cuando los demás salieron, don Agustín ordenó a Manuel cerrar la puerta.

—Escúchenme bien porque no pienso repetir lo que voy a decirles hoy. Antes que nada, no olviden que son descendientes del último rey de Texcoco, es decir, que tienen sangre de la nobleza indígena tanto como sangre española en sus venas.

Manuel y Leona se miraron con fastidio. Siempre que su tío Agustín comenzaba por recordarles su ascendencia alcolhua y la "sangre de cristianos viejos" que corría por sus venas, seguía un largo discurso admonitorio. Aquel día no fue la excepción: don Agustín continuó haciéndoles un detallado recuento de los logros familiares, los sacrificios que sus padres habían hecho para tener lo que los jóvenes ahora disfrutaban con tanta soltura. Pintó con los colores más sombríos los trabajos que el padre de Leona, don Gaspar Martín Vicario, tuvo que pasar en su viaje desde su lugar de origen en Castilla la Vieja, para buscar fortuna en la Nueva España como comerciante.

—Querido tío, eso ya lo sé —interrumpió Leona con impaciencia, buscando inútilmente que su tío fuera al grano—. Muchas veces se lo oí contar a mis padres y sé que con gran empeño, enormes economías y mucha inteligencia mi padre logró acumular la fortuna de que disfruto ahora.

—¡Más de ciento cincuenta mil pesos que te dejó en bienes, en réditos por las haciendas del Mañi y Peñol y todo lo que tú ya sabes…! —continuó don Agustín con satisfacción—. Pero más que la fortuna material, te dejó su honor. Se casó con tu madre, descendiente, como yo, de la nobleza acolhua, pero que no podía ofrecerle una gran dote. Dos mundos se unen en ti, Leoncilla, como en toda la Nueva España y nadie podrá separarlos jamás. Hacerlo sería la ruina de las dos Españas y sobre todo la nuestra. Será difícil que pierdas la fortuna que tu padre te heredó, dado que su administración está en mis manos y que la he puesto a inmejorables réditos a cuenta de los peajes en el camino del Consulado de Veracruz. Pero depende de ti no perder el honor.

Los dos jóvenes escuchaban en silencio, mirando las migajas de pan y las manchas del mantel. Don Agustín, aprovechando el silencio, se levantó a servirse una copa de jerez para humedecerse la garganta después del largo discurso.

—Usted sabe muy bien que a los nacidos en este reino jamás les permitirán ocupar los puestos más altos y que lejos de ser considerados iguales, siempre seremos inferiores en todo. Nosotros tendremos que pagar con nuestro oro, nuestro trabajo o nuestra sangre los privilegios de los gachupines, quienes nos dirán qué podemos comerciar, qué podemos sembrar, cómo debemos vivir... ¿Qué tiene eso que ver con el honor? ¿Dónde está el honor de ser esclavo? ¿No ama usted a nuestro señor don Fernando? ¿Por qué colabora con el gobierno que lo tiene preso en Francia?

Don Agustín tuvo que servirse otra copa, y con el rostro encendido le dijo a Leona:

—Veo que no entiendes razones y que los libros te han envenenado el seso. Lo único que te pido... ¡No! ¡Lo que te ordeno! Es que de hoy en adelante, no te atrevas a hablar de esa manera en esta casa y que te comportes a la altura de tu posición y de tus apellidos fuera de ella. Si tienes la desgracia de ser considerada una conspiradora, no sólo tú pierdes: caemos todos. Piensa en doña Isabel, tu querida abuela, en tus primos pequeños, en nosotros, tus tíos, que hemos luchado por llegar adonde estamos y que no podemos arriesgar nuestra posición. Te advierto que si algo así llega a suceder, no podré ayudarte. No pondré en riesgo a mi familia ni mi honor. Y eso, Manuel, también va para ti.

Sin esperar respuesta, el abogado salió dejándolos cabisbajos y furiosos. Por fin, Leona, reaccionó:

—Me voy a *mi* casa, donde puedo hablar de lo que me dé la gana. ¿Vienes, Manuel?

—No, Leoncilla. No tengo ganas. Esta conversación me quitó el ánimo.

—Como quieras. Más tarde voy a la misa por el coronel Obregón en la Profesa. Te espero hasta las seis y media, si no apareces entenderé que no vendrás.

Manuel asintió en silencio, moviendo la cabeza de rizos castaños que Leona tanto amaba.

La joven recorrió de nuevo el corto camino que la separaba de su casa. Suspiró desolada al tirarse sobre el canapé de la sala. Octaviano se iría a España, exiliado por su propio miedo y ella tendría que quedarse en casa, amordazada, sintiendo una cólera creciente ante la represión, ante el silencio, pero ante todo, por las repetidas frases de los gobernantes:

"Todo marcha bien."

"La guerra está en otra parte."

"Estamos iniciando una nueva era de paz y de tranquilidad."

"En estos momentos de incertidumbre, menos que nunca, debemos separarnos."

"Fernando será rescatado y Napoleón no vencerá."

Como siempre había ocurrido tras las conspiraciones de que Leona había tenido noticia, en las mentes y en las bocas de los gachupines los "enemigos del rey y de Dios" eran de nuevo derrotados, asesinados, encarcelados y las dos Españas se dirigían juntas, como dictaba la mano de la providencia, hacia la segunda década de un nuevo siglo de indubitable abundancia y concordia.

2

CIUDAD DE MÉXICO,
FEBRERO DE 1809-SEPTIEMBRE DE 1810

¡Qué frío! Aquel día de febrero, el viento helado hizo retroceder a Leona. Las dos jóvenes que siempre la acompañaban, Mariana y Francisca, primas lejanas que se habían quedado huérfanas, iban detrás de ella con un capotón de lana oscuro y con el sombrero de crespón para evitarle un resfrío. Se dirigían rumbo a la Profesa, a la bendición de las velas para todo el año, como correspondía al día de la Candelaria.

—¿Vienen las hijas de mi tío Agustín o no? —preguntó la muchacha impaciente, poniéndose los guantes antes de subir al lujoso carruaje.

El carrocero mestizo se encogió de hombros. No sabía si estaba dirigida a él la pregunta. El portero mulato fue quien al fin respondió:

—Ahí vienen, señorita. Que las ejpere ujté.

Por apresurarse a responder, resbaló y cayó en el lodo de la cochera entre las risas de todos.

—Son las suelas de las botas nuevas… —murmuró alejándose.

Finalmente las niñas subieron al carro entre risas, una pisando a la otra, la más chica temiendo haber dejado el rosario encima del mueble de la sala…

—¿Es agua de colonia lo que huelo? —preguntó Leona intrigada en el trayecto hasta la iglesia.

Un silencio se instaló en el pequeño espacio. Las muchachas se miraban entre ellas. Finalmente la pequeña confesó:

—Agapita está enamorada del nuevo aprendiz de mi padre.

—¡Cállate! —exclamó la aludida, pegándole a su hermana con la mano enguantada. Un violento sonrojo delataba a la quinceañera—. No es un aprendiz, es un bachiller y pronto será abogado cuando termine su instrucción en el bufete de mi padre.

—…Y se casarán y tendrán hijitos… —continuó la chica en tono de burla.

La única respuesta que obtuvo fue un fuerte jalón de pelo.

Leona intervino.

—Basta, niñas. ¿Quién es ese personaje que suscita tanta violencia?

—Se llama Andrés y es yucateco.

—Habla raro —intervino otra.

—Pero es muy amable y nos cuenta historias de su tierra. Hay unos indios que se llaman mayas.

—Y Mérida es una ciudad amurallada donde todos se visten de blanco y duermen en hamacas…

De pronto todas querían participar y contar alguna anécdota escuchada de los labios del nuevo pasante. Qué extraño, pensó Leona, que no se hubiera fijado en él. Sin embargo, no lo era tanto, ya que casi no frecuentaba la casa de su tío desde que le había prohibido hablar de autonomía o del depuesto virrey. ¡Cuatro meses ya! ¡Qué rápido corrían las semanas y los días!

Se encontró con Andrés Quintana Roo unas semanas después. Iba con su primo Manuel entrando al Coliseo. Su estatura era más que regular y tenía una figura esbelta. El rostro perfectamente rasurado mostraba rasgos suaves y simétricos. Tenía la frente amplia y estaba cubierta por los mechones oscuros y rizados que peinaba hacia adelante, a la francesa. Los ojos enormes e inteligentes brillaban bajo las cejas pobladas. La nariz era un poco aguileña, expresaba carácter y determinación. Los labios finos estaban apretados por los nervios, pero al verla aparecer se curvearon en una sonrisa.

Vestía de manera impecable: camisa de Irlanda cuyo cuello almidonado le llegaba a las mejillas gracias al efecto del corbatón que lo ajustaba con varias vueltas de satín oscuro, levita negra de paño con alamares de seda, pantalón blanco de casimir y chaleco de cotonía lisa, medias inglesas de hilo, hebillas de oro en el calzado y un hermoso pañuelo en el bolsillo.

Ella, por su parte, iba acompañada por la hermana de Octaviano y de Margarita Peinbert, una de sus mejores amigas. A pesar de que las tres eran jóvenes y atractivas, Leona sobresalía por su belleza y garbo. El vestido de raso verde olivo afinaba su silueta y el sobretúnico de gasa color lavanda de Italia guarnecido de fleco y lentejuelas de plata, la banda de tafetán rosa con fleco de plata que delineaba el talle, las medias con botín bordado y las chinelas de raso completaban la elegancia del atuendo a la última moda francesa.

Manuel hizo las presentaciones de rigor y Andrés ya no pudo quitarle los ojos de encima. Cuando las muchachas se alejaron, él se apresuró a preguntar a su amigo más detalles sobre su prima, con su peculiar acento meridiano.

—No, mi querido amigo —le respondió el joven, denegando apesadumbrado con la cabeza—, es mejor que no te dé más detalles. Leona está comprometida con don Octaviano Obregón.

—El sobrino del conde de la Valenciana… ¡Pero Octaviano está en Cádiz desde octubre del año pasado! —Y después de un largo silencio continuó—: En fin, ¿qué importan cinco o seis meses de separación? Octaviano es un hombre honorable, oidor honorario de la Real Audiencia y heredero de las minas de Real de Catorce.

—Así es, hermano —el joven le palmeó la espalda con familiaridad—. Honorable, autonomista e increíblemente rico. No puedes competir con eso.

Estaba de acuerdo. Dolorosamente de acuerdo y sin embargo, en las dos horas que duró el concierto, no pudo dejar de pensar que debía haber una solución, tenía que existir una salida para un problema semejante…

Las notas de Cherubini retumbaban en su cabeza mientras reflexionaba. El fuego de sus veintidós años le inflamaba el pecho y la audacia que había adquirido en el tiempo que tenía viviendo solo en la capital le impelía a buscar remedio.

Había salido de Mérida antes de cumplir veinte años y se había graduado con honores como bachiller en la Universidad de México. Hijo menor y preferido de don Matías Quintana, había tenido ambiciones literarias y políticas que su padre ayudó a alimentar. ¿No era él también honorable? Acababa de ganar el certamen literario para festejar el aniversario de la coronación de Fernando VII en la universidad ¡Seis medallas!, ¡seis medallas por su composición! Había sido escogido entre decenas de pasantes por el afamado jurisconsulto don Agustín Fernández de San Salvador, apoderado de su padre, para trabajar en su bufete. Los maestros lo consideraban brillante y su conducta nunca había dejado qué desear. ¿No habían publicado sus artículos sobre "el espíritu de la contradicción" en el *Diario de México*? Además, su padre y sus abuelos habían servido siempre al reino en altos cargos del gobierno y la milicia, ¿por qué no podía competir por el amor de Leona? Eso sí, le faltaba la fortuna. Pero era joven y talentoso, ¡la conseguiría tarde o temprano!

Sus elucubraciones duraron más que el concierto. Pasaron los días, las semanas y Andrés seguía buscando la manera de encontrarse con Leona en el zaguán. Llegó a espiarla para conocer sus rutinas y hacerse el encontradizo. Pronto supo que ella se despertaba temprano y salía con dos jóvenes damas de compañía a la misa de siete, almorzaba atole y tamales que el ama de llaves bajaba a comprar a la india tamalera que tocaba la puerta en punto de las ocho. Supo también que pocas veces la muchacha iba de compras y, cuando lo hacía, era acompañada de las dos chicas. Por la tarde, Leona acudía a la casa de las Recogidas o al hospicio de huérfanos a dar limosnas; las muchachas en esas ocasiones cargaban sendas canastas de víveres y dulces que su patrona repartía. Otras veces iba a los conventos o a las casas de misericordia, a auxiliar a los enfermos. Allí se encontraba con sus amigas, que entre obras de caridad, se enteraban de los últimos chismes.

Cuando no salía de la casa, recibía a sus amistades. Entre ellas siempre estaban las dos muchachas que la habían acompañado al teatro, pero también otras personas que Andrés reconoció enseguida: el periodista don Carlos María de Bustamante y el padre Sartorio, un sabio párroco con ideas liberales a quien Andrés conocía bien, el escritor José Joaquín Fernández de Lizardi a quien todo el mundo admiraba por su ingenio y don Antonio del Río, que también frecuentaba el bufete de don Agustín. Muchas noches, cuando él tenía que retirarse a su pequeña habitación alquilada, permanecía largo rato bajo la ventana de Leona, escuchando con envidia y pesadumbre la animada conversación aderezada con las notas de la guitarra y el arpa que daban lustre a esas tertulias.

Lo que el joven yucateco ignoraba era que Leona también lo buscaba y preguntaba por él con disimulo.

—Ya te dije, Leoncilla, el señor Quintana Roo llegó de Mérida para estudiar en la universidad y renta un cuartito a unas cuantas calles de aquí —respondía Manuel fingiendo fastidio.

—¿Es dedicado? ¿Es honesto? —seguía preguntándole ella.

—Es brillante. Se graduó con honores en enero. De la propia mano de mi padre recibió el grado de bachiller en cánones. Él lo escogió como su pasante, ya que conoce a su padre y le lleva sus negocios. No sabes cuántas atenciones le prodiga, alabando a diario su talento como poeta y su fuego patriótico, sabiendo que ama tanto como él al rey Fernando, a quien le compuso una larga loa, ganadora de varias medallas. Juntos están armando un folleto con bellas composiciones dedicadas a no sé qué prócer yucateco que van a mandar imprimir en cuanto los otros invitados manden sus poemas. Y, claro, le acaban de publicar un soneto nada malo en el *Diario de México*... ¿Pero no me preguntas si ama a alguien?

Leona guardó silencio y continuó con su labor en el óleo en que plasmaba los rasgos de su primo favorito.

—No te muevas...

—Pues sí, sé que está perdidamente enamorado.

—Es natural —dijo Leona mordiéndose los labios—. Era raro que no lo hubieran cazado ya, ¡es tan apuesto! Y por lo que dices, también es inteligente, incluso brillante e inspirado. ¿Quién es la afortunada?

—Alguien que no puede corresponderle —decía Manuel muerto de risa—, alguien que ni siquiera sabe que lo ama a su vez.

—Será una tonta...

Leona se limpió las manos y le pidió a su primo que la acompañara a tomar el chocolate, como si nada ocurriera.

—Preguntó si podía venir a tu tertulia —dijo de improviso Manuel, entre sorbos de chocolate hirviendo.

—¿Quién...? —Leona parecía buscar el nombre en su memoria, con todo el desinterés que pudo fingir.

—¿Pues de quién hablamos? De Andrés.

—No tengo inconveniente. Creo que será divertido que nos cuente las historias de su viaje desde Mérida hasta acá y que diserte con mis amigos sobre literatura.

De ese modo, Andrés Quintana Roo comenzó a frecuentar a Leona como amigo de la familia. A ella le agradó de inmediato su plática afable, su mirada dulce e inteligente, su acento cadencioso de yucateco que le hizo tanta gracia al principio y que luego la hipnotizó con su ritmo de viento y de mar.

Él se portaba de manera comedida y discreta. Trataba a Leona con el respeto que se debía a la sobrina de su mentor y a una joven comprometida. Pero su afecto comenzó a mostrarse, ingobernable, a partir de aquella tarde en que Leona expresó su furia contra el préstamo forzoso por cuatro millones de pesos que las autoridades habían impuesto a los particulares para financiar la guerra en España. La rabia había hecho exclamar a la fogosa joven.

—¡Malditos gachupines que no se hartan de llevarse nuestro oro! Me pregunto cuánto realmente se destina a la defensa contra Napoleón.

Los ojos castaños de Andrés brillaron entonces con una admiración incontenible.

Leona honraba su compromiso con Octaviano Obregón, obligada por el afecto a la familia. Había pensado en su prometido sin sobresaltos, recibiendo y enviando educadas cartas durante más de un año, hasta el día en que Andrés Quintana Roo le hizo llegar una esquela escondida entre varios impresos subversivos.

No supo cuál de los dos regalos le causaba mayor emoción, si leer las palabras ardorosas de los enemigos de los gachupines llamando a los americanos a buscar la autonomía, o las súplicas de Andrés: "Antes de arrojar al fuego esta carta y retirarme para siempre su amistad por mi gran atrevimiento, considere usted que me haría el hombre más feliz de esta tierra si me concediera el honor de una entrevista para tratar asuntos de suma gravedad que le conciernen".

La entrevista tuvo lugar una tarde de mayo de 1810. Leona no tuvo corazón para hacerlo esperar, porque retrasar esa plática era matarse a sí misma de angustia.

Andrés llamó a su puerta a las cinco en punto. Y Leona, aunque lo esperaba con ansia, tuvo presencia de ánimo para quedarse en su habitación hasta que Francisca le avisó que el joven abogado la aguardaba en el salón. Diez veces se miró al espejo para revisar que ni un solo cabello estuviera fuera de lugar. La peineta de carey fue, una y otra vez, acomodada en lo alto de su cabeza y los rizos que cubrían sus oídos fueron retorcidos con angustia innumerables veces por un partidor de plata. De una cajita minúscula la muchacha sacó la pintura para los dientes y apuró un traguito de agua de colonia que de inmediato escupió en el lebrillo.

El espejo una vez más fue testigo de su arreglo impecable: el vestido de raso turquí y el sobretúnico de gasa azul claro, además de la diadema de plata con chispitas de rubí la hacían ver como una diosa griega.

El joven egresado de la Universidad de México no pudo menos que sentirse intimidado por la elegante presencia de una señorita de sociedad como ella. Estaba tan nervioso que no se daba cuenta de la impresión que causaba a su vez en Leona.

Claro que ella lo veía casi a diario en las tertulias organizadas en su casa, en el Coliseo o en la Alameda, en compañía de otros amigos. Pero su carta y su extraño regalo la habían obligado a verlo de otra manera.

El muchacho esperaba de pie junto al canapé forrado en seda color de rosa.

—Usted dirá —comenzó Leona sin poder evitar una enorme sonrisa complacida—. ¿En qué puedo servirle?

—Señorita…

De nada sirvieron a Andrés las clases de retórica y de oratoria. Se había quedado completamente mudo a pesar de los ensayos que le habían ocupado varios días. En su cabeza todo estaba claro. Su disertación era lógica y obvia pero era incapaz de expresarla con palabras frente a aquella altiva joven que se erguía frente a él como una estatua de Afrodita.

—Es completamente imprescindible que yo le diga lo antes posible que mi alma está sufriendo de una manera inenarrable y que si usted ahora me rechaza no tendré razón alguna para continuar viviendo.

Leona sólo se echó a reír, ante el asombro y el desconsuelo del flamante Romeo. Nunca le habían hecho una confesión de amor; menos aún con esa prisa, con esas rebuscadas palabras extraidas de la angustia y del ansia. Buscaba dentro de su alma la sensación precisa: sorpresa, alivio ante el hecho por fin consumado, una enorme alegría y luego, de inmediato, una gran consternación: ¿por qué nunca había sentido nada parecido por Octaviano Obregón?

—No se burle señorita, que vengo a entregarle mi corazón —pidió Andrés, dolido—. Sé que no soy digno de usted. Sé que ha firmado un acuerdo de matrimonio con el licenciado Obregón, pero ¿acaso me equivoco al pensar que usted siente algo por mí?

Leona guardó silencio. Refrenó a los caballos desbocados de su corazón y de su lengua. Por un momento, se quedó absorta mirando sus amadas pinturas en la pared del fondo: Telémaco que llega a la isla donde Calipso lo espera. Cupido había lanzado una flecha a Calipso. La flecha aún estaba en el aire y la futura víctima se mantenía tranquila mirando desembarcar al hijo de Ulises en la costa lejana. Ella había sugerido la escena y su maestro de pintura le ayudó a darle vida con preciosismo.

Ahora, aquel cuadro le parecía premonitorio y una angustia inmovilizadora la fue dejando fría.

—No. No se equivoca —dijo al fin.

Un suspiro de alivio se escapó del pecho del joven bachiller. Tomó la mano de Leona y la besó mil veces, murmurando inacabables frases de gratitud.

Entonces supo que esa mujer sería para siempre la dueña de su corazón y de sus sueños y que su voluntad ya no le pertenecía.

—Sin embargo tenemos mucho de qué hablar, señor Quintana.

Los sueños que había albergado en su mente en unos pocos segundos se derrumbaron de modo abrupto sobre su cabeza.

—Desde luego. Pero, ¿qué quiere usted decir?

—No piense que mi corazón es caprichoso y variable. Ni por un instante imagine usted que soy como una veleta que se deja llevar por el viento. Mi palabra fue comprometida y un acuerdo de matrimonio fue firmado pocos días antes del fallecimiento de mi madre.

—Lo comprendo —dijo Andrés con voz lúgubre.

Un incómodo silencio se instaló en la sala. Las campanillas del reloj de porcelana anunciaron las cinco y media.

—Se ha hecho tarde y debo retirarme señorita Leona. No la molestaré más.

Tomó el sombrero y se dirigió a la puerta. Leona no supo cómo detenerlo. No supo explicarle ni explicarse la confusión dentro de su alma: hubiera deseado abandonarse en sus brazos y sentir el calor de aquel joven contra su pecho; sin embargo, un sentimiento de deber y de culpa la hacían permanecer en silencio. Había dado su palabra. Había jurado a su madre que se casaría con Octaviano Obregón.

Cuando oyó la puerta azotándose con fuerza cerró los ojos. ¿Y si esta fuera la última vez que el joven yucateco estuviera en su casa? ¿Y si no lo viera nunca más? Una opresión desconocida en el pecho le quitó el aire y las lágrimas fluyeron sin que pudiera controlarlas.

Francisca, una de sus damas de compañía, entró a la sala y al verla en ese estado, se alarmó:

—¿Qué te dijo el señor Quintana, Leoncilla? ¡Te ha ofendido!

Leona sólo negaba en silencio, secándose las lágrimas lo mejor que podía.

—¿Qué me pasa? ¿Por qué siento esta inquietud, esta zozobra? ¡Apenas lo conozco y no quiero dejar de verlo! ¿Qué me ha hecho? ¡Más valía no haberlo visto nunca! ¡Más valía no haber escuchado jamás su voz!

La muchacha entendió todo de súbito y abrazó a Leona que no dejaba de llorar.

—¡Ay, Leona! Es verdad, a veces es mejor que uno nunca se cruce con el amor.

Ese día comenzaron para Leona tormentos sin fin. No se cansaba de darle vueltas en la cabeza a su dilema.

Más de una noche permaneció en vela, mirando el retrato de Octaviano: una miniatura en cera encerrada en un relicario de oro. ¿Cómo considerar despreciable a un hombre en la plenitud de su edad, bien parecido y, además, extremadamente rico? ¿Cómo despreciarlo si él y su familia habían abrazado la causa de los criollos? Leona sentía un cálido afecto por Octaviano y por su hermana, pero ¿eso era amor?

Por otro lado, ahí estaba Andrés, cuya presencia la inquietaba. El recuerdo de sus ojos negros era un elemento intrusivo en las últimas horas de la madrugada, el eco de su voz resonaba entre las sombras con su acento pedregoso que se atoraba en las *dés*, que se recargaba en las consonantes y que se volvía cautivante al pronunciar las palabras *libertad*, *soberanía* y la más hermosa de todas, *patria*. La *pé* estallaba en sus labios delgados como las luces de artificio en los días de carnaval. La *pé* era de *promesa*, de *provocación* y de *placer*.

—Sabes muy bien que no estás obligada a casarte con Octaviano Obregón, ¿verdad hija mía? —le dijo el padre Sartorio cuando Leona, meses después, se atrevió a confesarle los temblores, las dudas, los insomnios—. Las capitulaciones matrimoniales pueden ser nulificadas a petición de cualquiera de los cónyuges, incluso sin razón expresa. En todo caso, a lo más, podrías ser amonestada.

Un enorme peso desapareció del pecho de Leona aquel día.

—Además, Octaviano acaba de ser nombrado diputado a las cortes. Se quedará en Cádiz quién sabe cuánto tiempo —Leona relataba con entusiasmo—. Entonces, Andrés y yo...

—José Matías Quintana, el padre de tu enamorado, es un hombre decente y querido en Mérida. No posee una gran fortuna, pero sí los suficientes medios para enviar a su hijo a estudiar a México, a la universidad, nada menos. Sus ideas fueron siempre libertarias, se sabe incluso que ha formado grupos subversivos como los llamados sanjuanistas.

—¿Quiénes son ellos, padre?

—Grupos de estudio relacionados con los carbonarios italianos. Abogan por la supresión del servilismo indígena en Yucatán, así como la supresión de privilegios para los gachupines.

Leona estaba fascinada. Sentía una curiosidad enorme por esa corriente subterránea de ideas libertarias que parecía surgir por dondequiera en manantiales diminutos. En impresos infamantes que aparecían pegados en los portales, en versos susurrados en la calle, en libros prohibidos que se pasaban de mano en mano forrados con estampas de santos...

El día que Leona supo que era libre, se acercó al joven abogado sin rodeos y le dijo mirándolo a los ojos:

—Ahora soy yo quien tiene que tratar con usted asuntos de suma gravedad que le conciernen, señor Quintana Roo.

Los ojos inteligentes del abogado se iluminaron. Y aunque sabía perfectamente a qué se refería la hermosa joven que él amaba, le extendió la *Gaceta de México* exclamando:

—El padre Hidalgo y el capitán Allende se levantaron en armas en el pueblo de Dolores.

El entusiasmo los cegó y allí, en medio del despacho de don Agustín, se abrazaron. Manuel se acercó de inmediato, junto a otro joven escribiente sin dar crédito a sus ojos.

—¿Qué está pasando aquí? —preguntó el joven lampiño que adoraba a Leona, más que como prima, como hermana que comparte todos sus sueños y secretos.

—¡El cura de Dolores, don Miguel Hidalgo, y el capitán Allende se han levantado en armas! Liberaron a todos los presos y encerraron a los gachupines —respondió Andrés.

Los muchachos se unieron en un abrazo, formando un grupo extraño que brincaba y repetía sin recato:

—¡Mueran los gachupines! ¡Mueran de una vez por todas!

Era el 20 de septiembre de 1810.

3

os asuntos de "suma gravedad" fueron tratados de manera reiterada un día tras otro por Andrés y Leona sin tomar demasiadas precauciones: en una trajinera en el canal de La Viga donde, cantando sonecitos de la tierra al compás de una vihuela y un arpa, Andrés la coronó de flores y se atrevió a besarla cuando Francisca y Mariana estaban distraídas; en un coche en el Paseo de Bucareli, después de comprar granizados para todos y mirando los otros carruajes de cualquiera que fuera "alguien" en México; en las tertulias de su propia casa, mientras Francisca, Mariana y Manuel, miraban complacidos a la fogosa pareja interrumpirse, contradecirse, hablando de política con una fe ilimitada en el futuro, atravesándose con la mirada, poseídos por un deseo irredento que complicó la "gravedad" de las cosas hasta ponerlas en serio peligro de caer en un desbarrancadero sin vuelta atrás.

Margarita Peinbert, su gran amiga de la infancia, los invitó por esos días a una reunión en casa de don Antonio del Río, en la calle de las Escalerillas, donde iban a reunirse varios amigos interesados en el bienestar de la Nueva España. Los jóvenes tuvieron que extremar las precauciones del secreto frente a don Agustín, quien desde que el cura de Dolores se había levantado en armas, había mandado publicar varios folletos en contra de la insurgencia, llamando a Hidalgo "facedor de entuertos" y otros epítetos insultantes.

La casa de don Antonio del Río estaba iluminada cuando llegaron Leona, Andrés y Manuel. Una suave melodía proveniente del salón endulzaba el oído: era el violinista ciego que siempre acudía a las tertulias del grupo, llenándoles el corazón de nostalgia con las notas del instrumento. Ya estaban ahí todos sus amigos. A algunos, Andrés ya los conocía, a otros, Leona no tardó en presentárselos.

Don Antonio era un hombre de casi cincuenta años, de recio y decidido andar, esbelto y de rostro afable. Su cabello era ya completamente blanco, así como la barba que usaba recortada. Saludó a los jóvenes con afecto y los invitó a sentarse al fondo del salón. Junto a ellos estaba Margarita con su padre y su prometido. De pie se encontraba don Carlos María de Bustamante departiendo con una copa en la mano, junto al ex militar campechano Antonio Vázquez Aldana y al señor Velasco, un comerciante acomodado que favorecía las ideas de autonomía; la esposa de éste, doña Petra Teruel, hablaba sin parar con la bellísima Mariana Rodríguez del Toro de Lazarín. Un momento más tarde, don Juan Raz y Guzmán, un tío lejano de Leona y de Manuel llegó a sentarse junto a ellos, hasta que don Benito Guerra le pidió que lo acompañara para hacerle una consulta urgente.

Andrés estaba feliz. No había estado nunca rodeado de tanta gente interesante, de tan bellas mujeres, de tan agradable conversación. Apenas podía creer que Leona, esa hermosa joven sentada a su lado, se hubiera dignado a mirarlo, aceptar su amor.

Antes de la media noche, don Antonio del Río pidió silencio. Con su voz cascada que exigía respeto, se dirigió a sus amigos.

—Todos ustedes se han preocupado de distintas maneras por los avatares de nuestra desdichada patria… ¿No ofrecieron algunos formar ejércitos de naturales para defender al reino de los franceses? ¿No estuvo más de alguno involucrado en la conspiración de Valladolid el año pasado?

Don Antonio se refería a los intentos por formar una junta que gobernara en lugar de Fernando VII, preso en Francia, y que permitiera despojar a los españoles de sus bienes. La conjura, sin embargo, fue descubierta antes de estallar, aunque los que participaron en ella recibieron la amnistía, gracias al virrey Lizana.

—¿No defendieron la figura de nuestro rey a través de los muchos escritos de los aquí presentes? —continuó el anfitrión—. Si Lizana no nos parecía el virrey más apropiado, la llegada del virrey Venegas no anuncia sino una catástrofe. Recién llegado, ya ha mandado cancelar publicaciones que puedan incitar a la rebelión y promete ser implacable contra cualquier infidente.

Un murmullo de aprobación general interrumpió el discurso. Después de un momento, continuó:

—Pues ahora que el cura de Dolores se ha levantado en armas, junto a nuestro querido capitán Allende, quien, como ustedes recordarán, fue dragón de la reina y favorecedor como todos nosotros de la causa de Iturrigaray, ha llegado la hora de tomar decisiones más contundentes. He decidido, en lo personal, ir a apoyar el movimiento con los recursos y hombres que tengo a mi cargo.

Un aplauso volvió a interrumpir sus palabras.

—Un momento, amigos míos… Sé que no todos los presentes pueden hacer lo mismo, pero hay diferentes modos de cooperar con esta causa, que no es otra que la defensa de nuestro rey y de nuestros derechos como americanos.

—Es imprescindible defender nuestra autonomía, sea cual sea el resultado de la guerra entre España y Francia —intervino don Benito Guerra, un criollo rubicundo de voz pausada—. Ya lo dijeron los conspiradores de 1808: la soberanía, en ausencia del rey, pertenece al pueblo. Es perfectamente posible pensar en dos Españas, iguales, hermanas, pero no sometidas una a la otra.

—Así es, y no somos los primeros en estar de acuerdo en este punto. Muchos se han reunido desde entonces, buscando la separación de España, la independencia e incluso el establecimiento de una república independiente —don Antonio del Río volvió a tomar la palabra.

—¿República? —Andrés se atrevió a preguntar.

—Sí, varios pensadores ya lo han planteado desde fines del siglo pasado. Y no vamos lejos, los conspiradores de Valladolid, el año pasado, también iban por ese camino. Don Carlos María nos puede contar mejor, él fue el defensor de la causa.

El abogado oaxaqueño permaneció en silencio. Sus ojos profundos miraban a todos los presentes antes de atreverse a hablar. A sus casi cuarenta años, tenía una sólida reputación como periodista y abogado. Por fin dijo casi sin despegar los labios:

—Todos estamos familiarizados con el caso, amigos. No le demos más vueltas, es necesario emprender acciones precisas, como dice nuestro anfitrión. Pero antes que nada, tiene que quedar claro que el requisito fundamental es el silencio. Aquí no hay lugar para traidores.

—Es verdad —levantó la voz don Juan Raz—. No pueden imaginarse el estado de las cárceles en estos momentos. A cualquiera, y quiero decir, cualquiera, puede encontrársele sospechoso y, sin mayor proceso, encerrársele en los calabozos de la Inquisición. Eso no es lo peor: una vez ahí adentro, el sospechoso de infidencia simplemente desaparece de la noche a la mañana. El virrey Venegas tiene miedo y debemos tomar partido, antes de que lo tomen por nosotros; pero necesitamos confiar los unos en los otros para estar seguros de que una indiscreción no dé al traste con los esfuerzos de todos.

—Muchos ya se fueron —espetó Vázquez Aldana, el ex militar campechano—. Los ejércitos de Hidalgo son enormes, aunque compuestos de desharrapados y unos pocos militares de línea que, como yo, han cambiado de bando.

—Pero los que no podemos irnos, ¿hay algo que podamos hacer, además de guardar silencio?

Se hizo una pausa incómoda en la sala. La pregunta la había hecho una mujer: doña Leona Vicario.

Al escuchar los discursos de aquella gente, se había cuestionado la utilidad de su existencia. De pronto su vida le parecía un conjunto de banalidades. ¿Bordar con preciosismo? ¿Para qué? ¿Pasarse los días en visitas de cumplimiento y obras de caridad que eran más de relumbrón que de corazón? ¡Por Dios! ¿Y los chismes? ¿Y las comedias en el Coliseo? ¿Y las clases de pintura?

Por primera vez en el transcurso de su existencia pudo fijar delante de sus ojos un propósito claro. Sentía que se avecinaba un tiempo nuevo y que ella, Leona Camila Vicario Fernández de San Salvador, era poseedora del increíble privilegio no sólo de presenciarlo, sino de ser parte activa de él.

Poco a poco, la sorpresa se fue diluyendo.

—Aunque hay muchos simpatizantes de esta causa en todas partes del reino, particularmente en la Ciudad de México y muchos de ellos muy ricos, necesitaremos una organización precisa —informó don Antonio.

—Se necesitarán armas —dijo alguno.

—Y municiones —completó alguien más.

—Pero sobre todo, será necesario establecer contacto entre nosotros y con los rebeldes. Eso es, formar una red de comunicación que no puedan descubrir desde afuera.

Esa noche, todos regresaron llenos de entusiasmo, poseídos por una fuerza nueva hasta sus casas. Leona y Andrés, a la fuerza que les confería el amor, aunaron el entusiasmo del secreto al acudir a aquellas tertulias prohibidas y proponer diversos planes para la rebelión.

En una de esas juntas, a principios de octubre, Leona se atrevió a tomar la palabra:

—Amigos, yo puedo ayudar. Mi casa puede ser el centro de distribución de cartas y mandados.

No faltó quien protestara.

—¡Es peligrosísimo, criatura! —La voz de su tío Juan Raz se oyó por encima del murmullo general.

—¿Quién va a sospechar de la sobrina del ex rector de la universidad? Mi tío Agustín públicamente ha hablado en contra de los insurgentes y ya saben que sus libros contra la causa son famosos en toda la ciudad.

—Venegas sospecha de todos. Hay espías por todas partes, cuidando cada movimiento, cada palabra… —don Benito Guerra se estremeció.

—A mi casa llegan todo el tiempo mensajeros de nuestras haciendas de Mañí y Peñol. ¿Quién se va a extrañar? Además, se me ha ocurrido un sistema para disimular nuestras comunicaciones: nos pondremos nombres falsos. Tú —dijo apuntando a su amiga Margarita—, serás "Bárbara Guadalupe" y los paquetes que yo reciba te los mandaré a ti. Usted —se dirigió al prometido de Margarita—, va a ser "Telémaco"; y usted, don Juan Raz, por el parentesco, será mi "tío"; don Benito Guerra será "el compadre" de todos nosotros; don Antonio será "Lavoisier"; don Andrés Quintana Roo será "Mayo" y don Carlos María será "Nemoroso"… ¿Qué les parece?

Nadie se opuso, el sistema parecía seguro y, en efecto, poco se podía sospechar de una muchacha de buena familia, sobrina de un abogado de tanto prestigio. Leona no cabía en sí de orgullo al haber sido aceptada y prestar un servicio real a la causa en la que creía con todo su corazón. Sin embargo, días después, cuando un arriero llamó a su puerta y pidió verla asegurando que traía un encargo que a nadie más podía entregar, Leona se estremeció. La hora de la verdad había llegado.

Eran las siete de la tarde, pero en esa época del año ya estaba casi oscuro. La muchacha se asomó a la ventana antes de indicarle al portero qué hacer. Había pocos transeúntes. Sólo la vendedora de nueces asadas recorría la calle con su aromática mercancía y su pregón acostumbrado:

—Nueeeeeeces… ¿Quién quiere nueeeeeeces?

En la puerta, el arriero sostenía un huacal cubierto con hojas de palma. No tenía la apariencia de un expendedor de quesos o de frutas; tampoco era hora de vender esas mercancías, por lo que cada minuto que aquel hombre permaneciera afuera de su casa, el riesgo crecía, así que ordenó al portero que hiciera pasar enseguida al visitante.

—¿Es usted doña Leona Vicario? —fue lo primero que el tosco hombre dijo cuando estuvo frente a ella.

—Así es. Usted dirá…

—Soy Mariano Salazar y traigo un encargo para usted de mi coronel Ignacio Allende.

Leona palideció sin querer cuando escuchó el nombre. María, el ama de llaves que llegó a ofrecer algo de beber al visitante, se cubrió la boca asustada. Fue justo en ese momento cuando Leona cayó en la cuenta de lo que significaban sus acciones. No era cualquier cosa estar hablando con el enviado de uno de los principales responsables de la insurrección en el Bajío. Recibió el paquete de cartas con las manos temblorosas, procurando mantener la compostura delante del desconocido.

Cuando Mariano Salazar se perdió en las sombras de la noche, Leona abrió el hatillo.

Las muchachas que estaban siempre a su lado no daban crédito a sus ojos.

—Leona, ¿estás segura de en qué te estás metiendo? —preguntó Francisca.

—No —dijo con honestidad—. Pero les suplico el más absoluto silencio o me pierden.

—Sabes que puedes contar con nosotras para lo que sea, pero ¡santa madre de Dios! Si alguien encuentra aquí esas cartas, nos perdemos todos.

Leona dejó caer las cartas encima de la mesa del comedor. Cada una de ellas era una mancha blanca que se hacía más y más grande como la culpa o como el pecado. ¡Tenía que sacarlas de la casa lo antes posible! Volvió a meterlas al hatillo de tela donde habían sido transportadas y preparó el pupitre para redactar con su prolija letra una misiva para Bárbara Guadalupe. Sin querer, la pluma le temblaba entre las manos y la *B* terminó un tanto torcida.

"Querida amiga: aquí te mando los listones que te prometí, esperando que puedas usarlos en el traje aquel que platicamos. Tuya..."

No había pensado en un nombre para sí misma y por más que le daba vueltas en la cabeza, el miedo de que alguien llegara, de que los vecinos descubrieran al visitante, de que su tío hubiera sido informado, la tenían paralizada.

"...Enriqueta", escribió apresurada, ya sudando helado al oír la campanilla de la puerta.

Eran Andrés y Manuel, quienes entraron discutiendo acaloradamente los artículos del periódico.

—Tienen que llevarle este paquete a Margarita —les dijo en cuanto los vio entrar al salón.

—¿Es...?

—No me pregunten. Es mejor que no sepan nada. Vayan ahora mismo.

Ellos no se atrevieron a contrariarla. Aliviada, Leona respiró con el pulso todavía agitado. ¿En qué se estaba convirtiendo?

Se miró al espejo, para encontrar en él a una muchacha asustada, con el peinado medio deshecho y una profunda palidez en el rostro.

—...una sediciosa. Te convertiste en una adicta a la insurgencia, Leona.

Y la mujer del espejo le respondió con una sonrisa de triunfo.

4

Ciudad de México,
octubre de 1810-febrero de 1813

anuel tenía el rostro desencajado cuando su prima Leona le abrió la puerta la mañana de ese 30 de octubre. Ella estaba apenas desayunando y lo invitó a pasar. La visita de su primo a tan temprana hora era algo totalmente inusual y Leona se asustó.

—Se llevaron a Andrés —dijo el muchacho temblando—. Lo acusan de tener en su poder cartas de Ignacio Allende, el antiguo coronel de dragones de la reina y ahora cabecilla del movimiento insurgente en el Bajío.

Leona dejó caer la taza de porcelana que se hizo añicos en el suelo.

—Pe-pero él no tenía las cartas, ¿verdad? Cuéntame, ¿qué fue exactamente lo que pasó?

—El hijo de su casero fue a avisarme hace un momento. Ayer aprehendieron primero al dueño de la casa y la familia le pidió a Andrés que fuera a averiguar la razón en la casa del doctor Bataller, el fiscal mayor de la Inquisición, quien no quiso recibirlo. Y anoche, cuando Andrés ya se había dormido, los temibles guardias de la Inquisi-

ción lo sacaron de la cama. Recogieron sus papeles, busca-
ron por todas partes pero los impresos que encontraron en
su cuartito no se referían en ningún momento a Allende.

—¡La Inquisición ya no puede acusar a nadie más
que por faltas a la religión!

—Venegas acaba de crear, como parte de la Inquisición, la Junta de Seguridad presidida por el doctor Bataller, contra delitos de infidencia. Ese hombre ve traidores
por todas partes.

—Vamos a buscar a don Carlos, a ver si él puede
ayudarnos.

—Nuestros amigos no van a poner mucha atención,
te lo advierto, Leoncilla. Ahora mismo las fuerzas de Hidalgo se enfrentan a los gachupines en el Monte de las
Cruces. Si todo sale bien, tal vez en unos días los insurgentes tomen la Ciudad de México.

Hidalgo ganó la batalla, pero no tomó la ciudad, por
lo que Leona y sus amigos recurrieron a toda la ayuda posible. De nada sirvieron las palabras a favor de Andrés,
de nada sirvió la defensa de don Carlos, quien no dudó
en tomar a su cargo el caso. A pesar de todo, Andrés fue
confinado a una celda oscura por ser sospechoso de infidencia.

Nueve días estuvo el joven bachiller muerto en vida.
Nueve días Leona combinó la novena a la milagrosísima
virgen de la Merced con reuniones en las casas de don
Antonio del Río —principal contacto con los rebeldes
en el Monte de las Cruces—, de don Benito Guerra y del
mismo padre Sartorio, quienes tenían amigos poderosos
en todos los rincones de la burocracia virreinal, coludi-
dos en mayor o menor grado con el movimiento.

Virgen María de la Merced, bondadosa madre de Dios, estrella resplandeciente del mar, luna hermosa sin las menguantes de la culpa, escogida como el sol; escucha, madre, nuestros ruegos. Tú que bendeciste desde el cielo a los pobres cautivos que gemían sin consuelo en la dura opresión de los moros y rompiste los grillos y cadenas que los aprisionaban, por medio de tu familia de redentores. Por tu ardiente caridad, por tus virginales entrañas en que se encarnó el hijo de Dios para nuestro remedio, te pedimos, madre querida, que rompas las cadenas de nuestra cautividad para que, libres, podamos imitar a tu hijo Jesús. Amén.

El 7 de noviembre, Andrés Quintana Roo fue desnudado, atado de pies y manos como un facineroso y conducido a través de las calles de la Ciudad de México a la cárcel de la corte frente al juez Miguel Bataller, interrogado sin derecho a un defensor y finalmente encerrado en la celda del tamaño de un sarcófago llamada "del olvido".

Diecisiete días permaneció Andrés sin luz ni día. Y diecisiete días, Leona se encerró a padecer igual castigo.

Madre de la Merced, la que sufre el dolor de los cautivos, socórrenos.

Diecisiete días estuvo Leona a pan y agua.

Virgen de la misericordia, escúchanos.

Diecisiete días se mantuvo Leona apenas durmiendo lo mínimo, repitiendo sin cesar las plegarias más ardientes.

Madre de los desamparados, sálvanos de la injusticia de los poderosos.

En esos diecisiete días de rigurosa plegaria y ayuno, el corazón de Leona se hizo más fuerte y sus ideas se hicieron claras como un día de primavera. No había vuelta atrás: no defendería a un gobierno que trataba así a sus hijos. No estaría del lado de quienes no dudaban en cometer una injusticia de tan grandes proporciones.

Gracias al alcaide de la prisión que era paisano suyo, Andrés pudo permanecer en el coro de la capilla, donde por fin pudo tomar un poco de aire y luz, aunque entre rejas, quince días más. No pudieron condenarlo, pero tampoco fue absuelto ni liberado: tenía que pagar hasta el último céntimo de los costos del juicio.

Los escasos bienes de Andrés habían sido confiscados y el reo había prohibido a sus amigos, a través de una única carta que hizo llegar a Manuel con el alcaide, enterar a su padre de la situación en que se hallaba, por lo que Leona a fines de febrero, no dudó en cruzar otra frontera en su marcha sin retorno.

—¿Cómo puedo estar disfrutando tantas cosas cuando Andrés no tiene nada en su calabozo?

Pero, ¿cómo ayudarlo? Su tío tenía perfectamente calculados sus gastos y de su renta anual de casi cinco mil pesos por los réditos de su herencia, don Agustín suministraba a su sobrina lo necesario hasta para la comida y los alimentos de las mulas.

Ni modo, era preciso mentirle: necesitaba un traje de colombina para el carnaval. Pero el costo de la tela no alcanzaría para cubrir la exorbitante cantidad de cien pesos que le pedían a Andrés como salario para los escribientes y el papel sellado, además don Agustín pediría tarde o temprano ver el vestido… Un regalo para una amiga… Un capricho desusado, una joya… pero tenía todas las joyas de su madre, ¡más de lo que pudiera desear en toda su vida! y nunca había pedido nada como eso... ¿Qué pedir?, ¿cómo resolver el asunto?

¡Claro! La solución era una joya, pero no la compra, sino la venta de una joya. Corrió a abrir el baulito de lináloe donde tenía sus tesoros. El anillo de oro grabado con diminutos brillantes incrustados resplandeció por encima de todo lo demás. Lo que le dieran por él alcanzaría no sólo para sacar a Andrés de la cárcel, sino para que cubriera los gastos más elementales mientras el joven regresaba a ocupar su puesto en el bufete de don Agustín.

Se puso el anillo que lucía espléndido en su dedo regordete. ¿De verdad lo vendería? ¿Cómo atreverse? ¿Y si su tío se daba cuenta? Le parecía que estaba cometiendo una traición a la memoria de su madre, un abuso de confianza a quienes le habían dado esos bienes. La preciosa joya tembló en su mano por un momento como un insecto fantástico. Pero luego pensó en Andrés y no dudó más. Recomendó a María probar primero en la tienda del señor Alconedo por la calle de Plateros, ahí le darían un precio justo.

El 28 de febrero de 1811, Andrés fue liberado y aunque Leona deseó verlo enseguida, tuvo que esperar a que él fuera a su casa, una vez repuesto. Cuando el yucateco apareció algunos días después en la puerta de Leona junto a Manuel, ella apenas podía reconocerlo: estaba delgadísimo y grandes ojeras oscuras le marcaban el rostro; los labios estaban ampollados por la falta de agua y los piquetes de insecto le habían dejado cicatrices por todas partes. Las huellas de los grilletes todavía se marcaban

en sus muñecas y una tos seca anunciaba una enfermedad respiratoria.

Leona no pudo contenerse. Sin importarle la presencia de sus acompañantes, lo abrazó con todas sus fuerzas.

—Creí que no volvería a verte… —le susurró al oído.

—Yo te veía por todas partes… Leona de mi vida.

La muchacha acarició sus cabellos con ternura.

—¡Qué te han hecho, por Dios! ¡Malditos! ¡Malditos por siempre!

—Ya estoy aquí y te prometo que sobreviviré. Sobreviviré a esto y a todo lo que sea necesario. Ya no tengo
miedo.

El ama de llaves trajo té de canela y mientras Andrés
bebía en silencio, las dos damas de compañía recomenda-
ban chiquiadores de mostaza y fomentos de eucalipto.

—¡Mira la atención que recibes nomás por haber
sido huésped de la Inquisición unos cuantos días! —se
burlaba Manuel.

Mientras el invitado probaba las soletas cubiertas de
mermelada, Manuel y Leona le contaban las trágicas novedades. Las tropas insurgentes habían sido derrotadas
por el general realista Félix María Calleja, cerca de Guadalajara, en el Puente de Calderón y no se sabía con exactitud la posición de Hidalgo, aunque era seguro que se
dirigían al norte. Las relaciones entre Allende e Hidalgo
se habían deteriorado mientras que Calleja ganaba fuerza
y notoriedad gracias a lo sanguinario de sus matanzas.
Además, uno de los correos insurgentes había sido aprehendido en la batalla del Monte de las Cruces y todo el
grupo había tenido que redoblar las precauciones.

¡Cuánto trabajo le costó al acusado lograr que don Agustín Pomposo creyera en su inocencia y lo aceptase de regreso en su bufete para cumplir con los pocos meses que faltaban para completar su pasantía y recibir su título de abogado! De no haber sido apresado, el plazo ya se habría cumplido, sin embargo, Andrés ofreció reponer el tiempo y quedarse hasta que don Agustín lo considerase pertinente.

Un día el abogado mandó llamar a Leona. Le pidió que se encontraran en su despacho a solas, lo cual no auguraba nada bueno. La muchacha tenía miedo de que don Agustín se hubiera enterado de sus actividades subversivas.

—Me dicen las niñas que el joven Quintana Roo te visita. ¿Es verdad?

Leona no pudo contener una mueca de rabia. Claro, sus primas estaban celosas. ¿Cómo no se le había ocurrido antes?

—Me ha visitado alguna vez, como muchas otras personas, y en estricto carácter amistoso. ¿Hay algo de malo en eso? Jamás lo ha hecho a solas. Como usted bien sabe, yo soy muy cuidadosa de mi honor y en ningún momento me olvidaría de mí misma.

—Así lo espero. No quiero que ni por un segundo pase por tu mente mirarlo como algo más que un conocido de la casa. Te advierto que seré implacable si desobedeces mis órdenes.

Leona guardó silencio. Tuvo que clavarse las uñas en la palma de la mano para no responderle.

Cuánta precaución tuvieron que tomar desde entonces los dos jóvenes para encontrarse en sitios lejanos y hablarse sin que la mirada de su tío pudiera alcanzarlos. Las tertulias en las casas de los conjurados fueron especialmente favorables para sus acercamientos. Mientras se articulaban planes de acción para continuar con la rebelión, Leona y Andrés se miraban a través del humillo de los cigarros de un lado al otro del salón. Un roce de la mano, una promesa hecha con el movimiento del abanico de lentejuela eran suficientes para que Andrés le escribiera notas apresuradas reiterándole su amor.

Mientras sus amigos leían en voz alta los artículos subversivos de *El Despertador Americano*, el único periódico insurgente que Hidalgo había publicado, Andrés y Leona se las arreglaban para escapar hasta un rincón oscuro y beberse los labios, sorberse los sueños, buscarse la piel por encima de la tela que los cubría, para luego regresar jadeantes y ruborizados, escondiendo apenas la excitación entre los gritos de sus amigos en defensa de la patria.

Cuando recibieron la noticia de que Hidalgo y Allende habían sido apresados en Acatita de Baján, el desánimo hizo presa de todos ellos. ¿Qué hacer? ¿Habría terminado todo?

—¿Pues qué aquí no hay hombres? —dijo Mariana Rodríguez del Toro de Lazarín poniéndose de pie, enfurecida—. Tenemos que aprehender al virrey Venegas cuando dé su paseo por Bucareli y entregarlo a los insurgentes.

Aquello que parecía descabellado tenía todo el sentido del mundo.

—¡Claro! Es preciso que todos tomemos las armas. Si hasta ahora no me parecía que la violencia fuera la respuesta más adecuada, de pronto creo que no hay otro camino. Discutiendo en los salones no vamos a llegar muy lejos —dijo Leona, todavía con las mejillas sonrosadas después de una de las sesiones secretas con Andrés en la biblioteca de la casa de doña Mariana.

Pero días después, la señora Rodríguez del Toro fue arrestada y conducida a los calabozos de la Inquisición. Las tertulias tuvieron que espaciarse y las medidas de seguridad se extremaron entre los conjurados, en busca de traidores.

En julio, don Agustín mandó llamar a Andrés y con un ademán seco le entregó la carta que ponía fin a su pasantía en el bufete.

—Felicidades, licenciado —le dijo en tono gélido—. Ahora puede usted iniciar sus trámites de titulación en la universidad. Ha sido un placer tenerlo como colaborador; aquí tiene una pequeña retribución por sus servicios que han sobrepasado la obligación que tenía conmigo.

—Permítame pedirle algo más —se atrevió Andrés, sabiendo que difícilmente tendría otra oportunidad—. Quiero que me conceda la mano de su sobrina Leona. La amo y estoy seguro de que la haré feliz. Ahora tengo un título, una profesión que me permitirá proveer un futuro para ella y...

—Me parece que hay un mal entendido, señor Quintana Roo —interrumpió el abogado—. Ahora resulta que la retribución que le doy por sus servicios no es suficiente, quiere usted quedarse con la herencia de mi sobrina... ¡Alabado sea Dios!

—Me ofende usted, señor.

—No señor, usted me ofende a mí —don Agustín se puso de pie con parsimonia—. Haga el favor de retirarse. No quiero volver a verlo en esta casa.

—¡Doctor...!

El tío de Leona ya no quiso escuchar más. Acompañó a Andrés a la puerta y la azotó tras él. ¡Maldito provinciano que se atrevía a pretender a su sobrina, comprometida además, con un diputado a las cortes! El oidor de la Real Audiencia y censor de impresos mandó llamar a Leona una vez más:

—¿Es posible que hayas comprometido tu honor y faltado a tu palabra con don Octaviano? Andrés es un muchacho sin mayor fortuna, sin más prendas que su profesión. Además, yo no me trago eso de que la Inquisición lo apresó siendo completamente inocente. Seguro se deshizo de las cartas de Allende antes de ser descubierto... Te lo advertí a tiempo, criatura, y no quisiste escucharme.

—Rompí el compromiso con el señor Obregón hace meses —le espetó Leona, furiosa.

—¿Sin consultarme?

—Usted sólo es curador de mis bienes, no de mi corazón.

—¡Qué intolerable falta de respeto! Leona, contente antes de que digas algo que manche tu honor y dañe nuestras relaciones para siempre.

—Andrés proviene de una familia decente. Su padre es un hombre culto y honesto. En algún tiempo fue amigo de usted...

—Claro, antes de que circularan los rumores de que es un conspirador.

—Más vale ser un conspirador que ser un...

En ese momento, Manuel que lo había oído todo, intervino sacando a Leona de la oficina del ilustre abogado.

—Ven, Leoncita, no digas más. Dejemos que mi padre piense bien las cosas.

Don Agustín gritó:

—He pedido a don Andrés que abandone mi casa. ¡No intentes volver a verlo o sabrás de qué soy capaz!

Manuel sujetó a su prima con cariño, pero con firmeza cuando ella intentaba volverse.

—Vámonos Leona, ahora no. No empeores más este asunto.

Fueron días aciagos para el movimiento. Hidalgo había sido fusilado el 30 de julio y Allende antes. Sólo quedaban dos líderes del movimiento. Ignacio López Rayón, quien había sido secretario de Hidalgo y a quien el cura de Dolores le había dejado el mando del ejército en Saltillo, con instrucciones de continuar la guerra. Él, atrincherado en Zitácuaro, había formado con José María Liceaga y José Sixto Verduzco la Junta Suprema Gubernativa, máximo órgano de gobierno de los insurgentes. Y el otro era el padre José María Morelos y Pavón, a quien Hidalgo había nombrado su lugarteniente, con orden de levantar tropas en la costa sur, misión que había tenido enorme éxito. Pronto, el grupo de conspiradores se puso en contacto con los cabecillas de la rebelión.

—Ahora más que nunca tenemos que ayudarles —les dijo don Antonio en una de las tertulias, conmovido—. Cada uno de los que ahora luchan, tiene parientes o amigos en la Ciudad de México y es necesario hacerles llegar desde lo más imprescindible hasta pequeñas comodidades de las que carecen. ¿Qué dice usted, doña Leona? ¿Seguirá siendo el centro de nuestra red de mensajes? Le advierto que serán más frecuentes. Las fuerzas del general López Rayón se dirigen a Tlalpujahua y desde ahí buscarán controlar la región.

—¡Por supuesto! —respondió la muchacha entusiasmada.

—La situación en la ciudad se vuelve cada vez más tensa —informó don Benito Guerra—, el general Calleja y el fiscal del crimen, el doctor Bataller, se han propuesto desenmascarar a todos los adictos a la causa. Como ustedes saben, no hay día que no aparezcan proclamas, versos infamantes y canciones léperas en contra de las autoridades, eso los tiene fuera de sus casillas. No está de más extremar las precauciones, en particular, aquellos de ustedes que ya fueron arrestados alguna vez —se volvió a mirar a Andrés.

—Don Benito tiene razón —interrumpió el padre Sartorio, hombre venerable que a sus casi sesenta años conservaba toda su fuerza—, ya nadie está seguro en esta ciudad. Aquellos de ustedes que puedan irse a colaborar con los que están en el campo de batalla, deben hacerlo. Se necesitan brazos jóvenes y fuertes que empuñen los fusiles; cabezas brillantes que articulen planes y proyectos; hombres de palabras que puedan convencer al pueblo de la justeza de nuestra causa.

Con aquellas palabras, a Manuel y a Andrés les brillaban los ojos de la emoción. Otros jóvenes presentes se miraron entre sí, asintiendo.

—Pero, ¿cómo pueden salir de la ciudad si se están pidiendo pasaportes y justificaciones para realizar cualquier viaje? —inquirió Leona, preocupada.

—Tenemos amigos poderosos por todas partes, doña Leona. Los ricos y los pobres por igual están cansados de esta situación. Muchos ricos se han arruinado entre la consolidación de vales reales y los préstamos forzosos; muchos españoles americanos están molestos desde 1808 por el encarcelamiento de Iturrigaray; otros por la imposibilidad de exportar sus mercancías. Tenemos incluso aliados entre los peninsulares y también entre los caciques de los pueblos de indios, entre las cocineras y los comerciantes del Parián. Estamos, literalmente, en todas partes. Conseguir pasaportes, créame, no será un problema.

Desde aquel día, Leona preparó la huida de sus amados Manuel y Andrés, que junto con otros jóvenes saldrían de la ciudad cuando las circunstancias fueran propicias. Andrés se puso en contacto con don Ignacio López Rayón, quien le pidió reunirse con él en Tlalpujahua. Entretanto Leona consiguió los pasaportes y planeó con don Antonio del Río los detalles del escape.

Una tarde de marzo de 1812, Leona llegó temblorosa a la casa de don Antonio del Río para informarle los últimos acontecimientos y apresurar la salida de los dos jóvenes.

—Margarita fue arrestada por Bataller y le encontraron varias cartas. No hay momento que perder, don Antonio. Tenemos que sacar a Manuel y a Andrés lo antes posible.

En ese momento llegaron los dos jóvenes citados por Leona en aquel lugar.

—Saldrán mañana —dijo don Antonio, ya decidido—. Pretextarán un asunto en la hacienda de León, cerca de Tacuba, que como saben, es el lugar de reunión e intercambio con nuestros compañeros, y de ahí su propietario, que es amigo nuestro, los hará llegar a territorio insurgente. Es necesario que no lleven equipaje ni nada que pueda delatar sus verdaderos propósitos. Recuerden que van a un asunto de trabajo, a pasar el día a la hacienda de un cliente.

Los muchachos asintieron en silencio, presas de la emoción y también del miedo.

Esa noche, mientras Manuel recibía todo tipo de recomendaciones para el viaje y los "veteranos" que ya habían estado en los campos de batalla le contaban cómo era estar ahí de verdad, Andrés y Leona se despedían en una salita apartada de la casa de don Antonio.

—Si tan sólo pudieras venir conmigo… Yo sé que no es posible, pero no deseo otra cosa.

—Yo tampoco quisiera quedarme aquí. Si pudiera combatir como cualquier hombre, si me aceptara el general Rayón para servir a la causa, créeme que ningún miedo me detendría; no quiero más que estar ahí con mis verdaderos hermanos, pero sería terrible que me acusaran de haber huido contigo como una descocada, sin entender que hay más motivos. Además, aquí soy necesaria ahora.

Andrés tomó sus manos en silencio y así permanecieron largo rato.

—Tomemos esta separación como un sacrificio más por la causa —dijo Leona festiva, fingiendo un entusiasmo que no sentía.

—Pronto estaremos juntos, Leoncilla. Te lo juro. Volveré para casarme contigo y ya nunca nos separaremos —Andrés tomó el rostro casi infantil de Leona entre sus manos, disponiéndose a besarla—. Te adoro y nada hará que te olvide.

—Lo sé.

Luego Leona se alejó, cubriendo los labios de su amado con su mano.

—Pero ni un beso más. Ni una caricia hasta que regreses victorioso. No seré tuya hasta que con tus palabras hayas construido una patria libre. Nos casaremos cuando nuestra causa haya triunfado —se puso de pie y abrazó a Andrés fraternalmente—. ¡A luchar, amor mío! ¡Hazme sentir orgullosa de amarte!

Sí, pensó Leona en el camino hacia su casa: era como Calipso. Había visto venir al hijo de Ulises a su isla solitaria y, a pesar de estar locamente enamorada, había tenido que dejarlo ir.

Quiso parecer tranquila ante sus amigos, pero al día siguiente, cuando Manuel se despidió de ella en la madrugada, Leona salió al balcón de su casa y sin importarle que la oyeran gritó con todas sus fuerzas para liberar la frustración: "¡Vivan mis hermanos los insurgentes!". Mariana salió tras ella y le tapó la boca ahogando el grito.

—Leoncita por Dios, ¡nos van a prender a todas!

Pero Leona hizo mucho más que gritar: una por una, vendió sus cucharillas de plata maciza para el té. Con ellas, socorrió a muchas familias cuyo único sostén era un guerrero unido al movimiento. Vendió luego el candelabro de diez luces del mismo material, los pendientes de filigrana con diamantes y más de un hilo de perlas para

darle el dinero a su amigo, el antiguo militar de la guarnición de Campeche, Antonio Vázquez Aldana. El joven escoltó a Leona hasta las casas de los armeros valencianos reputados como los mejores de México, y allí ella los convenció, con sus palabras y con las monedas de oro que repartieron, de irse a Tlalpujahua a fundir cañones para los rebeldes.

Semanas más tarde, junto con las esposas de don Antonio y de don Benito, sacó en un carro con destino a Sultepec el retal de imprenta que con gran sacrificio entre todos compraron y desarmaron en piezas más pequeñas. A finales de abril, se fueron las mujeres acompañadas por el tío Juan, con canastas de viandas y un odre de vino, por la garita de San Antonio Abad. Iban bromeando y cantando a gritos el corrido del chocolate.

> Vuestra virtud y excelencia
> a cantarte nos convida,
> Dios te conserve y aumente
> chocolate de mi vida...

La última estrofa se les congeló en la garganta cuando vieron que los guardias revisaban cada bolsa, cada saco y hasta los pliegues del pantalón de un pobre payo. Pero cuando el joven capitán de la guardia real se acercó a ellas, Leona, sin amedrentarse, sacó el torso por la ventana del carro, sonriendo coqueta. Su mano regordeta agitaba el abanico verde de seda con lentejuelas de plata, haciendo mil promesas sin palabras.

—Vamos a San Ángel a una jamaica. Ya ve que con este calor se antoja el fresco. ¿Nos escoltan? Unos guardias tan apuestos seguro que saben bailar y contar historias divertidas.

Aunque no las acompañaron, tampoco las revisaron y pudieron llegar a Tizapán, donde ya las esperaban los rebeldes para llevar la imprenta a su destino.

Semanas después comenzó a mandar, con el arriero Mariano Salazar, algunos artículos para los periódicos insurgentes que se publicaban en Tlalpujahua: *El Ilustrador Americano* del padre Cos y el *Semanario patriótico Americano*, que publicaba Andrés. Eran reflexiones en torno a la necesidad de libertad y a la rabia por la falta de ella, así como respuestas airadas a los comunicados realistas y noticias de los triunfos insurgentes.

¡Vaya que había hecho más que dar dinero! Pero incluso dar dinero no había sido fácil. Don Agustín vigilaba más que nunca los gastos de su sobrina. Tenía que fingirse mucho más coqueta de lo que era y solicitar unos pesos de más para comprar listones, otros pesos para tela, más para la costurera que nunca le había cobrado tanto… Había "comprado" botas al cochero cada tres meses y pedía cera y cepillos para lustrar los coches una vez por semana. De la cantidad mensual que don Agustín le daba para sostener la casa, Leona ahorraba lo más posible. Sólo bebía chocolate en la mañana o al recibir visitas, y se abstenía de la carne como si fuera cuaresma todo el año. Mandó a vender la cebada para las mulas hasta que una se murió de hambre y a ella la atacó la culpa por su inconsciencia.

De las tres docenas de cubiertos de plata que compró a la muerte de su madre, sólo tenía seis tenedores y un cucharón un año después. Vendió los rosarios de filigrana, las crucecillas de oro, las hebillitas de brillantes; malbarató los abanicos de concha nácar, los de carey, los de seda con costillas de hueso; llevó a los cajones de los portales los rebozos con hilillos de plata y las miniaturas chinas. Pocas cosas escaparon de su afán independentista. Desaparecieron los candelabros y los platones pintados, las rinconeras de laca y hasta el dosel de tisú.

Incluso cuando el general Ignacio López Rayón, en prueba de gratitud, le hizo llegar unas monedas insurgentes recién acuñadas, Leona las entregó a su amigo don Carlos María de Bustamante, quien emprendió un viaje hacia Oaxaca, para que a su vez las entregara a don José María Morelos, y que con el modelo acuñaran más.

—Cualquier cosa con tal de que a ellos no les falte nada —decía la muchacha cuando algún amigo osaba reprenderla—. Una se sorprende de a cuántas cosas inútiles se aferra sin necesidad...

Cuando recibía de manos del arriero Mariano las cartas cifradas de Andrés y los impresos rebeldes redactados por su amado llamando a todos a la lucha, reiteraba su convicción de que todos los esfuerzos valían la pena. Sus ojos se llenaban de lágrimas al leer los párrafos ardientes:

...redoblad vuestros esfuerzos, invictos atletas que combatís la tiranía, salvad vuestro suelo de las calamidades que lo amenazan, sed la columna sobre la que descanse el santuario de su independencia; animaos a la vista de los progresos hechos en sólo dos años, sin tener armas, dinero, repuestos, ni uno de los medios que ese fiero gobierno prodiga para destruirnos; la nación llena de majestad y grandeza, camina por el sendero de la gloria a la inmortalidad del vencimiento...

5

a joven salió de la casona de la calle Don Juan Manuel sin tener la más mínima sospecha de que a partir de aquel día su vida iba a cambiar de modo aún más radical.

Con paso apurado se dirigió a la Profesa, a la misa de siete, como todos los días. Algunos metros atrás, la seguían Francisca y Mariana, sus inseparables acompañantes. El aire del invierno tardío se coló a través del ligero mantón de Manila y el terciopelo del vestido. Leona se enredó la seda bordada alrededor del cuello, tapando el profundo escote.

Había poca gente. Algunos, como ella, se dirigían a misa en la Profesa o en Catedral. La mayoría iba al Parián. Una india vendedora de hierbas, nopales y rabanitos ofrecía su multicolor mercancía en la banqueta. El concierto barroco de la ciudad más grande de la Nueva España la fue cautivando a medida que recorría las calles: el repique de campanas en todas direcciones, la chirimía lejana, un cohetón inesperado, el pregón del lechero, el piropo proveniente de un arlequín desvelado que, trastabillando, buscaba el camino de regreso a casa aquel domingo de carnaval…

Como lo temía, había llegado tarde y su banca preferida estaba ocupada. La antipática marquesa de Vivanco, su hermanastra, lo hacía a propósito. Ocupaba toda la primera fila con sus hijos y su numerosa parentela; María Luisa Vicario se regodeaba en su victoria lanzándole miradas de burla a través de la mantilla.

Leona se encomendó al Cristo del Consuelo procurando olvidar el mal momento.

—Dios conmigo, yo con él, Dios delante, yo tras él. A Jesús entrego mi alma, a su justicia y su rigor, por su preciosa sangre, ¡misericordia, Señor! Librad, Señor, de todos los males a mi amado Andrés, a mi primo Manuel, pero sobre todo, al señor López Rayón, que logre llevar a buen puerto este barco a la deriva en medio de las aguas turbulentas. Proteged, Señor, a don Joaquín Fernández de Lizardi, preso en las cárceles de la Inquisición por defender el derecho a escribir, preso como tantos otros pobres infelices que no conozco, ¡protegedlos de la cruel mano de Bataller! Cristo del Consuelo en vos confío. Entrego mi alma y mi corazón a vuestra sabiduría. Padre nuestro que estáis en los cielos… Perdonadme, señor, por este rencor, por las mentiras, por el deseo de abrazar y besar a Andrés que está tan lejos.

El sermón del cura le pareció eterno. Paseó la mirada por los atuendos y las fisonomías de los presentes. Allá, la esposa del maestro Alconedo, con un sencillo vestido de paño azul; la mujer entrada en años, apretaba el rosario de palo de rosa con una mano maltratada que lucía varios anillos de plata y movía los labios, mientras miraba fervorosamente al milagroso Cristo. El maestro platero había sido aprehendido por la Inquisición desde 1809 y finalmente desterrado a Cádiz. Su esposa había tenido que mantener el negocio y a su hijo enfermo.

Acá estaba la famosa Güera Rodríguez en compañía de sus hijas, ataviada con un magnífico vestido de lana ligera a la última moda francesa y unos zarcillos que hacían perfecto juego con los interminables hilos de perlas alrededor de su cuello de garza. Incluso, mientras escuchaba misa, conservaba una expresión pícara y graciosa. Se echaba de ver que su mente estaba muy lejos de aquel santo lugar.

Leona salió antes que nadie para no tener que ver de frente a su hermanastra y tras los saludos de rigor y las limosnas a los pordioseros ciegos y tullidos en el atrio, alcanzó la calle.

—Demos un paseo, con suerte y encontramos todavía pescado en el Parián. ¡Pero vamos, niñas! ¡No se queden atrás que no tenemos todo el día!

Tomaron la calle de San Francisco para ver si el padre Sartorio estaba en casa. No habían recorrido una gran distancia cuando una mujer se acercó a Leona con semblante atribulado. Era el ama de llaves de la casa de don Antonio del Río.

—Camine con nosotros —ordenó Leona, tomándola del brazo.

—Aquí le mandan los señores —depositó un papel azul doblado en la blanca mano de la muchacha—. Me dijeron que era cosa de cuidado y que debería esperar respuesta.

En una redada en Tlalnepantla, el coronel realista, Anastasio Bustamante, había aprehendido al arriero

Mariano Salazar y confiscado toda la correspondencia. El correo insurgente había sido interrogado por la Inquisición y Bataller sabía que el arriero fue varias veces a recoger y llevar paquetes y cartas a Leona. Don Antonio le suplicaba que no volviera a su casa, porque los guardias del temible fiscal ya estaban esperándola. La carta concluía con indicaciones precisas: "Conserve la calma y no busque a ningún amigo. Vaya a la Alameda inmediatamente, ahí le dirán qué hacer…".

A medida que la joven iba pasando los ojos por la caligrafía en tinta violeta, su rostro se iba descomponiendo. Primero la sangre subió a sus mejillas y después la palidez y el frío de muerte la invadieron. Un zumbido dentro de su cabeza hizo desaparecer todos los demás ruidos y la mañana soleada de febrero sobre las baldosas de la calle de San Francisco se fue reduciendo hasta convertirse en un solo punto de luz en un túnel de oscuridad.

Ahora fue la criada de don Antonio quien la tomó del brazo para evitar que se cayera. Sus jóvenes acompañantes, asustadas, la sujetaron también. Una le daba aire con el abanico de carey, otra sacaba el frasquito de alcalí en forma de corazón para ponérselo bajo la nariz.

—No es nada —dijo por fin, recuperando toda su estatura después de algunos segundos. Y luego, dirigiéndose a la mensajera, le murmuró al oído—: y usted; diga a don Antonio que estoy de acuerdo. Que se hará como él diga.

—Vámonos para la casa —sugirió Francisca.

—De ningún modo. Creo que me hará bien tomar el aire en la Alameda.

—Pero Leoncilla… —reclamó Mariana, sabiendo de antemano que era inútil, porque cuando Leona se decidía, no aceptaba otra opinión.

—¿Le pasó algo a Andrés? ¿…a Manuel?

—Ahora no me hagan preguntas —cortó la muchacha.

Desandaron una parte del camino hasta llegar al paseo más aristocrático de México. La frescura de aquel parque le devolvió a Leona los colores. Sin embargo, sus pasos eran vacilantes, como si hubiera bebido. Apretaba en su mano la carta recibida, mientras que con la otra intentaba en vano acomodarse el mantón para taparse la cara y arroparse mejor. En una de las sendas, las mujeres se encontraron con una de las conjuradas, que paseaba con sus hijas; al ver a Leona, con grandes muestras de afecto la alejaron de sus acompañantes, pretendiendo decirle un secreto de amores.

—Ya nos dijeron. No te preocupes. Todo va a salir bien. Esta vez tenemos las cosas bajo control. Nomás no le digas ni una palabra a nadie hasta salir de aquí. No vaya a ser que se les eche de ver el susto. La casa de San Juanico está lista y como siempre, esperan a nuestros compañeros con afecto. Tendrás que llevarte a las muchachas. No te has olvidado de lo que tienes que hacer, ¿verdad?

—Por supuesto que no. Lo hemos hablado muchas veces —contestó Leona con impaciencia.

—Pues vale. Llévate este saquito de monedas para el camino. No sabemos cuánto vayas a necesitar. Es preferible que sobre. Pronto todos estarán avisados y se tomarán providencias. Mira, allá viene el señor Velasco y doña Petra, ellos te van a dar todos los detalles.

Leona esperó a sus amigos al borde de una de las fuentes del extenso parque. En silencio se sentó un momento a contemplar los juegos de los niños y el paso apurado de las mestizas con los anafres y las cazuelas de oloroso barro rumbo a la vendimia de mediodía en los Portales y la Plaza Mayor.

El señor Velasco y su esposa, doña Petra Teruel, se dirigieron hacia las mujeres con pasos lentos. La matrona vestida de negro, que a pesar de haber pasado la barrera de los cuarenta conservaba el rostro terso y la sonrisa juvenil, tomó a Leona del brazo y la alejó del grupo.

—Querida mía, lo siento mucho. Pero es preciso conservar la cabeza fría y tomar medidas urgentes para proteger a todos. Hay que ganar tiempo. El señor Del Río ya te debe haber explicado todo en su carta, ¿no es así?

Leona sólo asintió en silencio, con los ojos humedecidos y la barbilla temblorosa.

—Sonríe, ahí viene gente. Hagámosles pensar que estamos ocupadas en algún chisme. Así, así está mejor. Todos estamos contigo, princesa. Ahora tienes que decirles a tus muchachas que te pedí organizar una fiesta fuera de la ciudad, en el bosque de San Cosme y que es urgente, así podrás tomar un coche y salir de aquí sin sospechas. ¿Hay algo que podamos hacer ahora mismo por ti?

Después de dudar un momento, Leona pidió:

—Avísenle a mi ama de llaves. Que me alcance con dinero y comida.

—Así se hará, pierde cuidado —la elegante mujer acompañó las palabras con unas palmaditas en el dorso de la mano de Leona y una sonrisa que quería aparentar seguridad—. Y que Dios nuestro señor y la virgen de

Guadalupe vayan contigo. Ven, te acompañaremos hasta que salgas de aquí.

—Entonces nos veremos más tarde en la fiesta —dijo en voz alta al alejarse el señor Velasco mientras su mujer agitaba la mano en señal de adiós.

Salieron de la Alameda por el puente de la Mariscala y aunque Francisca y Mariana apenas aguantaban la curiosidad, no interrumpieron el silencio absorto de Leona.

—Queridas, doña Petra me pidió un favor: hay que ir a San Cosme a buscar la casa de una conocida suya para hacer una jamaica. Sus amistades llegarán a la hora de comer. Apenas tenemos tiempo.

—¿Jamaica? ¿Así nomás? —Francisca preguntaba incrédula.

—Tu tío nos va a matar a las tres —aseguró Mariana, que era la más asustadiza.

—No se preocupen. Doña Petra va a pasar por la casa para avisarle.

Leona tomó un coche en el baño de las Ánimas, tras algunas negociaciones con el fornido mulato que parecía no estar muy conforme con las condiciones que la joven proponía. Las muchachas se limitaron a subir, confundidas por lo intempestivo del viaje.

—Leona, mira, ahí viene mamá —gritó Mariana unas calles más adelante.

Leona hizo detener el chirriante vehículo y, sin bajarse, pidió simplemente:

—Venga con nosotros. Encontrarla fue obra de Dios. Necesito que me ayude en la jamaica de esta tarde. Tenemos mucho qué hacer y muy poco tiempo.

—Pensaba pasar por su casa después de ir al Parián —dijo la mujer, una viuda de más de cincuenta años, de tez maltratada y ropas de paño oscuro.

—Pues ya le ahorramos la vuelta.

La inquietud de Leona parecía haber desaparecido. Miraba por la ventanilla cómo iban pasando las anchas calles, los paseos, los palacios y las casas de tezontle. Poco después pasaron por su lado las acequias y las milpas, los ranchos y los jacales de adobe y palma.

Los campos estaban vacíos por ser domingo, pero al borde del camino de vez en cuando pasaba a su lado una procesión de indios vestidos de blanco rumbo a la parroquia cercana.

Muchos de ellos detenían la marcha para ver pasar el coche de alquiler y dentro de él, a esa hermosa muchacha de mirada inteligente y cabellos color de miel con el mantón de manila volando al impulso del viento.

Arrulladas por la marcha uniforme del carro y el calor de mediodía, las mujeres que acompañaban a Leona luchaban por mantener los ojos abiertos hasta que cayeron finalmente en el sopor de un sueño pesado.

El carro se detuvo después de trastabillar con las piedras a la entrada del pueblo. Leona abrió la puerta y se sacudió el polvo del vestido. Las otras viajeras hacían esfuerzos sobrehumanos por espantarse el sueño. El zumbido de las moscas y el fuerte olor a estiércol las ayudaron a despabilarse.

—¿Qué pueblo es éste? —preguntó Francisca adormilada.

—¿Qué hora es? —Mariana se sobresaltó.

—Esto no es San Cosme... —terció la madre de ambas.

Leona bajó ayudada por el cochero, apurando a sus acompañantes. Cuando el carro echó a andar de nuevo, dejándolas en medio de una calzada polvorienta, la madre de sus damas comenzó a alarmarse de verdad.

—Doña Leona, ¿dónde estamos? ¿En este pueblo va a ser la jamaica?

—¡Qué jamaica ni que ocho cuartos! —estalló Leona por fin—. Vengo huyendo de la justicia.

—¡Pero qué cosas dice, señora! ¿Qué pasó?

—Atraparon a un arriero con cartas que iba a entregar a los insurgentes en Tlalpujahua. Eran mías.

La madre y las dos hijas se abrazaban con las lágrimas amenazando salir de sus ojos. Leona las contuvo.

—Nada de llantos. Por eso no se los dije antes. No nos podíamos arriesgar.

—¿Cómo pasó todo esto? —preguntó Francisca, intentando en vano atemperar el corazón—. ¿Agarraron a Mariano?

—¿Qué le van a hacer? ¿Lo van a matar? ¡Malditos gachupines! —estalló Mariana—. Era tan buena gente, siempre nos traía alguna cosita.

—La cajita de Olinalá...

—El espejito de marquetería...

—La petaquilla de laca con herrajes de plata...

—¡Basta! —gritó Leona—. No es momento de darle rienda suelta a la nostalgia. Y no hablen de él como si estuviera muerto, que Dios nuestro señor no lo ha de permitir. Vamos a quitarnos de en medio del camino. ¡Hale!

Emprendieron la marcha pegadas a la cerca de un convento, procurando no lastimarse los pies con las piedras afiladas.

—Aquí es —dijo Leona deteniéndose en la puerta de un jacal, como si supiera de antemano a dónde iba.

Ya las esperaban. Una india de huipil bordado y enredo de lana negro salió a recibirlas.

—¡Viva la virgen de Guadalupe! —exclamó Leona. Era la señal convenida.

—Pasen sus mercedes. No se estén en el sol.

No tuvieron que decir nada. La joven indígena les sirvió agua en jarritos de barro cocido y procuró que estuvieran cómodas en un par de petates tendidos en el piso de tierra de la vivienda.

—Estamos en el pueblo de San Juanico y si todo sale bien, pronto estaremos con los insurgentes en Tlalpujahua.

—¿…y si no sale bien? —preguntó temerosa Mariana.

—Si no sale bien, ya nos podemos ir despidiendo —Leona seguía pensativamente con la mirada a una hormiga que había salido debajo del petate.

Las chicas se le abrazaron.

—La cárcel… Ya ves que doña Mariana Rodríguez del Toro sigue presa desde hace dos años. No le tuvieron ninguna consideración —relataba Francisca.

—Quién sabe si siga viva… Me contaron que también han ejecutado mujeres adictas a la insurgencia —completó Mariana.

—No permito que se repitan esas historias. No estoy dispuesta a darme por vencida. ¡Y tampoco voy a dejar que ustedes lo hagan! Todo va a salir bien, ¿entendieron? Ya ven que esta gente nos ha recibido con agrado. Son de los nuestros y abren su casa y su corazón a los enviados de don Antonio del Río.

Ninguna de las mujeres respondió. Un silencio pesado cayó sobre las cuatro, que mataban la ansiedad fumando, hasta que oyeron a lo lejos, por encima de los cantos de los gallos y el silbar del viento, el traqueteo de un carro.

—¡Vienen a prendernos!

—¡Estamos perdidas!

—¡Dios mío! ¿Qué será de mí en compañía de mujeres tan miedosas? —Leona se puso de pie y salió del jacal.

El ama de llaves y la cocinera de la casa se asomaban por las ventanas de un coche de alquiler.

—Venimos a quedarnos con usté —dijo la señora que se encargaba de todos los quehaceres de la casa, ayudando a la cocinera con las canastas llenas de viandas y un pequeño saco con la ropa más indispensable.

—¡Les avisaron!

—Claro y nos venimos luego luego. Dejamos dicho en la casa que traíamos la comida para la jamaica. Su tío naditita se sospecha.

—No puedo dejar que se queden aquí. Es muy peligroso. Con que se queden Francisca y Mariana es suficiente. Las demás váyanse de regreso y avisen a todos los que puedan que las cartas fueron descubiertas. Alguien tiene que estar en la casa para esconder todo lo que puedan usar en nuestra contra.

—No, doña Leona, yo no me regreso —dijo la madre de las muchachas—. Su madre me la encargó en el lecho de muerte y yo no le voy a fallar a doña Camila, Dios la tenga en su gloria. A ella le encomendé mis hijas y cuando ella murió, supe que estaban seguras con usted.

El destino de mis hijas será mi destino. No tengo a nadie más en el mundo.

—Regrésate tú —le dijo a la cocinera, una mestiza simpática y rolliza que le servía desde hacía varios años—. Tu madre te va a andar buscando. No digas nada y no llames la atención. Y si te interrogan, di que tú no sabías nada hasta llegar aquí y que no quisiste quedarte y ser cómplice del delito. Di que yo declaré ser inocente y haber huido por miedo. Que ya escribí a mi tío para que lo arregle todo y venga por mí. Y hoy mismo, ¡te lo ruego!, busca unos paquetes de ropa y unos relojes que hay en mi cuarto y se los llevas a la señora güerita que me visita con frecuencia, ella sabrá a quién mandarlos. Sabes dónde vive, ¿verdad?

La mestiza entrada en carnes asintió en silencio.

—Pero yo no quiero dejarla, señora. Yo... —comenzó.

—Me vas a hacer un enorme servicio, a mí y a la causa. Conque ya lo sabes, ni una palabra antes de tiempo. Nuestras vidas dependen de tu silencio. ¿Puedes hacerlo?

—Usted cuenta conmigo para todo, señorita.

Cuando el viejo coche de providencia se perdió en el horizonte llevándose a la cocinera, algo parecido a la desesperanza se apoderó de las cuatro mujeres.

—Pero, ¡arriba el ánimo! —dijo el ama de llaves cargando las canastas de provisiones—. Vamos a comer, que las penas con pan son menos. ¡Que no nos vayan a coger esos diablos de gachupines con el estómago vacío!

6

Ciudad de México, marzo de 1813

oña Isabel Montiel se tomó su tiempo antes de levantarse de la cama aquel martes de carnaval. Hacía frío y las reumas hacían presa de sus viejos huesos carcomidos por la edad y los padecimientos. En cuanto Luz se sentó junto a ella a tomar chocolate, se sintió mejor. ¡Qué hija tan maravillosa le había dado Dios que se había quedado soltera para acompañarla en la vejez! No dejaba que ninguna sirvienta la peinara ni que le suministrara los medicamentos que cada vez más frecuentemente necesitaba con urgencia.

Con el partidor de plata, Luz separó los mechones blancos de doña Isabel y tejió las trenzas que luego anudaría en lo alto de la cabeza.

—Leona no está en su casa —le dijo a su madre como al descuido.

Atoró con la peineta de plata la mantilla negra en el tope del peinado sin añadir nada.

—Se habrá ido a misa o de compras. Ya ves que esa niña se manda sola.

—No, madre. Leona no está en casa desde antier.

Doña Isabel se santiguó.

—¡Madre Santísima! ¿Y tu hermano lo sabe?

—Le vinieron a avisar el domingo que estaba en una jamaica en San Cosme. ¡Vaya una fiesta más larga…! ¡Se ha tomado muy en serio el carnaval!

Doña Isabel se levantó por fin y en cuanto su hija terminó de ajuarearla con un vestido negro de encaje a la antigua moda española y un lunar de carey en la sien, salió a buscar a don Agustín a su despacho.

—¿Desde cuándo permites que falte Leona dos noches a su casa? —preguntó la anciana indignada.

Don Agustín se había olvidado completamente del asunto al tratar de poner orden en su despacho, junto a nuevos asistentes, aprovechando el asueto por las fiestas de carnaval y recibió el reclamo de su madre con sorpresa.

—Me avisaron que irían a una jamaica…

—¿Te das cuenta del lío en el que estamos metidos todos por culpa de esa criatura caprichosa y consentida? ¿Qué pensarán los vecinos que no la vieron llegar? ¿Sabes con quién está en la jamaica? ¿No se habrá ido con el abogadito yucateco que quiere perderla a toda costa?

El doctor Fernández de San Salvador recibió la avalancha de preguntas con estoicismo.

—Pondré remedio, madre. Váyase usted sin cuidado.

En cuanto la anciana cerró la puerta, don Agustín comenzó a calibrar el tamaño del peligro que los acechaba. Salió presuroso a revisar la casa de su sobrina y no encontró ahí a nadie, aunque los cajones estaban abiertos y algunas cosas revueltas. Faltaban varios objetos que él conocía bien, ¿le habrían robado sus sirvientas?

Del gallinero vio bajar de pronto a la cocinera quien al verlo a su vez, gritó llena de susto.

—¿Dónde está mi sobrina?

La muchacha se echó a llorar.

—Dijo que le escribiría para avisarle, señor.

—Pero, ¿dónde está? ¿Está bien?

—En San Juanico. Se fue huyendo porque la acusan de haber mandado cartas a los rebeldes. ¡Pero ella es inocente, señor! Seguro le va a escribir para contarle todo.

Don Agustín regresó a su despacho, maldiciendo en voz baja y calculando lo que debía hacer.

Antes que nada, exculparse de todo. ¡No fueran a pensar las autoridades que él la protegía! Niña estúpida… ¡por supuesto que debió haber mandado y recibido cartas, tanto del abogadito Quintana Roo como de su propio hijo! A estas alturas, seguro ya iba rumbo a Tlalpujahua, ¡como una ramera!, ¡como una desvergonzada!

No había tiempo qué perder. Una carta, una carta de inmediato a las autoridades para notificar la falta y salvar el honor de la familia. De ningún modo se podía pensar que él protegía a infidentes. ¡Qué vergüenza! ¿Cómo había dejado pasar dos días? ¿Cómo no se había dado cuenta del peligro desde antes? Cuando Manuel se fue, supo lo que era el dolor de perder a un hijo. Para él estaba muerto. ¡Y ahora Leona! ¡Todos señalarían su casa! ¡Su pobre madre exhibida! ¡Sus hijas pequeñas! ¿Cómo explicar que un hombre como él, ¡como él!, había albergado en su casa a un rebelde como Quintana Roo y había perdido un hijo y a su sobrina en esa causa del mal?

Los reproches que el abogado se hacía se estrellaban en las paredes del bufete mientras lo recorría a grandes pasos. No podía darse el lujo de perder su posición y mucho menos el porcentaje que le tocaba por la administración de la herencia de Leona.

Había muchas cosas por hacer. Primero la carta a Bataller, luego otra para que no se le entregara ningún dinero a la niña que de seguro lo mandaría a los malditos francmasones de Tlalpujahua. Finalmente, había que enviar a alguien a buscarla, a ver si la cosa todavía tenía remedio.

México, marzo 2 de 1813

Señor doctor Miguel Bataller de todo mi aprecio:
Desde el domingo 28 de febrero falta de su habitación mi sobrina María Leona Vicario con sus criadas, y habiendo dejado dicho al portero que iba a una jamaica a San Cosme, creí de buena fe que así era. No viniendo en la noche, se exaltó mi cuidado, cerré las puertas de su habitación que está separada de la mía y no advertí falta que me indicara otra cosa. Creí prudente esperar hasta ayer, imaginando que, avergonzada de haberse quedado a comer y dormir fuera sin mi permiso, el cual no le habría dado, vendría con algún padrino.

No aparece. Y yo tengo un enemigo tan malo como don Andrés Quintana Roo, que por haberle impedido que se casara con ella, me aborrece; y hallándose con Rayón, al igual que mi hijo, seducido sin duda por aquél en venganza de mi repulsa, temo que tal hecho sea intriga infernal de tan cruel enemigo.

Acaban de atravesarme de dolor: uno, con la noticia de que ha huido mi sobrina de México, y otro, con la de que ella y su familia están presas. Sea lo que fuere, lo pongo en noticia de usted, rogándole que, por estar yo aturdido y no atinar qué debo hacer, tome las providencias que tuviere por justas, si está presa, para que se corrija como merezca, y si no es así, ni hay motivo para otra cosa, se le busque y se le reduzca a su casa o a un convento.

Quiero rogar a usted, como curador de mi sobrina, que no pierda de vista que, aunque teniendo un padre tan honrado como el que tuvo y una madre como fue mi hermana, Leona es capaz de todo, en caso de que la seducción del malvado haya hecho alguna impresión; y que su honor, el mío, el de mi amada madre y de mis hijas inocentes, todo se perderá.

No quiero por esto que usted falte a lo que sea justo, sino suplicarle que vea el asunto con la mayor reserva y prudencia, ya que comprendo que el pesar puede distorsionar las cosas en un corazón adolorido y puede ser muy dable que ella esté escondida y aparezca, y que sea otro el motivo de su ausencia.

En fin, hablo al señor Bataller, que tiene tantos buenos hijos, que es un ministro lleno de bondad, que me distingue con su aprecio y que sabe que la calamidad exige que la prudencia, que a usted le sobra, obre más que todo.

No voy personalmente a rogarle a usted, porque no soy capaz de ponerme en la calle. Desde el momento que me dijeron lo que le avisé, estoy sin juicio.

En fin, un hombre atravesado con el mayor dolor que puede imaginarse, merece la compasión de usted, y más, habiendo empleado toda mi vida en trabajos por el honor.

Dios guarde a usted muchos años. Es de usted, su atento servidor,
Agustín Pomposo Fernández.

7

SAN JUANICO-HUIXQUILUCAN, MARZO DE 1813

n cuanto Leona se vio a solas con sus acompañantes en la casa de los anfitriones que los refugiaron de tan buen talante en San Juanico, mandó con un indio del pueblo una corta misiva a Andrés.

> Fui descubierta y tuve que escapar. Para no comprometer al dueño de la Hacienda de León, vine directamente a San Juanico. Voy camino a Huixquilucan. Pide al general Rayón que mande allá por mí, por piedad.

El pueblo de San Juanico era uno de los puntos de salida de la Ciudad de México, y sin duda el más conveniente para hacer cambio de mulas si se quería llegar a cualquier otra ciudad, ya fuera hacia el norte o hacia el noreste de la Nueva España.

Para llegar a Tlalpujahua, el camino desde San Juanico pasaba por la Venta de Huixquilucan para luego perderse en el bosque hacia Toluca, pero Leona y sus acompañantes no podían darse el lujo de tomar el camino transitado tanto por patrullas realistas como por piquetes de soldados insurgentes, por lo que se adentraron en la montaña, tras los caminos de mulas que los habitantes del pueblo les señalaron como más seguros.

Al principio consiguieron caminar con una recua que iba hasta Atizapán. Los arrieros se compadecieron de aquel grupo de mujeres que claramente eran aristócratas de México, y que pretendían llegar hasta Huixquilucan sin mayor abrigo, vestidas a la moda, con zapatos de raso y medias de seda.

Pero después, se adentraron a solas por los caminos apenas desbrozados de cardos y huizaches rumbo a su incierto destino.

Era la primera vez que Leona emprendía una aventura de ese calibre y a pesar de que pretendía conservar la calma delante de las mujeres que estaban sin duda mucho más asustadas que ella, hacia esfuerzos sobrehumanos para no llorar. Muy digna, encabezaba la marcha con su parasol de encaje, caminando muy recta por en medio de la vereda pedregosa, pero no pasó mucho tiempo antes de que se les atravesara una culebra, lo cual causó susto y la desbandada general.

—¡Basta! —les gritó Leona entonces, refrenando su propia repugnancia—. Las mujeres somos tan capaces como cualquiera de librar los obstáculos del camino. No quiero oír más gritos. Si una patrulla realista nos escucha dando alaridos, entonces sí tendremos un problema serio. Conque ¡hale!

Pero el entusiasmo aun a Leona se le fue acabando a la vuelta de los días. Por tramos, la vereda estaba tan empinada que tenían que escalar, literalmente, los cerros sembrados de piedras. En otros momentos, había que esconderse, pecho a tierra, en las hondonadas polvorientas cuando escuchaban los cascos de los caballos de las patrullas realistas, por lo que al poco tiempo, el vestido de terciopelo de Leona —que antes había sido color vino y ahora tenía un color guinda terregoso y opaco— lucía cubierto de costras de lodo. Al tercer día, Leona tropezó peligrosamente en la orilla del camino. El mantón de Manila se cayó a un barranco y la bolsita de chaquira se abrió, derramándose todo su contenido entre las yerbas. La muchacha, llorando de rabia, con las rodillas raspadas y las medias rotas, recogió una a una las monedas dispersas; el guardapelo de oro con las imágenes de su madre, de Manuel y de Andrés; el rosario de perlas y la botellita de alcalí.

Francisca y Mariana se acercaron a ayudarla, pero la muchacha, enfurecida, las rechazó:

—Yo puedo, yo puedo hacerlo sola, ¡déjenme! —pero momentos después se sentó en el camino a llorar de impotencia.

El ama de llaves que la quería como a su hija, a pesar de la pequeña diferencia de edades, se acercó a consolarla. Con sus dedos acariciaba el polvoriento cabello de Leona repitiéndole por lo bajo:

—Ya vamos a llegar, doña Leona. Ya va ver que todo esto pasa pronto, ya...

En las largas horas de silencio, una letanía importunaba a Leona: ¿Para qué sirvieron mis vestidos de seda, mis túnicos de muselina con florecillas de plata? ¡Hubiera sido mejor que empleara el tiempo en cosas útiles en vez de perder tantas horas en la casa de la costurera! ¿Para qué tantas joyas: los hilos de perlas, los lazos de brillantes, el rosario de ámbar y oro con cruz de concha y siete misterios? ¡Debí haber vendido todo eso hace años y emplear el dinero en aprender cosas que me salvaran la vida ahora! ¿Volveré a usar todo eso algún día? ¿Regresaré viva?

Conseguían comida en las rancherías que iban pasando, aunque no fuera, ciertamente, del agrado de Leona, más acostumbrada a las golosinas, al chocolate, a los guisos complejos de carne y verduras, a los pescados y patos del lago. Los indios les ofrecieron huevos en mole tan picante que Leona no pudo comerlos. En otro lugar, unos frijoles mal guisados a los que se escurría la manteca le provocaron náuseas y tuvo que conformarse con tortillas y chile que le ocasionaron malestar.

Por momentos la sed era una culebra que le iba corroyendo las entrañas. El hambre se confundía con la nausea y le nublaba la razón. No quedaba remedio: había que seguir caminando, subiendo las lomas que parecían no terminar nunca y al agotamiento físico se aunaba la rabia que Leona iba sintiendo contra sí misma: de nada servían los primores de la aguja cuando había que cortar leña. Los pinceles y los óleos quedaban arrumbados en sus estuches de laca frente al apremio del hambre o del cobijo cuando acechaban las fieras.

¿De qué servían las lecturas de Voltaire y Rousseau cuando en la mitad de la noche escuchaba el aullido de los coyotes? ¿Dónde quedaba la filosofía cuando tenía que arrastrarse en el lodo y ocultarse entre los breñales para que no la encontraran los salteadores?

¿De qué le servía hablar francés y traducir a Fenelón si no entendía a los otomíes cuando le explicaban los atajos del monte? ¿De qué le servía ser experta en las artes ocultas del abanico, en los secretos de la galantería si no podía ya ni pronunciar su nombre?

Siete días más tarde llegaron a Huixquilucan, pero no terminaron ahí sus trabajos. Los indios asustados de ver llegar a cinco mujeres despeinadas, sucias y desastradas, dudaron en darles abrigo. ¿Quiénes podían ser sino "escapadas" de la justicia? Y ni pensar en alojarse en el mesón mismo: durarían cinco minutos antes de ser delatadas.

La única noche que les permitieron dormir en un petate dentro de un mísero jacal a las orillas del pueblo, Leona pidió un poco de agua para lavarse y al hacer recuento de su persona, no pudo sino soltar el llanto al dar cuenta de sus heridas.

Sus escarpines de satín color violeta estaban destrozados. Ella misma los había mandado a hacer a su gusto, y sobre la tela tenían cosidas innumerables bolitas de chaquira de tonalidades que iban desde el púrpura hasta el rosa claro. Una que otra chaquira había quedado y su dedo sobresalía de un enorme agujero en la punta. Se quitó luego las medias de seda blanca que también estaban destrozadas y que apenas servían para cubrir sus pies lacerados e hinchados al doble de su tamaño. Los verdugones le llenaban las piernas y los brazos. Los cardillos eran ya su segunda piel. Era ella misma una hinchazón completa: cuadro perfecto del hambre y de la desolación.

En el espejito que cargaba en la bolsa, se miró el rostro: los labios hinchados, las mejillas partidas por el sol y el aire frío, la hermosa cabellera color de miel, hecha una maraña donde había hojas secas, ramitas y hasta insectos.

Junto a las lágrimas de rabia que corrían por sus mejillas, empezó a brotar de su pecho una carcajada ronca y burlesca mientras le hablaba a su imagen desastrada en el espejo:

—A ver, Leona, ¿querías conocer el mundo? Pues aquí lo tienes, idiota. Los bosques y las barrancas de nuestra tierra están muy lejos de pertenecer a las *Églogas* de Garcilaso que tanto te gustan. ¿Dónde están tus pastorcillos de papel suspirando por Galatea? Anda, ¡que vengan Telémaco y Nemoroso, los queridos personajes de tus libros a salvarte ahora! ¿O es que tú misma te crees la heroína de esta historia? ¿Te crees personificación de la huerfanita inglesa enamorada y dispuesta al sacrificio con tal de no renunciar a sus principios? ¿Crees acaso que esta historia tendrá final feliz?

De nuevo le ganaron los sollozos. Los insurgentes no habían venido a recogerla desde Tlalpujahua. ¿No habrían recibido la carta? ¿Le habría pasado algo a Andrés? En medio de su berrinche también lo culpaba a él por todo lo que estaba ocurriendo. ¡Y para esto había roto su compromiso con Octaviano Obregón! ¡Ahora mismo estaría en Cádiz, respirando la brisa del Mediterráneo en vez de estar luchando por cada bocanada de aire! Pero de inmediato se arrepintió del exabrupto, asustada de sus propios pensamientos. Agotada de llorar, se quedó dormida sobre el petate.

A la mañana siguiente, las mujeres tuvieron que buscar otro lugar de abrigo. Nadie más las quiso recibir y tuvieron que conformarse con una choza sin techo y el piso de tierra, donde tenían que dormir todas juntas, hechas bola, para conservar el calor en las noches heladas de la montaña.

Cuando Leona estaba a punto de perder las esperanzas, apareció en el pueblo una patrulla insurgente. Leona de inmediato fue a ver al capitán que la comandaba, suplicándole que las llevase hasta Tlalpujahua. No alcanzó a explicarle quién era ni por qué quería ir ahí, cuando de manera brusca el hombre respondió:

—En Tlalpujahua no quieren gente inútil ni semejantes muebles como ustedes. Lo que se necesita es gente útil para las armas. De ningún modo puedo hacerme responsable de llevarlas hasta allá, esto no es un día de campo, señoras.

Leona estaba ya muy débil, y al escuchar semejante respuesta, se desmayó. Más tarde comenzó a delirar: tenía fiebre muy alta. Las sirvientas le acondicionaron una cama con musgo y ramitas secas y le dieron infusión de naranjo que pidieron por caridad a los indios. No dejaban de lamentarse entre suspiros: ¡Pobre Leona! ¿Qué le habían hecho a sus sábanas de Holanda? ¿Las fundas de cambray entretejidas con lazos de listón? ¿Los almohadones de plumas? ¿La cama con cabecera forrada de charol? ¿Dónde estaban las aguas de vida en botellitas de cristal pintado? ¿...los licores caros y los médicos? ¡Ay, si doña Camila pudiera ver a su hija ahora!

Leona, con los labios ampollados, llamaba a su madre en el delirio, por momentos asentía como si oyera a la muerta decirle algo...

Ay María Leona, Leona Camila, fierecilla indómita, María Leona Soledad, reina de la tozudez infinita, emperatriz del desacato, santa patrona de la insensatez, sacerdotisa de los desafíos, antorcha de los inconformes, ¿quién rogará por ti si yo estoy muerta?

Déjame secarte el sudor de la fiebre como tú me lo secaste a mí en el lecho de muerte. Déjame untar el bálsamo de mis lágrimas en tus heridas. ¿Quién te dará de comer si yo ya no puedo amamantarte?

¿Para esto te parí? Única hija de mis entrañas, naciste en sábado de gloria como un regalo del cielo y fuiste una fiera desde niña. Un hermoso animalillo salvaje que sólo se puede admirar de lejos.

¿Para esto te amamanté yo misma sin osar ponerte una chichigua? Te has indigestado de mi leche india. Te he contagiado de la inconformidad de siglos. Asimilaste de mi cuerpo la historia de esta tierra y desechaste los mandamientos que quise inculcarte: no mentirás; obedecerás a tus mayores; huirás de las malas compañías; no harás cosas buenas que parezcan malas... Pero el mal y el bien se han echado a dormir juntos en estos tiempos, ¿quién podrá desenredarlos?

Duerme en mis brazos, niña mía, retoño mío. Mambrú se fue a la guerra y no te quiso llevar. Si yo pudiera traerte al poeta... si yo pudiera decirles dónde estás a esos hombres que él mandó a buscarte... Andan perdidos como tú en las rancherías, preguntando a los indios si te han visto. Todos andan ciegos entre la bruma buscándose. Sólo tienen ojos para el sueño de la libertad y no ven lo que está enfrente.

Ay Camila Soledad. Con mis propias manos allanaría el terreno para que pasaran tus pies y ni una sola piedra los lastimara. *Diez veces sufriría la agonía y la muerte para evitar la tuya. Pediría limosna para que pudieras quedarte en una casa sin goteras y no tuvieras que sufrir la humillación de que los propios indios te corran de sus jacales para no ser acusados de esconderte.*

"Señora Santa Ana, ¿por qué llora Leona? por una manzana. Le daremos una, le daremos dos, una pa' la niña otra para Dios..." Duerme ya, felina desastrada. Huérfana abandonada. Heredera despojada. Mientras duermes, Leona María, Leoncita mía, la corona española se ha quedado con tu herencia, con mi herencia, para que no la regales a los rebeldes. Héroes perdidos, héroes ciegos y trastabillantes como tú, sudorosos de fiebre y de sueños. Escondidos en un rincón de las montañas creen que van a crear un país.

"Toronjil de plata, torre de marfil, arrullen a Leona que se va a dormir." Con mis besos sanaré tus llagas. Con mis bendiciones curaré tu fatiga y tu enfermedad. Con rayos de luna remendaré tu ropa y con mi propio sudario te cubriré para que no te lastime el viento helado. Duerme ya...

—Madre... ¡No se vaya!

—¡Está delirando! —aterrada, María remojó otra vez el paño para bajar la fiebre en agua serenada—. ¡Está llamando a la difunta doña Camila!

—¿Y si se nos muere?

Las mujeres se santiguaban y rezaban en voz baja el rosario.

—¡No lo permita Dios!

Refregaron el cuerpo cubierto de moretones y rasguños con árnica macerada en aguardiente y le colocaron en el pecho sus medallas de san Ignacio y san Luis Gonzaga.

Algunas horas después, que a las mujeres les parecieron una eternidad, Leona abrió los ojos.

—¿Dónde estamos?

—¡Alabado sea el Señor y la santísima virgen de Guadalupe! Ya despertó.

Las mujeres se tomaron de las manos como si fuera una fiesta. En todas se notaban los mismos estragos de las marchas forzadas a través de las barrancas. Hondas ojeras profundizaban su mirada y el cabello en desorden sobre el rostro les confería un aspecto siniestro.

—En Huixquilucan, Leoncita. Camino a Tlalpujahua, como tú querías. Venimos desde San Juanico buscando a los amigos de Manolito y Andrés, pero no llegaron.

Leona volvió el rostro a la pared de adobe del jacal destruido donde habían hallado cobijo en las afueras del pueblo. Quería esconder el rictus de dolor y rabia. ¿La habrían abandonado sus amigos? ¡Imposible! Algo terrible tenía que haber ocurrido. ¡Aprehendidos! ¡Muertos todos! ¡Quién sabe qué destino habían tenido!

—Ya estaríamos ahí si ese maldito capitán no se hubiera negado a ayudarnos.

—¡Qué desgracia! ¡Un capitán insurgente!

—¿Quién sabe? Tal vez tenía razón.

—Mira que negarnos el auxilio con esa soberbia.

—Si Leona no hubiera estado tan agotada y enferma, le hubieran llovido bofetadas a ese infeliz.

—Pero la pobre, al perder la última esperanza, se desplomó.

—¡Dejen de hablar de mí como si no estuviera! —exclamó Leona entre sollozos de rabia—. Algún día, algún día le veré la cara a ese canalla otra vez. Y ni la protección de todos los santos lo va a salvar. Dios me perdone.

Fatigada por el esfuerzo y con la boca seca, cerró los ojos de nuevo.

—Iban a venir por mí... tenían que venir por mí... —murmuraba perdida entre la desolación y el miedo.

Caía la tarde y entre las voces lejanas y las risas de los niños del pueblo, comenzaron a distinguirse con claridad los pasos y las voces de varios hombres.

Las mujeres no tenían ya fuerzas para sentir miedo. Esperaron en silencio su destino.

En el hueco de la puerta apareció, recortada contra la luz ambarina, la silueta enhiesta y firme de don Antonio de Río. Detrás de él, el mozo y un guía alto con la cara cubierta de cicatrices de viruela.

Ninguno de los hombres se atrevió a pronunciar palabra. La alegría de encontrar a Leona y sus acompañantes se confundía con la impresión de su aspecto.

—Ayúdenme a llevarlas bajo techo —dijo el conjurado por fin. Y luego a Leona—: me envió su tío, doña Leona, me pidió decirle que el virrey le promete el indulto. Puede usted volver sin cuidado.

—No —dijo Leona, ante la mirada estupefacta de los presentes—. Indultada no regreso. ¿A cuántos han engañado con el indulto y luego los ajustician? Me quedo aquí. De un momento a otro van a venir por mí.

El hombre que había guiado a Leona por las sendas de la insurgencia y que seguía siendo una de las cabezas principales de la resistencia en la Ciudad de México, ayudó a la fugitiva a incorporarse, mientras los demás conducían al resto de las prófugas a una mejor vivienda.

—Ay, don Antonio, ¿qué hice mal? ¿Me descuidé? ¿En algo fui omisa?

—No se atormente, criatura. Atraparon a Mariano con las cartas para la gente de Tlalpujahua y con eso es suficiente. No es su culpa. Todos estos años en que ha sido el centro de la red de correo, el envío ha funcionado de maravillas gracias a usted. Nadie lo hubiera hecho mejor.

—No diga eso. Debí haber hecho más —se puso trabajosamente de pie, pero las lastimaduras de los pies le impidieron caminar. Don Antonio la tomó en brazos—. No debo regresar. Si me acojo al indulto, incluso si es verdadero, a cambio tendré que descubrir a todos nuestros amigos. ¡Y eso sí que no lo voy a hacer! Me mandarán desterrada a un lugar lejano, bajo estricta vigilancia, como a los otros.

—Yo sé que tiene razón, pero no podía negarme a traer el encargo de don Agustín Pomposo, su señor tío. Me mandó llamar con urgencia cuando la cocinera le dijo que usted estaba en San Juanico. Me dio a entender que sabe, o sospecha, algunas cosas sobre nuestra red. Interrogó a su servidumbre, por lo que se enteró de que usted frecuenta mi casa y me hizo jurarle que la llevaría de regreso a México, porque estaba seguro de que yo sabría dónde buscarla. ¡No sabe qué trabajo me ha costado hallarla! Pregunté a todos nuestros aliados en San Juanico y hasta tuve que buscarme un guía que conociera el territorio. A cambio de ese favor, don Agustín prometió no delatarnos. Tiene usted que regresar o su tío será capaz de delatarnos a todos. Buscaremos la manera de que nadie la moleste. Vamos a hablar con los oidores, con el virrey, con quien haya menester, para protegerla. Necesitamos sólo un poco más de tiempo para componer las cosas sin que tenga usted que comparecer. Mientras, regrésese a San Juanico y espérenos ahí. El padre Sartorio le manda esta carta, explicándole todo y pidiéndole, por el bien de la insurgencia, que vuelva a México.

Leona asintió en silencio, dejando salir las lágrimas sin reservas. Estaba perdida. Tendría que aceptar el indulto o confiarse a las relaciones de sus amigos para no ser molestada. ¡Los enviados de Rayón no habían llegado a tiempo a recogerla y ahora era demasiado tarde!

—Está usted muy lastimada, mi querida amiga. Será mejor que se quede un par de días en un lugar más cómodo. El tío Juan Raz vendrá por usted y la llevará de regreso a San Juanico para que de ahí la recoja don Agustín y no se entere de dónde andaba. Diremos que nunca salió de ahí.

Don Antonio sonrió con ternura. Depositó el cuerpo de Leona en un petate limpio, dentro del jacal de un indio que accedió a recibir a las "escapadas" a cambio de una bolsita repleta de pesos.

8

Ciudad de México, Colegio de San Miguel de Belén, marzo-abril de 1813

Presa en el Colegio de Belén. "Dese por presa a disposición del Excelentísimo Señor Virrey…" Las palabras todavía hacían eco en sus oídos. No era una pesadilla. En verdad estaba presa e incomunicada dentro de la pequeña celda. Descubierta. ¡Qué vergüenza!

Su tío Agustín se había rehusado a verla y cuando dieron la orden de llevarla a declarar, fue su tío Fernando el encargado de depositarla en el colegio de niñas desamparadas.

—No olvide —le dijo la señorita Salvatierra, quien había de ser una de sus guardianas—, que este colegio se llama San Miguel de Belén para recordar a usted que la existencia es una lucha contra el pecado. En esa lucha san Miguel, el abanderado de las milicias celestiales, dispensa su protección contra los demonios que tratan de ganar las almas y hacer caer a las mujeres en el pecado.

Leona se quedó en silencio.

Al día siguiente, los criados de la casa trajeron su cama, un ajuar considerable, alguna ropa, las medias nuevas, los zapatos de satén que había encargado y varios libros: el *Catecismo* de Fleury y algún tomo de sus amadas *Obras* del padre Feijoo. Tal vez su tío no había dejado de amarla después de todo. Pero, ¿estaría dispuesto a interceder por ella? ¿Iba a dejarla encerrada el resto de su vida? O aún peor, tal vez se la llevaran a las Recogidas o a las cárceles secretas de la Inquisición.

¿Sabrían sus amigos lo que le había ocurrido? ¿Podría alguno de ellos ayudarla?

Un día.

Dos días.

Tres días.

El cuarto día le avisaron que los oficiales de la Inquisición la interrogarían en una habitación secreta del mismo colegio, como concesión especial para el director del mismo: don Matías Monteagudo, a quien Leona conocía desde pequeña como amigo de su tío.

Concesiones o no, la Inquisición iba a interrogarla y a Leona no dejó de asustarla esa circunstancia. Después del rosario que rezó con sus guardianas, la muchacha se enfrentó a los demonios que la oscuridad desataba: ¿habrían atrapado a los otros conjurados? Sabía que los jueces habían interrogado a cada una de sus acompañantes en la aventura a Huixquilucan, quienes de seguro les habrían dicho algo, a pesar de que juraron no delatarla. Un sudor frío se escurría por detrás de su nuca aunque estaba bien cubierta por varias cobijas en la pequeña habitación del colegio. Los ruidos externos se volvían aterrorizantes: los graznidos de los pájaros que buscaban acomodo, las lechuzas con su lúgubre canto, una vihuela nostálgica que llegaba de más allá de las paredes de aquel edificio lóbrego, las campanadas anunciando la medianoche... Sabía que los interrogatorios de la Inquisición podían ser atemorizantes y que, dados los métodos de terror, muchos hombres valientes habían sido capaces de confesar cualquier cosa. ¿La torturarían? Un gemido de pánico se escapó de sus labios a pesar de sí misma. Extrañaba a su madre y buscó el consuelo de la oración. Por fin, ya cerca de la madrugada, logró conciliar el sueño.

Muy temprano, el 17 de marzo, la condujeron a la habitación secreta. Había en ella varios hombres, dos de ellos eran sacerdotes y los demás usaban el atuendo de jueces del crimen. En medio de ellos, estaba el doctor Miguel Bataller.

Era un hombre de poco más de cuarenta años, con el rostro rasurado y unos ojos verdes que parecían hollar en las profundidades del alma. Los delgados labios casi desaparecían cuando el fiscal del crimen los apretaba para dar a su rostro un aire siniestro. Era bien parecido e incluso podría considerarse atractivo, si un halo de frialdad y de maldad no lo cubrieran por completo.

—Tomen el juramento a la acusada —ordenó con sequedad.

—Doña María Leona Camila de la Soledad Vicario Fernández de San Salvador, acusada del delito de infidencia —un sacerdote levantaba una biblia frente a ella—, ¿jura decir verdad en lo que supiere y fuere preguntada, advertida de que este sagrado vínculo sólo le obliga en lo que respecta a los hechos de otros y de ninguna suerte a los propios?

—Sí, lo juro —respondió Leona con solemnidad.

De inmediato le pidieron tomar asiento delante de una mesa larga. Del otro lado, todos los presentes ocuparon también sus lugares.

—Díganos sus generales.

—Soy española, natural y vecina de esta ciudad, doncella de veinticuatro años, huérfana de padre y madre…

—¿Ha usted cometido el delito de escribir cartas a los insurgentes?

—A mi primo Manuelito le contesté dos o tres cartas que me escribió desde que se fue de aquí… y como su contenido se reducía a cosas indiferentes, de saludos y de conocidos, no me pareció que fuera delito, ya que yo no hablaba en contra del gobierno, como tampoco lo hizo mi primo. Y aunque podría haber escrito al licenciado Quintana Roo, no lo he hecho nunca, ni he recibido cartas de él ni de ningún otro, más que de mi primo.

Los rostros de los interrogadores eran severos y no guardaban ni una pizca de humanidad. Parecían de piedra. Le pasaron unos papeles para que los examinara, marcados con números.

—¿Los papeles que en el segundo cuaderno corren con los números dos y siete, son de su puño y letra?

—Sí, así es.

—¿Es de su puño y letra el papel del número tres de dicho cuaderno que contiene cifras?

Leona se supo descubierta. Ella había estado ensayando ese alfabeto con su amiga Margarita y de esa manera le había escrito muchas veces a Andrés.

—No. Es de doña Mariana, mi dama de compañía. La verdad, sólo entiendo el último renglón y medio de las cifras, allí se usaron números por vocales, pero lo demás no lo entiendo. Seguro lo podrá explicar doña Mariana.

—¿La esquela que en este cuaderno obra en las fojas diez y seis y está firmada con el nombre de Enriqueta es de su puño y letra?

—Sí, así es.

—¿A quién se la escribió?

—No puedo decirlo. No quiero comprometer a los sujetos de quienes se trata en ella.

Un susurro de desaprobación recorrió la mesa, los interrogadores se miraron unos a otros moviendo la cabeza.

—¿Ha recibido algunas cartas por conducto del señor Velasco? ¿Le ha escrito él también?

—Él sí me ha escrito alguna vez, pero nunca he recibido carta alguna de terceros por su mano.

—¿Quién es "el papá que está tan incómodo porque se pasó su hijo con los insurgentes"?

Después de un momento de duda en que Leona se revolvió en la silla y con la lengua se limpió una gotita de sudor que se alojaba en el centro de su labio superior, dijo:

—No voy a decir nada de éste ni de ningún otro… ¡Aunque me lleven hasta el último suplicio!

Un nuevo susurro se levantó entre los presentes. El sebo de las velas se escurría sobre la mesa y Leona se sintió cada vez más incómoda.

—¿Quién es Robinson?

—Es mi primo Manuelito.

—¿Quién es Mayo?

—El licenciado Quintana Roo.

—¿Quién es Telémaco?

—No lo puedo decir, por la razón que ya les di.

—¿Quién es Nemoroso?

—No lo puedo decir.

—¿Cuántas pistolas ha enviado al sujeto a quien escribe la mencionada esquela?

—Ningunas, pues un par que se iban a enviar, no las entregaron en mi casa.

—¿Quién es don Miguel?

—Uno que se fue con Telémaco, pero ignoro su apellido y por eso no puedo decirlo.

—¿Por qué parece dispuesta a descubrir a don Miguel si supiera su apellido, y se resiste a descubrir a los demás a pesar de las instancias que le hacemos para ello, poniéndole delante la obligación que tiene así en conciencia, como en lo político o civil y más, habiendo ofrecido bajo juramento que diría la verdad en lo concerniente a otros?

Bataller se había puesto de pie, furioso. Leona percibió las aletas de su nariz abriéndose y cerrándose desmesuradamente, pero no se arredró:

—Respecto de don Miguel, estando él allá, a nadie de su familia se compromete, lo que no sucede respecto a los demás. Por eso insisto en guardarles secreto, que es en mi concepto, señores míos, mi principal obligación por encima de todas las otras.

El inquisidor cambió de tema:

—¿Cuántos impresos ha recibido de su primo o de otro de los que están con los insurgentes?

—Ningunos, señor. Si algunos enviaron, no los recibí.

—¿Conoce la marcha de la foja veintidós?

Leona revisó el papel azul que le mostraron.

—Aunque no es mi letra, la reconozco. Se la enviaba a mi primo Manuel.

—¿Sabe usted quién escribió esta marcha?

Un nudo se le hizo en la garganta. Pasó saliva.

—Me la encontré en la calle.

—Vamos, doña Leona, recuerde que está bajo juramento y debe decir la verdad. Esa respuesta es increíble.

—Me la dio una persona. Pero no puedo decir quién es por...

—...no ponerlo en compromiso —completó Bataller, fastidiado—. Diga ya, ¿quiénes son el Barón de Leisenten y el Delindor?

—No puedo descubrirlos.

—¿Quién le enviaba a don Manuel Rayón unas medallas y un botecito de té?

—La madre de Leisenten.

—¿Y ésa quién es?

—No la puedo descubrir.

—¿Dónde están dos relojes y un talego de ropa que le entregó a usted el correo Mariano Salazar en su última visita?

—El talego lo entregué a su dueño y los relojes se los di a una persona para que los llevara a componer.

—¿Y quién es esa persona que los tiene para recogerlos?

—No lo puedo decir.

El inquisidor se levantó de su lugar y comenzó a dar vueltas alrededor de Leona para intimidarla aún más. Le preguntaba justo cuando estaba a sus espaldas, pero

Leona contenía el escalofrío que le recorría la columna y contestaba.

—¿Quién es Bárbara Guadalupe, de quien habla en su esquela de la foja veintiuna?

—No puedo decirlo.

—¿Dónde tiene las dos monedas de cuño insurgente que le remitió Ignacio Rayón?

—Esas monedas me las enviaron los insurgentes por mano de mi primo Manuel. Me las enviaron de allá, claro, pero fue mi primo quien me escribió que me las remitía Ignacio Rayón. Del general personalmente no recibí ninguna carta. Se las di a una persona que, como otros, ya se fue con los insurgentes y es el licenciado Carlos María de Bustamante.

—¿Cómo vino a esta capital después de haber salido de ella?

—Le mandé avisar a mi tío por medio de una carta que le escribí el mismo día y otra después el día lunes; así, quedó entendido el lugar donde estaba y por eso don Agustín mandó a mi tío, don Juan Raz a recogerme… —la muchacha hizo una pausa y pidió agua. Después de un momento, continuó—: Que quede claro que si me hubiera querido ir con los insurgentes, hubiera podido hacerlo, porque en el pueblo donde estuve, también había. Y que quede claro también que me rehusé a recibir la gracia del indulto que mi mismo tío me ofreció, porque no lo consideré necesario, incluso porque se me aseguró que podía venir a mi casa sin que se me molestase en cosa alguna. ¡Y ya ven que no fue así!

—Y a los insurgentes, ¿cuántas cartas escribió y cómo se las hacía llegar?

—Tres veces escribí a los insurgentes y mandé las cartas con dos correos diferentes a quienes sólo conozco de vista, porque me traían cartas de mi primo.

—¿Dónde están entonces las cartas que recibió del correo Mariano Salazar?

—Si no estaban entre mis papeles, seguro las rompí.

Las campanadas de las doce sonaron en todo el recinto. Los inquisidores se dieron por vencidos. Era la hora del ángelus. Continuarían otro día.

Bataller ordenó al escribano:

—Lea la confesión de la acusada, haga el favor. Y usted, señor juez, haga que doña Leona reitere su juramento sobre lo escrito… ahora firmemos todos.

—Una vez hecho lo anterior, queda estipulado que doña Leona Vicario está presa en el Colegio de San Miguel de Belén y que se adopten las medidas oportunas a fin de evitar toda comunicación con personas de afuera del colegio, y aun en el interior, sólo se le permita la muy necesaria con la rectora y con las dos asistentes que ésta le ha puesto, las que siempre serán de su confianza. Así lo proveyó, mandó y firmó el señor juez comisionado.

La lectura sin emoción del secretario dictando medidas que definían su futuro, perturbó aún más a Leona, que salió pálida del cuarto secreto y no quiso probar bocado en todo el día.

Tal vez no sería tan malo, pensó Leona días después. Después de un tiempo, las horas se alargan hasta desaparecer. El tiempo adquiere una consistencia sólida y constante. El pasado y el futuro se borran, quedando sólo un presente eterno.

La rutina se fue instalando poco a poco. A las cinco de la mañana se iniciaba la actividad con los maitines. La esquila resonaba en los pasillos del colegio, anunciando el nuevo día. Las voces infantiles llegaban hasta la celda de la condenada, rezando el alabado:

En este nuevo día
gracias te tributamos,
oh Dios omnipotente,
señor de todo lo creado.

Leona abría los ojos desperezándose lentamente entre las sábanas de Holanda y se quedaba unos momentos disfrutando del siseo de las voces a lo lejos...

Pues tu divina clemencia
se ha dignado a sacarnos
de la oscuridad de la noche

Las señoras Salvatierra: Manuela e Ignacia, eran dos hermanas huérfanas que habían crecido en el colegio y ahí habían permanecido en verdad convencidas de salvaguardarse entre sus paredes de los peligros del mundo. Aunque hubieran podido salir, jamás se les hubiera ocurrido, contentas de su vida sencilla y sin sobresaltos. Todavía recordaban el infierno de su infancia en uno de los barrios bajos de la ciudad, al cuidado de su padre viudo, quien desahogaba su frustración ante la falta de medios, con sus hijas. Al morir alcoholizado, víctima de un ratero de los muchos que había en la Ciudad de México, el tío de las criaturas las entregó al colegio de Belén. Allí Manuela había desarrollado el canto e Ignacia el arte de la repostería. Las dos mujeres habían tomado a Leona bajo su cuidado. Todos los días, al toque del alba, entraban despacito a la celda oscura, sin dejar de rezar en su susurro, con la charola del chocolate.

> Alábante en las ramas
> los pájaros ufanos
> y en el agua los peces
> cantan tu nombre santo.

Manuela preparaba el lebrillo de Sajonia con el agua tibia e Ignacia abría el ventanuco para dejar entrar el fresco y disponía las viandas en la única mesita de la celda.

> Dirige, oh Dios inmenso
> y guía nuestros pasos
> para que eternamente
> tu santa ley sigamos.

Con el aroma del chocolate despertando deseos contradictorios, concluían las tres:

—¡Alabado seas!

Por la mañana, Leona se dedicaba a la lectura. Quería aprender de memoria un discurso de Feijoo sobre el amor. El amor como móvil de todas las acciones humanas, príncipe de todas las pasiones, monarca cuyo vasto imperio no conoce límites en la tierra, máquina con que se resuelven y trastornan reinos enteros, ídolo que en todas las religiones tiene adoradores...

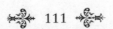

Y antes de que se diera cuenta, había llegado el mediodía y había que interrumpir la actividad para hincarse, santiguarse y rezar: "El ángel del Señor anunció a María…".

Pero sin duda, la tarde era la mejor parte del día. Alrededor de las cuatro, después de la siesta, comenzaba la clase de canto de las niñas internas.

Las notas llegaban hasta ella a través de los pasillos y los patios. Las voces de los ángeles cautivos iban tropezando en el brocal del pozo y en las columnas de cantera, en la gruesa puerta de la celda, pero llegaban al fin al oído de la prisionera, quien cerraba los ojos para escuchar mejor y transportarse a un lugar sereno donde ningún mal podía alcanzarla. La gratitud llenaba sus ojos de lágrimas y unía su propia voz a aquel concierto, para hacerlo todavía más suyo.

A veces le ganaba el llanto.

—Que no vean. Que no me vayan a oír. Que no crean que me estoy debilitando. Lloro por Andrés. Lloro por este amor desastrado, que lejos de poderlo todo, me provoca temblores en las manos. No tengo miedo a la muerte, pero ¡qué temor me da que Andrés me haya olvidado! ¡Ay, Andrés! ¡Qué diera por escuchar tu voz! Me enamoraron tus palabras, que eran las mías, envueltas en la marea de tu voz. En ella la palabra "libertad" venía navegando en un bergantín de piratas y la "igualdad de todos los habitantes de América" olía a sal, sabía a las especias del Caribe, a las piedras blancas de mármol con que está hecha tu ciudad.

Pero luego, Ignacia llegaba a sacarla de su marasmo, trayéndole alguna golosina recién sacada del horno para comer antes de la hora del rosario.

La semana santa situó de nuevo a la joven en el tiempo. Abril ya…

Poco a poco se había ido ganando el afecto de las señoras Salvatierra. Siempre que el tío Agustín enviaba dinero, les pedía que se comprasen golosinas para ellas también. Les regaló estampas de san Camilo y novenas a la virgen de la Merced o al Corazón de Jesús y con ello, el encierro se relajó un poco.

El sábado de gloria, Ignacia entró radiante a la celda.

—¡Doña Leona! ¡Nos dieron permiso por fin!

—¿De qué, por Dios? —Leona refrenó sus emociones, no sabiendo si sentir miedo o alegría.

—De que usted salga a caminar por el huerto, siempre que vaya acompañada. Puede andar libre por el colegio, comer y asistir a los servicios con las demás si así lo quiere, pero eso sí: no puede hablarle a nadie.

Una noticia tan insignificante era en esa situación toda una fiesta. Nunca pensó gozar tanto recorriendo el pequeño huerto del colegio, sintiendo el aire fresco de principios de abril y, aunque fuera de lejos, observar a sus compañeras de encierro realizando las labores cotidianas.

Un grupo lavando la ropa: hirviendo los paños, fregando, tallando y después, extendiendo las sábanas de percal inmaculadas sobre los lazos. Desde el brocal del pozo donde Leona observaba la escena, parecían pañuelos de despedida, banderas de paz ondeando al cielo.

Otras mujeres barrían y fregaban las lozas de cantera, algunas niñas cargaban los cubos de madera y los cepillos.

En la cocina, un ejército de mestizas, criollas y mulatas de todas las edades, se ufanaba en diversas tareas. Una picaba la cebolla, otra molía el chocolate, una tercera daba vuelta al atole sobre la lumbre, más allá alguien atizaba el fuego y en un rincón una india arrodillada sobre el metate molía el nixtamal. La actividad de la cocina no menguaba en todo el día. Siempre había alguien haciendo preparativos y limpiando la enorme mesa de pino, fregando las ollas de barro, trayendo agua del pozo a la piedra de filtrar... A pesar de la escasez, los patronos del colegio surtían a las internas lo mejor posible y ellas hacían milagros, multiplicando los peces y el pan. El olor de la canela y el chile mulato llegaban más allá del umbral de la cocina. El ajo recién pelado, el clavo y la pimienta despertaban el apetito de Leona que apenas podía esperar hasta la hora de la comida para degustar el cerdo en salsa verde, el espinazo con acelgas, los frijoles refritos y los dulces que sólo ella y otras de su misma clase estaban autorizadas a comer: el ate de guayaba, las empanadas rellenas de manjar, los mamones, limones cubiertos y rellenos de coco, entre otras maravillas.

Pero más que por ninguna otra actividad, Leona se sintió profundamente agradecida al poder participar, como cualquier otra interna, del coro. En las estrofas de alabanza al creador y con los ojos perdidos en los murales de la cúpula de la capilla, Leona se evadía. De pronto estaba lejos de aquel recinto y era una niña de nuevo. De la mano de doña Camila otra vez estaba en la catedral, perdiendo la vista en los altares, en las pinturas, con esa sensación de seguridad y de confianza que siempre había sentido al lado de su madre. Su perfume dulce se mezclaba con el aroma del incienso y su rostro armonioso era, de pronto, el rostro de la virgen que la miraba con infinita dulzura. "Nadie te hará daño", le decía en silencio.

La vida de Leona parecía ser más llevadera. Sus guardianas la acompañaban a todas partes y ella quiso evitarles sospechas. Obedeció la restricción de no hablar a las otras internas y aunque no podía dirigirles la palabra, igualmente disfrutaba su compañía.

Las Salvatierra comenzaron a confiar más en ella. Le traían las noticias, los rumores, los chismes del mundo exterior que a su vez recibían de las criadas y las recién llegadas.

—Dicen que un soldado que fue varios meses preso en Tlalpujahua logró escapar. Entre otras noticias de los rebeldes que van diciéndole a todo el mundo, hay una que seguro le va a interesar a usted —comenzó Manuela—. Una división de cuatrocientos hombres salió de Tlalpujahua a principios del mes pasado. Venían por una señora de aquí a la que se le iba a proclamar la Infanta de la Nación Americana, pero no lograron encontrarla. Cuando supieron que la señora se había vuelto a México, tuvieron que darse por vencidos.

Leona sintió que el corazón comenzaba a latir sin control dentro del pecho. ¡No la habían abandonado! Rayón había mandado por ella a Huixquilucan.

Respiró profundo y se clavó las uñas en la palma de la mano.

—¡Qué cosas cuentan en la plaza, por Dios! ¡Qué infanta va a haber!

Leona movió la cabeza para espantar cualquier sentimiento. Nada. Era mejor no sentir nada. Ni miedo ni esperanza.

—¿Es verdad que usted hizo posible que se fueran los armeros del rey a Tlalpujahua? ¿Por qué ayudar a los rebeldes? ¿Tienen razón? —Ignacia parecía genuinamente interesada. Una arruga de preocupación surcaba aquel rostro en general apacible, alejado de los asuntos del mundo.

—¿Se han puesto a pensar que Dios nos hizo iguales? —preguntó Leona a su vez—. ¿Por qué hay tantas clases de españoles, unos de primera, otros de segunda y otros que no merecen siquiera ser considerados personas?

Las mujeres se quedaron perplejas.

—¿Se han puesto a pensar en quién nos gobierna? ¿Por qué ha de venir a gobernarnos un español desde tan lejos? ¿…alguien que no entiende nada de nosotros, que no nació aquí y que procura no "mancharse" las divinas calzas con nuestro polvo? ¿Por qué la Nueva España es la hija menor? ¡Y peor que eso, la sirvienta, la esclava! Tenemos todo lo necesario para ser independientes.

Manuela ahogó su asombro. Ignacia por fin se atrevió a decir:

—Nosotras no sabemos nada de política. Estamos encerradas aquí para no saber del mundo, para proteger nuestro cuerpo y nuestro corazón. Las mujeres no debemos meternos en lo que no entendemos.

—Sí, es más fácil ignorar lo que ocurre allá afuera. La miseria de las calles y la injusticia constante en el campo y en la ciudad. Es más fácil ignorar que hace casi tres años se levantó un movimiento de mucha gente valiente que estuvo dispuesta a morir para cambiar las cosas y que los españoles de América fuéramos iguales a los de Europa, que no hubiera esclavos y que pudiéramos comerciar con quien nos diera la gana. ¡Tener libertad para escribir, para trabajar, para respirar!

Los ojos de Leona eran de fuego. Manuela se santiguó y ninguna de las dos preguntó más.

Pasaron algunos días antes de que las relaciones con las Salvatierras volvieran a ser las de antes. Manuela le contó que la rectora había pedido a la Inquisición que la sacaran de ahí, que el colegio no era seguro. Pero que luego había ido el mismo director, el padre Monteagudo, a preguntarles por la conducta de Leona.

—Dijimos lo que es cierto: que usted no habla con nadie y se conduce con prudencia... allá afuera.

—También respondimos que es difícil salir de aquí, aunque usted quisiera. Hace algún tiempo, estuvo aquí interna una mujer, ¿te acuerdas Ignacia de la muchacha que se quiso matar?

—¡Claro que me acuerdo! —contestó la hermana—. Pobrecita. Cómo aborrecía estar aquí. Ya sabe usted, el albacea la internó en el colegio para quedarse con la herencia. Lloraba día y noche. Sus gemidos eran tan lastimeros que le partían a uno el corazón.

—Un día trató de matarse con un cuchillo de la cocina —contó Manuela—. Pero no llegó siquiera a rasguñarse cuando su cuidadora ya se lo había arrebatado.

—Por fin un día su carcelero la sacó de aquí. No sabemos qué destino haya tenido. Ojalá que el cielo se haya apiadado de ella. ¡Cómo sufrió!

—Pero contamos esta historia para asegurarle al padre Monteagudo que usted está segura aquí adentro —concluyó Ignacia—. Le juramos que jamás la perdemos de vista ni en su cuarto ni fuera.

—No queremos que se la lleven a Las Recogidas.

—O a la cárcel de la Inquisición.

Leona se estremeció al recordar las salas oscuras en Las Recogidas, donde estaban hacinadas las mujeres "sospechosas" que más de una vez había ido a socorrer con dulces o telas.

—¡Por Dios, no! —la súplica se le escapó de los labios al imaginarse las celdas húmedas, la pestilencia, la oscuridad de las cárceles de la Inquisición.

Se quedó un rato en silencio, sujetando el rosario con todas sus fuerzas y encomendándose en silencio a la virgen iluminada siempre con una veladora en un rincón de la celda.

—Mañana es día de mi santo y cumplo veinticinco años —dijo por fin, para alejar el susto—. Quisiera regalar una merienda a las niñas del colegio. ¡Me hacen tan feliz con sus voces! Hagan el favor de pedir a mi tío que traiga merengues y chocolate para después del rosario. Quiero retribuirles de algún modo, aunque no podamos hablarnos.

Todo fue como lo había pedido.

A la tarde siguiente, un criado de su tío Agustín llegó con las ollas de chocolate y los envoltorios de merengues, dulces de leche y de azúcar candí.

La merienda se dispuso en el refectorio donde usualmente prevalecía el silencio. Aquella tarde fue difícil mantener el orden. Todas las mujeres querían servirse primero. El salón de paredes lisas y ventanas altas se llenó con las risas y las exclamaciones de alegría inocente.

Leona las contemplaba, feliz. Cuando las campanadas llamando al rosario dieron por terminada la convivencia, las mujeres se acercaron a darle las gracias, sin poner atención a la prohibición de no dirigirse a ella bajo ninguna circunstancia.

—¡Bendita sea, doña Leona!

—¡Dios le ha de dar más!

Y Leona sonreía ante los rostros morenos, los ojos oscuros, las pieles maltratadas por la viruela. La habían conmovido aquellas mujeres que no tenían oportunidad en el mundo y que, por el hecho de estar ahí, también habían sido salvadas, como ella, de un destino peor.

Diez días más tarde, Ignacia entró a la celda con el rostro demudado.

—Doña Leona, mañana viene el doctor Bataller a interrogarla otra vez.

Leona guardó silencio, se persignó y susurró por lo bajo:

—¡Cielo santo, madre mía, denme fuerzas para soportarlo! ¡Que sea lo que Dios quiera!

Ciudad de México. Convento de San Miguel de Belén,

Ciudad de México, a veintidós días del mes de abril de mil ochocientos trece, el señor comisionado pasó al Colegio de San Miguel de Belén y, con previo aviso a la rectora, en una de las piezas reservadas, se hizo comparecer a Doña María Leona Vicario, y a efecto de tomarle su confesión y hacerle cargo, se le recibió juramento que hizo en toda forma de derecho con la advertencia de que este juramento no le obliga a que exponga en sus descargas respecto de sí, sino lo que exponga de otros. Así le fueron hechas las preguntas y los cargos siguientes:

Héchole cargo del delito que ha cometido en conservar la correspondencia con los rebeldes, recibiéndoles sus cartas y contestándoselas, dijo no haber creído que fuese delito recibir y contestar unas cartas cuyo contenido era puramente de cosas indiferentes. Y responde.

Reconvenida de que por sus mismos papeles se prueba que no son acerca de cosas indiferentes, sino que también sus cartas trataban de los traidores que abandonando la justa causa se habían pasado al partido infame de la insurrección, acerca de los cuales manifestaba su agrado de que habían llegado felizmente con otras especies que dan a conocer su afecto por ellos, dijo que era natural el cuidado hacia las personas a quienes había estimado antes de irse y no por que lo habían hecho había de mudar de afectos, no siendo por consiguiente prueba de adhesión a los rebeldes el enviarles memorias, y tener ese cuidado, sin importar el partido que hubieran abrazado. Y responde.

Vuelta a reconvenir sobre que no insista en negar su adhesión y afecto a los bandidos, cuando es claro éste, por la responsabilidad que tuvo en que se fuera con ellos el nombrado

Telémaco, dijo no tener ninguna responsabilidad en la ida de Telémaco con los insurgentes. Y responde.

Héchole cargo como dice no haber tenido participación en la ida de Telémaco con los insurgentes, cuando se prueba su influjo en las cartas, donde le pide que no vaya a aflojar, porque han de ser grandes los esfuerzos por sacarlo de ahí y también de la disposición que manifiesta el pedir al hermano de Telémaco las pistolas para mandárselas cuando hubiera oportunidad, dijo que habiendo reflexionado lo que sin querer escribió en sus cartas acerca de la ida de Telémaco, en la que parece haber tenido alguna influencia, sin haber tenido ninguna, debe entenderse como ignorancia y no como malicia, pues ninguna tuvo en el acto de escribir, como tampoco participó en la ausencia de Telémaco. Que cuando le dijo que no fuera a aflojar, porque habían hecho grandes esfuerzos para sacarlo de ahí, fue porque sabía que su padre había hecho diligencias para que si regresaba, fuese castigado y ese castigo era el que ella trataba de evitarle.

Reconvenida acerca de que con pedir las pistolas en la casa de Telémaco y enviarlas cuando hubiera coyuntura, fomentaba la rebelión y hacía más fuerte su partido, cometiendo en esto el horrible crimen de traición al rey, a la patria, a la religión santa que profesamos, contra cuyos tres dignos objetos son notoriamente las operaciones de los insurgentes, dijo que un par de pistolas no le pareció que podían servir de perjuicio para nosotros, ni de beneficio o fomento a los rebeldes y por eso se convenció a enviarlas, pero nunca tuvo eso efecto, habiendo quedado sólo en disposición. Y responde.

Vuelta a reconvenir sobre que había de dar pábulo al partido revolucionario si, además de lo dicho animaba a los secuaces de la rebelión con llamarlos, como los llamaba, felices, y dando el nombre de servicios a la patria a los delitos que cometían los correos en traer cartas e impresos desde Tlalpujahua y llevar sus contestaciones criminosas, por cuyos hechos los recomendaba, dijo que como para ellos no era ni podía ser delito el traer y llevar sus correspondencias, por eso recomendó al correo del que habla su esquela, prescindiendo de que fuera bueno o malo para su partido, y sin que esto creyese que se le daba fomento, como tampoco de llamar felices a los que entre ellos estaban sino por acomodarse al lenguaje que ellos mismos usan. Y responde.

Haciéndole cargo de que si no fuera adicta a los insurgentes no hubiera escrito a su primo Manuel hasta nueve cartas, que es lo menos, según claramente se colige de sus esquelas, sino que mirándolo con desprecio como traidor al rey y a la patria, lo hubiera dejado en sus delirios o a lo más le habría escrito persuadiéndole a que se acogiera al indulto, dijo que por mero cariño a su primo le ha escrito las veces que refiere la esquela y que no recordaba cuando se le tomó la declaración, pero siempre han sido de poca importancia y si no le escribió persuadiéndole a que abandonara aquel partido sugiriendo para ello el indulto y para regresar a la compañía de su padre, fue no tanto porque a la confesante le faltasen deseos de que así lo hiciera su referido primo, sino para no exponerlo al riesgo de que tal vez lo pasasen por las armas si llegan a coger alguna carta de esta naturaleza. Y responde.

Vuelto a hacerle el cargo sobre el perverso y seductivo papel de la foja veintidós, que en verso enviaba a su primo y cuyo contenido encierra más veneno que letras y por el que se le inflama a él y a otros rebeldes contra el actual legítimo gobierno, atribuyéndole falsamente los más detestables procederes, siendo su conducta notoriamente justa, dijo que como lo leyó precipitadamente y sin reflexión, porque se lo llevaron cuando estaba ocupada en escribir, no advirtió la malicia que refiere el cargo y sin que por su parte la hubiese, se lo incluyó a su primo para que se divirtiera con los versos a los que es aficionado y también por hacerle un poco de burla porque gusta de cantar, aunque lo hace muy mal. Y responde.

Preguntada quién es el autor del papel, dijo que no puede descubrirlo por no causarle un perjuicio.

Reconvenida sobre que en materias de estado y cuando bajo juramento ha ofrecido a hablar con la verdad de cuanto supiere y se le pregunte de hechos de otros, está en la obligación de decir quién es el autor de tan infame papel, por lo que se le apercibe a que con franqueza lo descubra, dijo no haber faltado a la verdad en cuanto ha sabido y se le ha preguntado, ocultado solamente los sujetos que han intervenido en algunos hechos, para que no se les perjudique y porque no se creyó la confesante en obligación de descubrirlos cuando ellos no se hallan en aptitud de causar algún daño al estado. Y responde.

Exhortada a que lo manifieste, como a todos los demás a quienes no descubrió en su primera declaración, pues es de mayor interés al bien general este descubrimiento, por las importantes indagaciones que de aquí pueden resultar, dijo que aunque se les descubriera a ellos en particular algún grave daño, siempre que resultase en el bien general al estado, estaría en obligación de descubrirlos, pero como está convencida de que ningún daño son capaces de hacer a la sociedad estas personas que oculta y que por consiguiente ningún bien ha de resultar, por eso insiste en no manifestarlos. Y responde.

Advertida de que esta calificación no le corresponde hacerla a ella, no obstante los conocimientos personales que tenga de los sujetos, pues es propia de la autoridad pública, por los que le asisten del estado de la insurrección y por los además en razón de su oficio ha adquirido en los diversos asuntos que maneja diariamente, por lo que se le amonesta que no calle cosa alguna sobre cuantos particulares se versan en esta causa, bajo el concepto de que se tomarán las providencias a las que haya lugar, en caso de insistir la confesante en sus ideas, dijo que como en su conciencia sabe que los individuos sobre cuya averiguación se insiste no son perjudiciales al estado, no se creyó en obligación de descubrirlos, haciéndole lo que le hicieren. Y responde.

Haciéndole el cargo del enorme delito que está cometiendo en su ocultación, faltando gravemente con ella a los respetos que se le deben a la justicia, quien tiene el legítimo derecho de preguntárselo y de calificar que debe decirlo, así como la confesante, la obligación de responder con verdad y franqueza, dijo que respeta la justicia y está bien consciente de lo que estaría en obligación de descubrir cuanto se pretende acerca de la confesante, si viese que había de seguirse un bien, pero lejos de ver éste, por más que el señor juez ha tratado de persuadírselo con razones, no advierte otra cosa que el mal que iba a causar a estos infelices a quienes no les conoce la más remota disposición de hacer daño al estado. Y responde.

Haciéndole el cargo de que con sólo escribir papeles semejantes a los de la foja veintidós, por el que se pretende desacreditar los heroicos hechos de Hernán Cortés en su venida a este reino, y en los medios de establecer y propagar la religión que desde entonces comenzó a conocerse en estos países de idolatría, puede causarse a la religión y al estado su total ruina, siendo éste el mayor mal que puede producir su silencio, por la obstinación de no manifestar quien sea su autor, dijo que por más que escriban a favor de la insurrección, es de tan mala naturaleza esta causa, que a nadie es capaz de alucinar con sus escritos, así no le parece que cause daño alguno el autor de la marcha. Y responde.

Preguntada acerca de con cuál de los jefes de la insurrección tenía concertada su fuga de esta capital y cuándo debió de verificarse ésta y qué número de gente debió acercarse para escoltarla, dijo que le coge por sorpresa la pregunta, ya que ni por la imaginación le ha pasado irse con los insurgentes, pues en tal caso, pudo haberlo hecho en San Juanico, en cuyas inmediaciones existían los insurgentes, según oyó decir. Y responde.

En ese estado y por manifestar la confesante haber sido acometida por un dolor, mandó su señoría suspender la diligencia para continuarla siempre que sea conveniente, en cuyo tenor se afirmó y ratificó la confesante, leída que fue de principio a fin y firmó con su señoría.

9

Ciudad de México, abril-julio de 1813

l ángel de María me ha de proteger... —repetía Leona con gesto extraño.

Estaba pálida y un sudor helado bajaba por su sien. Manuela e Ignacia la sostenían por los brazos caminando por el pasillo de regreso a la celda. Ignacia la abanicaba y trataba de confortarla con el alcalí.

—Estoy perdida. Ahora sí que no hay remedio.

Habían tenido que interrumpir el interrogatorio por el súbito malestar de la joven conspiradora. Los oficiales de la Inquisición las habían mandado traer para que se llevaran a Leona de regreso al cuarto. Las mujeres querían ofrecerle palabras de consuelo y no sabían cómo.

¿Qué decirle? ¿Cómo ayudarla? ¿Qué malestar le roía las entrañas? ¿Por fin le había ganado el miedo? Recomendaron oraciones, murmuraron el principio de la novena milagrosa a la virgen de los Remedios, sugirieron a coro una frotación con aceite de oliva y aguardiente. Una sugirió sangrías o una lavativa y la otra se inclinaba por mandar traer al médico.

Al llegar a la celda, Leona se tendió en su cama, sin fuerzas.

—Déjenme sola. ¡Déjenme!

El terror hacía presa de ella. Sabía perfectamente que después del interrogatorio de ese día, seguía la tortura. No olvidaría jamás el rostro deformado por la rabia del doctor Bataller cuando ella no había querido decirle los nombres de los conjurados. Los ojos se le habían enrojecido y hasta espuma amenazaba con salir de su boca cuando Leona le restó importancia a la marcha infamante contra los gachupines que había mandado a su primo. Ante sus negativas a cooperar, la mandarían a las cárceles de la Inquisición y de seguro sería torturada.

¿Qué podía hacer ahí encerrada? ¡Qué impotencia! ¡Qué ganas de salir corriendo! La agitación interior contrastaba con la quietud helada de su cuerpo. Pocas veces había sentido un miedo así. Estaba perdida. Ni su tío ni nadie podrían librarla de la cárcel o de la muerte. ¿Se había dado por vencido su tío Agustín? Sabía perfectamente que todo lo que había hecho por ella estaba más motivado por la defensa de su propio honor, por el temor a las habladurías, a las represalias contra él mismo y su familia, que por un interés genuino, pero precisamente por su pánico a perder sus prerrogativas, debería estar haciendo todo lo posible por sacarla de ahí. ¿Y sus amigos? ¿Podrían ayudarla? Ni siquiera se atrevió a pensar en Andrés. ¿Dónde estaba Andrés? ¿Cómo podría mandar por ella ahora?

Ignacia entró con una bandeja. Traía té de hojas de naranjo y una canastita de dulces envueltos en papel de china azul.

—Una señora ha estado intentando verla. Ha preguntado por usted, pero la rectora no la dejó entrar; le dejó estos dulces.

—¿Quién es? —la noticia la intrigaba. ¿Cuál de sus amigas? ¿Sería que no todo estaba perdido?

—Dijo llamarse María del Carmen Aldasoro y Lazo de la Vega.

—Lazo de la Vega... —¿sería parienta de doña Mariana del Toro de Lazarín y Lazo de la Vega, la pobre conjurada que permanecía todavía presa? ¡Una mensajera! Sus amigos no la iban a abandonar. Recuperó la calma de inmediato—. No la conozco. Será por curiosidad o por caridad que quiere hablar conmigo...

Se incorporó en el lecho para beber el té. Con aparente desinterés abrió el envoltorio de papel de china y se encontró con una notita endulzada por el ate de guayaba. La guardó debajo del plato hasta que estuvo a solas:

"Conservar la calma es esencial. La virgen de Guadalupe te protegerá."

El rostro de Leona se iluminó. Las sienes todavía le palpitaban, pero ahora era de emoción, de expectación y de placer anticipado.

Se arrastró por los siete misterios del rosario sin estar realmente presente. Las campanadas de las seis sonaron parsimoniosas y las torcazas comenzaron a buscar lugar para pasar la noche, llenando con sus arrullos las últimas horas de la tarde.

Luego se oyeron pasos. No eran los recatados pasos de las hermanas y colegialas preparándose para la merienda.

—¿Dónde está? —oyó Leona las voces masculinas, además de portazos y golpes secos que cada vez se iban acercando más.

Manuela soltó la labor de costura y sin decir nada, la miró con espanto. ¿Vendrían por ella para desaparecerla en los calabozos? ¿Habrían adelantado el interrogatorio planeado para el día siguiente?

La puerta se abrió de súbito y aparecieron dos hombres, uno de ellos era bajo y vestía capote y sombrero negros, el otro era más alto y traía una manga de jerga. Sujetaron a Manuela, uno de cada brazo, con rudeza.

—¿Usted es? —preguntó el más alto, enronqueciendo la voz para asustarla.

La mujer, con el rostro desencajado, negaba en silencio.

—¡Sí, usted es! —dijo con voz de trueno el otro.

—No señor… —decía Manuela muerta de miedo.

—¡Déjenla! —gritó Leona, adelantándose hasta llegar a ellos—. Yo soy Leona Vicario. ¿Es a mí a quien están buscando?

Los hombres soltaron a Manuela y uno de ellos sujetó a Leona por un brazo. La guardiana la tomó del otro, venciendo el miedo.

—¡Señores, por amor de Dios! ¡No se la lleven!

Por algunos instantes, Leona permanecía en medio del jaloneo, sujetada de un lado por Manuela, y del otro por el hombre alto de manga de jerga quien, apartando el paño de sol que le cubría la cara, le guiñó un ojo; mientras el del capote abría la puerta asegurándose de que no hubiera nadie en el pasillo.

Cuando Leona se percató del gesto y miró con atención las facciones suaves, el pelo largo y los ojos bondadosos de su captor, se soltó con suavidad del brazo de Manuela y el hombre ganó la presa. Entonces echó a correr con sus secuestradores rumbo a la salida, viendo de reojo cómo Ignacia llegaba al cuarto a atender a una Manuela desfalleciente.

—No se apure usted —le susurró el hombre alto al oído antes de llegar a la portería del colegio, donde esperaba un tercer personaje, vestido también con manga de jerga, sombrero calado y paño de sol—, venimos de parte de don Antonio del Río a sacarla de México.

Entonces Leona estalló en carcajadas.

Y ni siquiera en la calle pudo silenciar esa risa nerviosa pero feliz. Los tres hombres y la risueña mujer salieron del colegio de Belén y se alejaron con paso apresurado bajo los arcos del acueducto, dejando atrás a la portera, al criado y cochero de una visitante, y los gritos de sus guardianas pidiendo auxilio. Los fugitivos montaron en tres caballos que otros tres jinetes de capotón oscuro tenían listos bajo el acueducto, a la altura del Convento de las Mercedarias. Poco después, sólo la campana del colegio pudo silenciar la risa y los cascos de los caballos que se fueron perdiendo entre los arcos calle abajo.

La noche cayó muy pronto sobre los secuestradores.

Leona no estaba segura de a dónde la llevaban. Los rumbos que iban recorriendo no eran conocidos para ella, tan acostumbrada a las calles del centro. Fueron quedando atrás las anchas vías con placas de barro de vidriado para anunciar nombres como Plateros, Don Juan Manuel, Monterilla, Santo Domingo, Arzobispado, Venero o el Paseo de Bucareli, y se hicieron más frecuentes los callejones como La Bizcochera, el Cebollón, los Loquitos, Las Papitas, hasta que llegaron a calles oscuras que no tenían nombre. También quedaron atrás los edificios de piedra con fachadas de tezontle para dar lugar a fincas de adobe y de madera.

En alguna esquina una chimolera vendía albóndigas y mondonga hirviendo a la única luz del brasero mientras sus consumidores permanecían en la penumbra, agachados, ocultando sus rostros bajo sombreros de paja o de fieltro.

Más allá, una pulpería permanecía abierta y en su interior, en una minúscula mesa, cuatro hombres jugaban tresillo, apurando grandes jarros de pulque curado en medio de una nube de humo. En la puerta, un indio tirado en el piso murmuraba incoherencias con el rostro moreno deformado por el alcohol. Varios léperos medio desnudos a su lado hacían una ronda sentados en la tierra, compartiendo un jarro de aguardiente y un taco grasiento.

Un payo moreno fumaba junto a su caballo, en espera de algo indefinible; en la más completa oscuridad, el piso parecía moverse, hasta que la mínima luz del cigarro iluminaba a los bultos informes a su alrededor, buscando un rincón donde guarecerse de la inminente tormenta que se avecinaba: eran los mendigos deformes que en el día llenaban los atrios de las iglesias y las plazas de la ciudad. Ciegos, mancos, cojos, quemados, tuertos, enfermos llenos de forúnculos e hidrocefálicos de mirada perdida competían por ganar el lugar más cálido en un jacal abandonado.

Leona se estremeció. Nunca había imaginado tanta miseria en esa ciudad habitada por más de cien mil personas. Desde su elegante calle iluminada por farolas públicas y pavimentada de adoquín, no se alcanzaba a ver tanta pobreza.

Los truenos iban en aumento y el desconocido que la había tranquilizado en el colegio se acercó a ella y le extendió una manga de lluvia en silencio. Justo a tiempo: antes de que los grandes goterones levantaran pequeñas explosiones de polvo en el piso.

Recorrieron todavía un buen trecho, dando un largo rodeo por los barrios miserables bajo el aguacero antes de llegar a una finca cercana al canal de Chalco. Una sombra con manga de lluvia azul abrió el portón y la comitiva recorrió un pequeño huerto interior antes de llegar a la quinta iluminada.

¡Qué alivio sintió la joven fugitiva al ver en el umbral la figura amable de don Antonio del Río! Así, empapada como estaba, corrió a abrazarlo.

Él, como un padre cariñoso, la acogió en sus brazos.

—Ya está usted a salvo, Leoncilla. ¡Bendito sea Dios!

—No dije nada, don Antonio… ¡le juro que no dije nada! —repetía Leona con la cabeza clavada en el pecho de su protector.

—Ya lo sé, hija. Me lo han contado todo. Usted sabe que tenemos oídos en todas partes —y luego, ahogando una carcajada—: Hizo rabiar a Bataller como nadie lo había hecho.

Varios desconocidos esperaban adentro. Una mujer la cubrió con un sarape de lana y la llevó a cambiarse a una habitación. Otra anunció que la cena estaría lista en un momento y los jinetes que la habían rescatado narraban los hechos de manera atrabancada desde el zaguán.

María del Carmen Aldasoro y Lazo de la Vega era una hermosa mujer de amplias caderas y grandes pechos, con una melena rizada que apenas podía contener en un moño detrás de la cabeza. Los ojazos negros y los labios llenos evidenciaban rastros de sangre árabe o mulata que como "española" originaria de Veracruz no estaba dispuesta a admitir fácilmente. Una preñez incipiente se ocultaba bajo el amplio vestido a la moda francesa.

—Gracias por ir a verme a Belén y llevarme los dulces —dijo Leona mientras se ponía las enaguas de castor y la blusa de algodón sencillo que doña Carmen había llevado para que se cambiara.

—Cuando doña Petra Teruel me dijo todo lo que usted había hecho por los insurgentes, me entró un dolor aquí adentro… —sus manos regordetas apretaron una crucecita de oro que colgaba sobre su amplio escote—, y quise hacer algo para ayudarla.

Leona la abrazó en silencio, recordando a su amiga, doña Petra Teruel y su marido, el señor Velasco, y cómo ambos habían sido los ángeles guardianes de muchos insurgentes. Recordó también la rabia que había en los ojos del inquisidor Bataller cuando le preguntó por el señor Velasco. ¡Cómo no proteger a sus amigos con su propia vida!

—Muchas gracias por todo —susurró por lo bajo, antes de reunirse con los demás.

A la mesa del amplio comedor de la finca, estaban ya sentados los conjurados. En alegre tertulia compartían un vino catalán y al ver aparecer a las mujeres, levantaron los vasos para brindar por ellas.

—Déjeme presentarle a sus salvadores —comenzó don Antonio del Río—: a Toño Vázquez Aldana ya lo conoce.

—Algo… —bromeó Leona de buen humor, antes de abrazar a su amigo el ex sargento mayor de las milicias de Campeche y actual conjurado por la insurgencia, quien había ayudado a Leona a convencer a los armeros vizcaínos de irse a Tlalpujahua—. ¿Cómo es que no te reconocí?

—Me quedé "amenazando" a las señoras porteras y a los cocheros: "al que se menee lo mato" —dijo con voz de trueno, empuñando una pistola imaginaria, siempre en tono de guasa—. No queríamos que, al reconocerme, nos fueras a echar de cabeza.

—Y aquí tiene usted al maestro Luis Alconedo, quien acaba de llegar de Tlalpujahua.

Un hombre alto, de tez apiñonada, cabello negro ensortijado e intensa mirada que parecía develar los secretos más profundos de las almas, se levantó de la mesa para hacerle una profunda reverencia.

Y ella, que ante nada se arredraba, se cohibió de tal manera que no pudo pronunciar palabra.

—Maestro… —articuló por fin—. Soy una gran admiradora de su trabajo.

Los contertulios se rieron. Leona se sonrojó al darse cuenta de lo inapropiado de la frase en aquel momento.

—Quiero decir… ¡Gracias por sacarme de ahí! —dijo con la mirada baja, buscando un vaso limpio sobre la mesa.

—Un brindis —pidió don Antonio—. ¡Viva Leona Vicario! ¡Viva la independencia de la Nueva España! ¡Viva Rayón! ¡Viva el general Morelos!

Todos levantaron los vasos rebosantes y respondieron:

—¡Viva!

Luego una gruesa cocinera trajo las viandas a la mesa. La sopa antigua humeaba en la olla de barro, con sus adornos de lechuga cocida y rodajas de naranja e iba llenando el recinto con el sagrado aroma de azafrán, clavos, pimienta, comino molido, yerbabuena, ajo y cebolla. Un plato con tamales de pipián descansaba junto a la jarra de agua de jamaica y más allá, las patitas de cerdo en escabeche y la ensalada de nopal ocuparon su lugar.

—Es necesario que pensemos bien nuestras próximas acciones —dijo don Antonio.

—Tenemos que sacar a doña Leona de aquí —intervino Alconedo.

—Las garitas están cerradas. Particularmente vigiladas las de Chapultepec, Tlaxpana y Peralvillo. Calleja mandó detener a todos los que intenten salir, excepto los que sean muy conocidos.

—Nosotros somos muy conocidos —bromeó Vázquez Aldana, haciendo equilibrio con una patita de cerdo sobre el tenedor—. Particularmente aquí la señora.

—Quisiera ir a Tlalpujahua con el señor Rayón —opinó Leona, dándole un codazo a su amigo sentado junto a ella para meterlo al orden.

—Me temo que no es posible, Leona —respondió don Antonio—. Las tropas realistas atacaron el campamento hace unos días e hicieron volar el depósito de pólvora de nuestros armeros.

Los ojos de Leona se humedecieron y su labio inferior comenzó a temblar.

—¿Y nuestros amigos? ¿El general Rayón? ¿El licenciado Quintana Roo?

—Ellos están bien, Leona, hasta donde sabemos. Pero no encuentran a su primo Manuel por ninguna parte. Es mejor que lo sepa de una vez. Lo más probable es que haya perdido la vida en el combate.

Leona se puso pálida y los labios comenzaron a temblarle aún más. Las lágrimas que habían quedado atrapadas en sus ojos corrieron por sus mejillas.

Su amigo Vázquez Aldana intentó abrazarla, pero ella de pronto se repuso.

—Entonces lo mejor es que vaya para allá… ¡Tengo que encontrarlo! Se habrá perdido. ¡Es tan distraído! Habrá caminado para otro lado, en medio del humo… —los labios le temblaban.

—Vamos a pensarlo bien, doña Leona —don Antonio palmeó su espalda, tratando de reconfortarla—. Antes que nada, es necesario que se quede aquí escondida unos días, un par de semanas tal vez, hasta ver cómo se toma el asunto de su huida de Belén y esperar a que se descuide un poco el virrey. Ahora mismo es imposible sacarla de la ciudad de todos modos.

Los otros hombres asintieron. Después de un largo e incómodo silencio interrumpido sólo por el chocar de los cubiertos contra los platos, Leona preguntó:

—¿Y yo qué voy a hacer aquí encerrada? —sus ojos empezaron a brillar con furia contenida—. Ya estuve presa dos meses.

—¿Coser y cantar? —preguntó el campechano, siempre bromista, intentando romper la tensión.

Ante la mirada asesina de su amiga, se arrepintió de su impertinencia. Carmen le salvó el pellejo al acercarse a Leona y prometerle:

—Yo vendré a diario a hacerle compañía. Le traeré las noticias frescas. Además aquí estará Loreto, la cocinera, y por supuesto se queda don Luis, quien se encargará de su seguridad por órdenes directas del general Rayón.

Ante la propuesta, el momento de tensión se desvaneció y se restableció un poco la calma.

Una vez instalados en el salón, circularon los cigarros y las copitas de jerez.

—Ya me dirá qué más necesita —dijo Carmen sentada junto a Leona—, tengo una tienda en Porta Coeli y si no es de ahí, de todos modos le puedo traer lo que me pida de por el rumbo.

—Pero doña Carmen, ¿su marido la dejará venir? ¿Está enterado de que usted está implicada en todo esto?

—Ay, señora, ¡mi marido ya no está enterado ni de que sigo viva! Bueno, a veces se acuerda —dijo tocándose el vientre, burlona—. Cada tarde después de cerrar la tienda, se va para la casa de un viejo doctor donde hacen una tertulia. El bobo está enamoriscado de una de las niñas que adoptó el doctor y acude a refrescarse todas las noches, dizque para oír tocar el bandoneón a un músico ciego extraordinario. Él mismo me lo dijo, es de los nuestros y ciego, pero se entera de todo.

Leona sonrió, y antes de que pudiera responder, Carmen concluyó:

—Yo, cuando no estoy ocupada en asuntos de la causa, me voy a la tertulia de alguna amiga o a la casa de mi hermano que simpatiza en todo con nosotros. Con que aquí me tendrá a su servicio todas las noches, pero para que tenga compañía día y noche, mañana vendrá Mariana Ordóñez, una amiga muy querida, que le servirá en lo que usted mande.

A la medianoche, sus amigos se despidieron. Y Leona caminó lentamente hasta la habitación que le había sido asignada.

—Doña Leona.

Una voz masculina la llamó a sus espaldas. Era don Luis Alconedo.

Se volvió a mirarlo, ocultando la turbación.

—No se preocupe, saldrá de aquí muy pronto. Se lo prometo.

Ella asintió con la cabeza y siguió caminando.

Al cerrar la puerta del cuarto, notó su propia respiración agitada. ¿Qué le estaba pasando? El maestro era un hombre mayor, con mujer e hijo... Además, ella quería a Andrés Quintana Roo, cuyo sólo recuerdo le bastaba para recuperar la calma.

—¿Dónde andarás, yucateco de mi vida? ¿Me olvidaste ya?

Ciudad de México, ocho de mayo de 1813.

Muy preciado señor Virrey:

Yo, como curador de doña María Leona Vicario, en la causa seguida contra ésta sobre la interceptación de un correo de los insurgentes, ante Vuestra Excelencia con el mayor respeto dice:

Que Su Excelencia justa y atinadamente previno al Consulado de Veracruz no pagase cosa alguna del capital ni del rédito que reconoce a favor de doña Leona ni por orden de la misma, ni de quien presentara poder suyo, providencia que hoy es más necesaria por el último acontecimiento de su violenta extracción del Colegio de Belén y que por lo mismo, debe llevarse a efecto con la mayor exactitud.

Mas de ningún modo debe entenderse, como lo ha entendido el consulado, que impida las facultades que tengo como representante, como verdadero curador de esa menor desgraciada, facultades de las que me encuentro en legítima posesión, y al mismo tiempo, necesarias para el cuidado, recaudación y conservación de los bienes, para impedir que la menor o sus seductores abusen de ellos.

Por otra parte es notorio que las calamidades públicas han causado que el consulado no sólo no haya podido devolver el capital, sino que tampoco ha pagado los réditos devengados en año y ocho meses corridos hasta este abril ni los que se siguen acumulando. Como la menor en ese tiempo se ha mantenido con la decencia de siempre, sin tener ahorro alguno, he sido yo, como curador, quien para ayudarla me he endeudado y debo a sujetos honrados casi lo mismo que se le debe a ella de réditos vencidos y perdería mi honor si no pagase, cobrándolos.

Por lo cual, suplico a Vuestra Alteza se sirva ordenar al Consulado de Veracruz que, observando exactísimamente lo que antes se dijo para no pagar ni medio real a María Leona, ni a quien presente poder o libramiento de ella, siga como hasta aquí lo ha hecho, pagándome a mí como curador, ya que al hacerlo estará cumpliendo las disposiciones sobre aquel caudal, siendo además que, en caso de cualquier eventualidad, vivo en compañía de la abuela de la menor y su legítima heredera.

Tómese en cuenta.

Don Agustín Fernández de San Salvador.

10

einticuatro días había contado Leona en su nuevo encierro que, aunque no era nada parecido al anterior, no dejaba de ser una cárcel. Veinticuatro días había hecho de todo para escapar al aburrimiento, desde "coser y cantar" con Mariana Ordóñez, quien resultó ser una mestiza simpática y creativa, hasta posar para que la dibujara el maestro Alconedo.

Un día de los más calurosos del mes de mayo estaban ambas jóvenes leyendo las gacetas que había traído Carmen en el corredor frente al brocal del pozo, desde el borde del cual Alconedo había comenzado a dibujarla. Los impresos hablaban del sitio de Acapulco, donde el ejército del general Morelos permanecía sin esperanzas de vencer a los realistas. Aquellos papeles anunciaban la esperada derrota de la rebelión. Leona sabía que las gacetas realistas buscaban descorazonar a los afectos a la insurgencia, pero la situación parecía ser delicada. Sentía la mirada del pintor clavada en su perfil y perdió la concentración; comenzó a divagar aunque sus ojos no se habían desprendido de las letras impresas ni un momento.

"¿Quién es este hombre?", se preguntaba.

Todo México sabía quién era José Luis Rodríguez Alconedo, reconocido por sus obras y su bien surtida tienda en la calle de Plateros.

"¿Quién es este hombre?", seguía preguntándose, a pesar de que conocía bien su trabajo.

¿Quién no conocía los colosales escudos que estaban sobre las puertas principales de la catedral? ¿Quién no había admirado las fantasías de plata y oro que estaban plasmadas en los cetros y coronas de varias imágenes sagradas de las iglesias de México? ¿No había ella misma envidiado las maravillas en filigrana con granates almandinos que presumía su hermana sin el menor recato?

"¿Quién es este hombre en realidad?", se repetía.

Todo el mundo sabía que había sido partidario y amigo personal del virrey Iturrigaray, para quien había labrado una corona y que cuando la conspiración había sido descubierta había encabezado un plan de insurrección para coronar a uno de los gobernadores de las parcialidades de indios. Aunque no eran contundentes las acusaciones, los sonetos contra Fernando VII que se le encontraron causaron su prisión y luego su exilio en Cádiz los dos años anteriores. Y Leona mejor que nadie sabía que Alconedo se había unido a las tropas de Morelos a fines del año anterior y había diseñado las monedas insurgentes que Rayón le envió como un tributo de gratitud y que ella tuvo que entregar a su amigo Carlos María de Bustamante para que las llevara a Oaxaca, ciudad tomada ya por las tropas insurgentes. Esas mismas monedas que los inquisidores buscaban en todas partes como prueba irrefutable de su culpabilidad, ya estaban siendo copiadas para repartirlas en todos los territorios liberados.

Claro que ella conocía la historia con lujo de detalles. Pero nunca se había topado con el maestro en persona. Sabía que tenía cerca de cincuenta años, pero no se imaginó que fuera tan guapo, lleno de vitalidad y con esa personalidad inquietante y desenvuelta.

—Maestro —se atrevió por fin a hablarle—, cuénteme cómo es Cádiz, ¿usted estuvo en las cortes?

Ése fue el principio de una estrecha y respetuosa amistad.

—Llámeme José Luis, doña Leona.

En las largas tardes de mayo, Alconedo le describió su azaroso y novelesco viaje. Pocos días después de salir de Veracruz, el barco que había de conducirlo a Cádiz naufragó. Y tras incontables infortunios, un barco inglés lo condujo finalmente a su destino.

—Cádiz es una isla separada de tierra firme por una franja angosta de mar. Sus callejuelas son estrechas y tortuosas, flanqueadas por altos edificios de tres pisos cuyos zaguanes están adornados por azulejos mozárabes. Siempre hay gente en la calle y se respira un viento de cambio que no puede describirse. Por las tardes, cuando se pone el sol sobre el mar turquí, éste se refleja en la enorme cúpula de la catedral que está prácticamente a sus orillas. Ahí uno se siente pequeño, insignificante ante la historia. En sus playas llegaron a atracar desde hace mil años los fenicios y seguro que muchos de sus enormes hules datan de aquella era perdida. Sin embargo, ése es también el punto de partida hacia el futuro. Ahí se mezcla la cultura árabe, la judía y la española con la modernidad inglesa y con la inmemorial tradición africana. En sus tiendas se oyen todos los idiomas conocidos y sus comerciantes saben mucho más que de telas o metales. En las casas de muchos de ellos conocí la obra de los pintores italianos y algunos ingleses. También vi cómo esas nuevas ideas fueron asimiladas por un español: Francisco de Goya y Lucientes. No lo conocí personalmente, pero vi sus retratos.

Mariana, aburrida con la conversación que no entendía muy bien, se levantó a traer un refrigerio para todos. Leona en cambio devoraba las palabras del artista. Algo sabía de técnica pictórica y hubiera dado cualquier cosa por haber visto las obras que Alconedo describía: alejadas del acartonado quietismo de los retratos que ella conocía, plasmando más los estados de ánimo y el carácter que la apariencia física de los modelos, coloreados de manera tenue con pasteles.

—¿Y usted? ¿Lo ha intentado?

El hermoso rostro de José Luis se ensombreció. El arco de las cejas perdió forma por un momento y los labios sensuales se oprimieron hasta perder el color.

—Alcancé a terminar un apostolado completo para el convento de las Capuchinas y un par de retratos antes de unirme al movimiento... ¡ah! ¡Quién sabe si alguna vez continuaré trabajando! ¡Hay tanto por hacer!

Quiso continuar los trazos para completar el retrato de Leona, pero en ese momento la mano derecha comenzó a temblarle de manera incontrolable y estuvo a punto de perder el equilibrio sobre el brocal del pozo. Ella corrió a auxiliarlo. Logró hacer que dejara de temblar asiendo firmemente su mano y ayudándolo a tenderse en el suelo, pero conservando la cabeza masculina en su regazo.

Un sudor helado le perlaba la frente y Leona no se detuvo a pensar nada: en un gesto casi maternal, le retiró los mechones rizados del rostro. Pero luego, la cercanía la turbó.

—¿E-está usted bien?

Alconedo permanecía con los ojos cerrados, pero pronto el gesto angustiado dio lugar a una sonrisa.

—Es un regalito inolvidable de las cárceles de la Inquisición.

Compartieron una risa franca sin saber por qué. Leona por fin se atrevió a moverse, temerosa de que Mariana regresara y los encontrara en aquella posición dudosa, por decir lo menos.

José Luis buscó sus útiles de trabajo, regados por el suelo. El retrato de Leona había caído al pozo.

Los dos se asomaron sobre el brocal al mismo tiempo. Y juntos vieron cómo las bellas facciones de la joven plasmada en el papel, iban destruyéndose por la acción del agua.

—Esperemos que no sea un mal presagio —dijo Leona con tono lúgubre.

—Yo no creo en los presagios. Ni en los buenos, ni en los malos. Uno se forja su destino y eso es todo.

La respuesta que Leona tenía en la punta de la lengua quedó silenciada por la abrupta irrupción de Carmen, con el rostro demudado.

—¡Mi marido fue prendido por la justicia! ¡Tenemos que sacar a Leona de aquí!

—Pero cálmate mujer, siéntate un momento, que le va a hacer daño a tu criatura.

Mariana y Leona ayudaron a la asustadísima mujer a refrescarse. Le dieron un par de traguitos de jerez y trajeron el frasco de las sales.

—¿Cómo fue todo? Cuéntanos ahora sí.

—Llegaron varios guardias con un soplón hace un rato a nuestra casa y se llevaron a mi marido, a mi cuñado y hasta un visitante que se está quedando con nosotros. Ellos al principio no sabían que eran guardias reales y sacaron sus armas. A ver si no les va peor por eso —Carmen comenzó a llorar.

—¿La vio alguien venir para acá? —José Luis rápidamente pensó en todas las posibilidades.

—¿Alguien sabe que eres una de nosotros? —Leona también reaccionó aguijoneada por el miedo.

—No vieron que estaba en la casa, pero de todos modos, nadie preguntó por mí. Lo que alcancé a escuchar es que acusan a mi marido de ser uno de los que liberó a doña Leona de Belén. Deben haber identificado los capotes que traje para ustedes. ¡Santo cielo! ¡Hay miles de capotes iguales en todo México!

—Alguien seguramente lo denunció. Alguien que la ha visto a usted salir o entrar a deshoras y sospecha alguna cosa o la han visto hablar con personas relacionadas con nuestro grupo. ¿Comentó usted con alguien? ¿Alguna sirvienta, cocinera...? —José Luis, bien enterado de los procesos de la justicia, buscaba a toda prisa las conexiones—. Ahora está a punto de oscurecer y no se puede hacer gran cosa, pero mañana a primera hora tenemos que avisar a don Antonio del Río y a nuestros amigos. No hay tiempo qué perder. Tenemos que salir de aquí antes de que todo se descubra.

Tardaron dos días en preparar la huida.

—Las autoridades están esperando que vaya usted a Tlalpujahua, así que irá a Oaxaca —ordenó don Antonio a la muchacha—. El general Morelos tiene la convicción de formar un congreso y lo más probable es que se lleve a cabo en Oaxaca, por ser la ciudad más grande en posesión de nuestras tropas y que ahí se reúnan todos los generales.

Esperemos que el generalísimo logre romper el sitio en Acapulco lo antes posible. Las fuerzas del general Rayón están dispersas. Algunos se fueron rumbo a Valladolid, otros al Bajío.

—¿Y Manuel? —preguntó Leona con la voz temblando con una mezcla de angustia y esperanza.

Don Antonio se resistía a responder. Denegó con la cabeza.

—Va a aparecer. ¡Tiene que aparecer!

—Manuel está muerto, Leona. Es mejor que se lo diga de una vez.

Primero la muchacha se negó a creerlo, pero luego un sollozo ronco le salió de lo más profundo del pecho. Leona no pudo controlar las lágrimas y sólo después de mucho rato don Antonio logró calmarla.

Mariana consiguió ropa para Leona y los que la acompañarían. Don Benito Guerra y el padre Sartorio llevaron tinta para la imprenta del sur, doña Petra Teruel les llevó dinero para el viaje y el coronel Vázquez Aldana se apareció con un hato de mulas que hizo entrar a la huerta de la quinta.

Eran las primeras horas del día 22 de mayo y las luces de la finca estaban ya encendidas. Loreto tenía prendido el fogón desde hacía rato y Mariana daba vueltas de un lado a otro llevando cosas. Con las primeras luces del alba, una enorme parvada de patos pasó graznando desde el lago sobre sus cabezas. Como si fuera la señal esperada para ponerse en camino, Leona salió de su habitación.

Al verla llegar, Alconedo le extendió un frasquito con pintura.

—Señorita, va usted a quedar horrible —le dijo con voz contrita.

—Poco me importa parecer una furia infernal con tal de seguir sirviendo a la causa y salir por fin de este encierro.

Carmen la ayudó a arreglarse.

—¿Qué vas a hacer ahora? —le preguntó Leona cuando estuvieron a solas.

—Voy a entregarme hoy mismo a la Inquisición. Me voy a refugiar en casa de mi hermano y de ahí mandaré una carta para ponerme a su disposición. No quiero que el encierro de mi pobre marido se prolongue. Ya habrá pasado un buen susto y tenido su escarmiento por andar de cusco. No pueden probarme nada y tengo testigos que me protegerán.

—¡Dios te bendiga!

Las dos mujeres se abrazaron.

Al salir a la huerta, Leona pensó que aquella escena parecía más ser un sarao que una despedida. Todos sus amigos tenían algún recado que darle, alguna recomendación importantísima. Don Antonio se despidió fingiendo aplomo y Loreto, la cocinera, los llenó de tamales, pollos cocidos enrollados en blanquísimas servilletas bordadas, huevos duros, barras de chocolate y hogazas de pan.

Cuando dos payos y una negra cruzaron la garita de San Lázaro conduciendo un hato de descuidadas mulas cargadas con cueros de pulque, jaulas y huacales vacíos al filo de las doce, los guardias jamás sospecharon que aquella negra vestida con sucias enaguas de tela china con los flecos rotos y los encajes manchados, que aquella triste criatura con un sombrero de palma y paliacate en la cabeza, del cual se escapaban sucias greñas ensortijadas y oscuras, pudiera ser la noble, blanca, rica, Leona Vicario.

11

Camino a Oaxaca, mayo-julio de 1813

n todo el viaje, Leona no pudo quitarse el disfraz que la acaloraba, ya que constantemente se encontraban con patrullas realistas tanto en los caminos, como en las ventas y lugares de descanso.

El primer día se detuvieron en el Peñón Viejo a las dos de la tarde. A la sombra de un enorme sabino, compartieron una hogaza de pan con pollo frío y un poco de vino, cuidándose mucho de que otros viajeros no se enteraran de lo rico de sus provisiones, para no despertar sospechas.

A las cinco de la tarde llegaron a la Venta de Ixtapaluca, completando así la primera de muchas jornadas de viaje hasta su destino.

A pesar de que sus guardianes y compañeros procuraban tenerle a Leona las mayores atenciones, no podían hacer muchos distingos con una negra que debería estar ahí para servir a todos. Aunque la incursión de Leona a San Juanico y Huixquilucan no había sido precisamente una jamaica, las penurias del viaje a Oaxaca se prolongaron más y fueron más variadas.

Las más de doce horas de andar en las mulas de silla, a pesar de su paso uniforme y seguro sobre los caminos destrozados, dejaban cualquier cuerpo adolorido. Incluso aunque detuvieran la marcha a medio día para tomar un refrigerio.

Las noches tampoco eran un remanso de paz. Las ventas de Ixtapaluca, Río Frío y Texmelucan eran un nido de pulgas, piojos y chinches y no proveían más que un dudoso refugio para el frío y la lluvia. En ninguna Leona tuvo una habitación para sí: dormía envuelta en el capotón de jerga que se adecuaba al resto de su caracterización de negra esclava de unos arrieros, sobre petates en el suelo duro, flanqueada por sus compañeros y rodeada de grupos variopintos de viajeros que no podían o no querían pagar los prohibitivos precios de una habitación propia la cual, de todos modos, no incluía ni un catre y no aseguraba la higiene ni la tranquilidad.

La comida que ofrecían en las posadas iba de lo grasoso y picante en extremo, a lo inexistente y había que echar mano a las provisiones tan bien pensadas por la cocinera Loreto para alimentar el cuerpo y el alma después de los calores, los vientos helados y la lluvia del día.

El viaje no había dejado de ofrecer a la inquieta muchacha fuertes emociones; desde la huida y la necesidad de llevar un disfraz. El corazón de la sensible Leona iba pasando por el miedo, la esperanza, la alegría y de vuelta el miedo, a medida que iban alejándose de la Ciudad de México. Los volcanes lejanos se convirtieron al pasar las horas, en inmensas moles nevadas cubiertas por los jirones de luz multicolor al atardecer. Y el penoso ascenso por el bosque de Río Frío la llenó de miedo: aunque los olores profundos de los abetos y encinos altísimos no dejaban de ser agradables, cada árbol era una amenaza: detrás de él podía esconderse un bandido, un salteador, un guardia del rey...

Al tercer día llegaron a Puebla, cuna del maestro Alconedo. Entraron exhaustos y sucios por la Calle de los Herreros hasta la plaza de armas. A Leona le impresionaron sus iglesias, sus calles y sus portales donde las mestizas gritaban a voz en cuello sus mercancías:

—Tortillas.

—Tamales.

—Chicharrón y totopostles.

En silencio se dirigieron a una casa en el Callejón de los Sapos donde parecían esperarlos. Un mozo les abrió la puerta y sin preguntarles nada ayudó a meter las mulas al corral. Los primos del maestro Alconedo, también simpatizantes de la insurgencia, no tuvieron reparo alguno en hospedarlos, cuidando que nada les faltara.

Por primera vez desde su salida de México, Leona durmió en una cama aunque no pudo quitarse la pintura negra y las ropas harapientas que le habían permitido escapar.

—Estudié aquí con un maestro platero desde que era muy niño —les contó José Luis a la hora de la cena—. Y aquí también, a los diecinueve años, me casé.

—Y luego se fue usted a México a seguir su brillante carrera —dijo Leona con admiración.

—Ojalá hubiéramos podido continuar con nuestras vidas como habían sido hasta antes de 1808 —dijo Vázquez Aldana, transformado del altivo joven vestido a la última moda en un mayordomo de hacienda, de camisa

blanca de cambray arremangada y pantalones reborda-
dos—. No sé si algún día regresaré a Campeche. ¡Cómo
nos cambió la vida! Pero, ¿qué le vamos a hacer? Así nos
tocó y hay que afrontar lo que Dios quiera.

—Pero, ¡venga! Nada de caras largas. Nosotros es-
cogimos esta vida y sólo los pusilánimes se arrepienten
—Leona se levantó de la mesa batiendo las palmas. Alzó
la copa y con los ojos chispeantes exclamó—: ¡A la salud
del generalísimo Morelos y de todos los valientes que están a su lado sufriendo el sitio de Acapulco!

Leona pensó que nunca se había sentido tan cerca
de nadie, ni de su misma familia, como de esos hombres
a los que sólo la unía el deseo ferviente de ganar la guerra, de cambiar las cosas. Pensó en Andrés y de súbito un
peso se le instaló en el corazón. ¿Dónde estaría? ¿Sabría
que ella iba rumbo a Oaxaca? ¿Intentaría buscarla allá?
¿Algún día volvería a verlo?

Los hombres, al calor del vino entonaron una marcha a la que se unió Leona saliendo de su nostálgico marasmo.

Sí se puede o no se puede,
sí se puede con paciencia;
vámonos para Zitácuaro
a jurar la independencia.

Sí se puede o no se puede,
sí se puede con valor;
vamos a ofrecer las vidas
a don Ignacio Rayón.

Sí se puede o no se puede,
sí se puede con esmero;
vamos a ver cómo vence
el señor cura Morelos.

Por un cabo doy un peso,
por un sargento un doblón,
por el general Allende
la vida y el corazón.

Salieron de Puebla dos días más tarde. Leona, con su disfraz de negra, se dejaba conducir por la mula, entre los cueros de pulque llenos de tinta para la imprenta del sur y los huacales cargados de calabazas rellenas de tipos móviles. Y el viaje se volvió un modo de vida: levantarse al amanecer, beber chocolate en agua o champurrado con una gorda de manteca calentada al fuego, cargar las mulas y emprender camino bajo el sol o bajo las tormentas de junio de las cuales sólo podían guarecerse de vez en cuando en una cueva o, con menos frecuencia aún, en una posada o mesón. Descargar las mulas, cepillarlas y darles de comer. Dormir hechos bola protegiéndose de las pulgas lo mejor posible y, de vez en cuando, intercambiar impresiones con otros viajeros.

El camino se volvió su mundo. En él se encontraban a las patrullas realistas de tanto en tanto, pero también a grupos de indígenas camino a algún pueblo cercano por el rumbo de Tepeaca, campesinos cargando una cruz cerca de la Hacienda de Tecamachalco, rancheros a caballo con sus trajes bordados y sus botonaduras de plata, por el rumbo de Tlacotepec. Cuando pasaron Tehuacán se dieron cuenta de que llegaban al país rebelde. Las patrullas realistas no aparecieron más. En cambio, los payos y los chinacos vigilaban el camino con la escopeta terciada en la silla del caballo y sus trabucos al cinto. Llevaban una imagen de la virgen de Guadalupe prendida en el sombrero y más de alguno portaba la bandera de Morelos.

—Lo logramos —le dijo José Luis a Leona cuando se identificaron con los oficiales independientes y ellos, afectuosamente les desearon buen camino.

—Ahora sí —dijo Leona—. ¡Vivan mis hermanos los insurgentes!

Se quitó el sombrero de paja y lo agitó en el aire, recibiendo la entusiasta respuesta de los campesinos y rancheros metidos de soldados.

José Luis no pudo contener una sonora carcajada. Miraba a Leona con cariño, admirando el temple de la muchacha que a pesar de los dolores, del hambre y del frío, ni una sola vez se había quejado, no había dejado salir ni un sólo suspiro de enfado, ni una lágrima.

—Doña Leona, ¡es usted una gran mujer! Don Andrés Quintana Roo es muy afortunado de ser el dueño de su corazón.

Leona se volvió a mirarlo con sorpresa. Su rostro estaba encendido por la emoción del griterío, pero también porque las palabras del maestro la habían turbado. Su nerviosismo sólo duró un instante. Emparejó su mula a la de Alconedo y mirándolo a los ojos le contestó:

—Y usted es un gran artista y un gran patriota. Su esposa no es menos afortunada de tenerlo a usted.

Apretó la marcha y se unió a Vázquez Aldana que encabezaba la comitiva.

Haber llegado a la región dominada por los independentistas no significaba en absoluto que las condiciones fueran menos arduas. El terreno pedregoso y reseco sacó ampollas en la piel de Leona que, pese a la pintura negra, no acababa de curtirse. La soledad de aquellos parajes imponía a los viajeros que podían no cruzarse con nadie en varios días: sólo montañas. Montañas negras que se reproducían, una detrás de otra hasta más allá del horizonte; hondas cañadas con hilos de agua que apenas alcanzaban a percibirse en el fondo de sus gargantas; cactos enhiestos como púas gigantes, como dedos acusadores que se multiplicaban pintando sombras igualmente delgadas, hilos negros sobre la tela blancuzca de los cerros...

Diez días más de sed, calor, miedo a tanta soledad de día y de noche, antes de llegar por fin a Oaxaca, la perla de Antequera, exhaustos, pero milagrosamente sanos y salvos.

Ciudad de México, a 19 de julio de 1813

Yo, el suscrito escribano de guerra, certifico y doy fe que hoy día se fijó en la esquina de Provincia el edicto siguiente:

En la causa criminal formada contra doña Leona Vicario por haber mantenido correspondencia con los insurgentes y haberse fugado del Colegio de San Miguel de Belén en que estaba reclusa, por superior decreto el Excelentísimo Señor Virrey Félix María Calleja, está mandando que por no saberse de su paradero, se llame por medio de este edicto, por el cual desde luego se le cita y emplaza a la referida doña María Leona Vicario, para que dentro de los de nueve días primeros siguientes del de la fecha, se presente ante su Excelencia o en una de las cárceles de esta ciudad a tomar en traslado su causa y defenderse de la culpa que resulta. Que si así lo hiciere, serán oídas sus defensas y se le administrará justicia y en su rebeldía se proseguirá la causa como si estuviera presente, sin más citarla ni emplazarla hasta pronunciar sentencia definitiva.

Los decretos y demás providencias que en la causa se dieren, se harán y notificarán en los estrados de esta capitanía general que aquí se señalan y le causarán el mismo perjuicio que si en su persona se hicieran y se notificaran.

Y para que venga a noticia de todos y de la referida Doña María Leona Vicario, se fija el presente edicto.

12

OAXACA, JULIO-AGOSTO DE 1813

axaca era una ciudad baja, de traza regular rodeada de pueblecitos de indios y custodiada en primer plano, por los cerros del Fortín y Monte Albán; y más allá, por la cordillera de San Felipe y otras altas montañas que rodean el valle de Antequera. Dos ríos la surtían de agua: el Xalatlaco al norte y el Atoyaque al sur, lo cual hacía de la ciudad un pequeño vergel en la sequedad circundante.

A Leona le gustó de inmediato, ya fuera por la altura uniforme de sus casas, por la majestuosidad de los palacios de cantera verde o por el colorido de sus calles y sus plazas llenas de indios, negros y mestizos expendiendo sus mercancías; pero sin duda alguna, se enamoró de la luz: la mágica luz del desierto que sacaba el verde corazón de la cantera y tal blancura resplandeciente a las paredes de las casas y edificios encalados, que por momentos tenía que cerrar los ojos, deslumbrada.

Cuando don Carlos María de Bustamante la vio llegar a la casa del gobernador Benito Rocha, andrajosa y todavía medio pintada de negro en compañía de arrieros de mirada hosca y cubiertos con capotones de jerga, casi se desmaya. ¡La niña doña Leona que lee a Fenelón en francés montada en una mula entre cueros de pulque!

No pudo dejar de admirar la enorme entereza de la muchacha, quien lejos de quejarse, exclamó al verlo:

—Don Carlos, ¡qué felicidad! Ya llegué para lo que guste mandar.

—Leona, ¡qué enorme gusto ver que está viva! ¡Sana y salva! Antes que nada, tiene usted que asearse, luego le buscaremos un lugar para quedarse —Carlos no se aguantó las ganas de abrazar a su amiga de varios años y compañera de aventuras en la Ciudad de México.

—Sana y salva gracias a estos caballeros que primero me secuestraron y luego me trajeron hasta acá...

—Sí, las noticias han llegado antes que ustedes. La Infanta de la Nación Americana se escapó del colegio de Belén. Se ignora su paradero.

El hombre de mediana edad se burlaba afablemente de la muchacha y todos siguieron con la broma.

—La trajimos en carroza forrada de satín —dijo Vázquez Aldana.

—Con tres lacayos y diez sirvientas —continuó José Luis—. Y no aceptaba comer más que pasteles y beber jerez.

Leona no supo qué decir, hasta que el gobernador la hizo pasar a la casa de gobierno exclamando:

—Sea usted bienvenida, doña Leona. Todos conocemos sus servicios a la causa y admiramos su valor y entrega.

—Me avergüenza usted, señor gobernador. Mis servicios han sido bien modestos. Hice lo mismo que hubiera hecho cualquier otra persona.

—Nada de eso. Ya quisieran muchos hombres haber tenido el valor que tuvo usted ante el doctor Bataller.

Leona, para salir del trance, presentó a sus guardianes y amigos, los cuales fueron tratados como héroes después de la hazaña de rescate y la salida de la Ciudad de México en condiciones tan anómalas.

La mesa los esperaba ya servida. Dos indígenas llevaban platones calientes y bebidas. Leona estaba asombrada de ver a las hermosas jóvenes de largas trenzas vestidas con relucientes huipiles de colores y enredos de lana negra. Por supuesto que había visto a muchas nativas en las calles de la Ciudad de México, pero generalmente la servidumbre no vestía las ropas tradicionales.

La sorpresa no terminó ahí: la joven nunca había probado los platos que se ofrecieron aquella tarde. Los moles más exquisitos que jamás había visto, con colores intensos y sabores fuertes: el negro, el amarillito y el rojo que no se parecía a ningún otro. La sopa de guías con orejitas de masa, el pollo en hoja santa y los frijoles con hierba de conejo. Y para acompañar los manjares, el mezcal del país, con sabor a madera quemada y el diablo mismo diluido en su cuerpo de ámbar.

—¡Qué delicia! ¡Ojalá que me quedara aquí a vivir! —exclamó Leona llena de entusiasmo.

—Lo más probable es que se quede un buen tiempo —dijo don Carlos—. El señor gobernador y yo estamos pidiendo a Morelos que el congreso se realice aquí. Después de todo, ésta es la ciudad más grande del sur en nuestro poder.

—¿Congreso?

—Intentamos reunir a los jefes insurgentes que se han separado. Se han rehusado a seguir a Morelos tras lo ocurrido en Tlalpujahua con el arsenal, y es importantísimo que nos reunamos todos para promulgar una constitución y ordenar el movimiento.

Leona escuchaba arrobada. Estaba en el punto exacto donde se estaban tomando las decisiones más importantes de la guerra.

El problema surgió con la necesidad de hospedar a la fugitiva. No había espacio en la casa de gobierno, en donde vivía el gobernador, su familia y otros jefes insurgentes. Carlos María vivía en una casa pequeña con su esposa María Manuela, y no había espacio para nadie más.

Muchos edificios habían sido dañados por el terremoto de 1801, incluso estaban en ruinas, y las casas particulares de los simpatizantes del movimiento albergaban a los enfermos y heridos en las acciones de guerra.

Los primeros días, Leona se quedó en una celda del convento del Carmen de Abajo, donde por fin pudo bañarse y cambiarse, con ropa prestada. Jamás había sentido tanta satisfacción al ponerse un vestido. Ni siquiera las más finas batas de seda y tul podían compararse en ese momento con las naguas de algodón, la camisa de percal y el rebozo de lana que olían a limpio y caían sobre el cuerpo adolorido de Leona como una bendición.

En cuanto pudo, ocupó una pequeña casa prácticamente en ruinas, que había servido como caballeriza a los oficiales. Y como no se atrevía a pedir nada a los jefes insurgentes, se las arregló con un huipil y un enredo que consiguió en el mercado. Carlos María le mandó a una india zapoteca de ojos brillantes llamada María Inés, para que la acompañara.

Poco tiempo después, los rebeldes que habían sido sus escoltas partieron rumbo a Acapulco, a auxiliar a Morelos, y Leona, que hubiera dado cualquier cosa por irse con ellos, se despidió con tristeza en la plaza de armas una mañana de julio.

—Nos volveremos a ver pronto, ¿verdad? —preguntó ella, con un miedo que la esperanza y el aplomo no lograban vencer.

Sus amigos, sus compañeros queridos, sus hermanos de armas y de corazón se fueron perdiendo por el camino hacia la garita de Xoxo rumbo a la costa, jinetes en dos alazanes, cantando una cancioncilla burlona contra Calleja.

El pecho de Leona se oprimió. La gratitud por los valientes era superada durante un breve instante por el miedo de no volver a verlos. Nada sabía de Andrés, quien estaba con Rayón cerca de Valladolid. Le resultaba doloroso recordar las tardes, los días que pasó a su lado y sospechar que tal vez él ya la había olvidado.

Procuró pensar lo menos posible en el amor. Los meses que siguieron toda su concentración fue para el periódico que publicaba don Carlos: *El Correo Americano del Sur*.

Cada mañana se levantaba al amanecer, y después de acudir a misa a la iglesia de San Felipe Neri, se dirigía a la imprenta del padre Idáquez situada en ese mismo lugar, donde a medida que pasaban las semanas, aprendía todos los secretos del manejo e impresión del pequeño boletín que iniciaba con el lema "El tercer año de nuestra independencia".

Luis Arango, un jovencito michoacano que asistía al padre Idáquez, enseñó a Leona a mezclar el polvo con agua para hacer la tinta y acomodar los tipos para formar las planas. Luego extender la tinta con el rodillo y poner el pliego sobre las planchas formadas para dar vuelta a la prensa que dejaría los caracteres impresos sobre el tan penosamente adquirido papel.

Don Carlos María redactaba casi todo el contenido del pliego. A veces publicaba los partes de guerra, sobre todo de las acciones en que los insurgentes resultaban vencedores. Otras, escribía artículos para ilustrar a la gente, tomando las ideas de fray Servando, que circulaban en cartas y en los periódicos que Andrés había escrito en Tlalpujahua.

Por las tardes, Leona reunía en una banca de la plaza a un grupo de muchachos indígenas y mestizos, para leerles el periódico en voz alta.

—No hay que temerle a la excomunión —les explicó Leona—. Sólo cometiendo pecados mortales uno estaría verdaderamente excomulgado. Los que pecan de verdad son los curas adictos a los realistas y son ellos quienes deberían ser castigados por engañar al pueblo fiel.

—¿Y no nos vamos a ir al infierno, doña Leona? —preguntó con ingenuidad uno de los oyentes.

—¡Qué va! Se van al infierno los malditos gachupines que mataron a todos los antiguos mexicanos y esclavizaron de una manera inhumana e indigna a los que quedaron vivos. Cuando la guerra haya terminado, tendremos un país donde todos seremos iguales y no habrá exclusión de nadie por su origen. Todos tendrán derecho al trabajo y podrán ir juntos a misa y casarse con quien se les dé la gana.

Los jóvenes se quedaron pensativos. Sonaba tan bien… y sin embargo, apenas podían entender de verdad lo que iba en juego.

—Muchos amigos y hermanos han muerto en esta guerra, niña Leoncita —dijo otro— y ya no sabemos cuándo va acabar todo esto y si estarán mejor las cosas cuando todo esto termine.

—Además, el tata señor obispo Bergosa nos ordena desde México que no hágamos caso a los insurgentes —dijo un indio que apenas hablaba el español.

—Y el coronel jefe político dijo que nos va a matar a todos, como nos encuentre colaborando con los traidores —continuó un mestizo cargador del mercado—; aunque ya no está en la ciudad, nos tiene vigilados.

—¡Mientras estemos aquí, nadie les hará daño! —tronó Leona furiosa. Luego suspiró, sabiendo que tal vez eso no duraría mucho. Dejó caer el periódico en su regazo—. No podemos perder las esperanzas. Muchos de nosotros lo hemos dejado todo. Don Carlos dejó su casa y su trabajo en México por venirse a pelear por la independencia, sufriendo frío y hambre. Ha rechazado el indulto varias veces; cuando podría estar cómodamente paseando en su carruaje por las calles de la capital, mírenlo aquí, casi sin dormir, preparando el congreso que le va a proponer al general Morelos, donde se reunirán todos los jefes insurgentes y se proclamará la libertad de todos nosotros.

En momentos como aquel, Leona se sentía desconsolada. En la plaza, los muchachos la miraban sin comprender el significado de sus palabras. De pronto ella veía cómo los ojos negros y apagados por el abuso y la pobreza se iluminaban ante la palabra *libertad*, pero no siempre comprendían la razón de tanta muerte, de tanta crueldad: todos los días llegaban hasta Oaxaca las noticias de los crímenes cometidos contra los insurgentes capturados. Los cuerpos descuartizados de los capitanes y coroneles rebeldes eran arrastrados por los pueblos, y las piernas de uno, la cabeza de otro, el corazón de aquel, eran paseados por las plazas como escarmiento.

Pero Leona no se daba por vencida. A su actividad diaria en el taller de imprenta, añadió la de enseñar a leer a los indios, negros y mestizos que iban a buscarla. A cambio, ellos le enseñaban cómo curar las fiebres con hierbas, cómo alejar el mal con amuletos y cómo recuperar el amor perdido con oraciones en un idioma melodioso y suave.

María Inés la enseñó a cocinar y junto con otra mujer entrada en años, le mostraron los misterios de la ciudad.

—Esa cruz, niña Leoncita, fue hecha por el mismo señor santo Tomás —le dijo María Inés en voz muy baja un día que fueron a catedral.

—Muy cerca de aquí —le contó en otra ocasión— está una ciudad de piedra hecha por mis antepasados. La ciudad del descanso llamada Mitla, donde están las tumbas de los señores de Zaachila. Cuentan que llegará el día en se levantarán de sus tumbas y todos los indios reinaremos con ellos por encima de los blancos que vinieron a despojarnos de nuestros dioses y nuestra lengua. Los curas dicen que es el infierno, pero nosotros creemos que ése es el cielo.

Leona se quedó atónita. Hervía de curiosidad por ir a conocer aquella ciudad enorme y majestuosa donde descansaban los señores de Zaachila esperando el día de su resurrección. Y al mismo tiempo, un temor desconocido le empezó a crecer por dentro. ¿Eran realmente iguales esos indios y ella? ¿En qué creían ellos realmente? ¿Podría construirse un nuevo país con esa gente que creía en ensalmos y pactos con el diablo y que pasaba la mayor parte de su vida embrutecida con el mezcal o el pulque?

—La respuesta a todo está en el trabajo —sentenció gravemente Carlos María cuando Leona le compartió sus dudas—. Tenemos que sacar a esta gente del abismo de atraso en el que vive. Hacerles entender que el único camino es el del progreso y la ilustración.

Leona suspiró para sus adentros. No se atrevió a decir en voz alta que no entendía cómo el trabajo podía ser la solución para aquellos infelices que tenían trescientos años trabajando sin descanso. ¿Habría remedio para ellos?

El 21 de agosto, llegó la noticia a Oaxaca de la capitulación del puerto de Acapulco. Morelos y su ejército triunfante se dirigían a Chilpancingo. Allá y no en Oaxaca, se reunirían todas las fuerzas insurgentes para el tan esperado congreso.

Entonces Carlos María ya no tuvo tiempo de nada más que para intercambiar correspondencia y organizar la reunión. Recibía cartas de todos sus amigos simpatizantes de la causa en la Ciudad de México, quienes habían tomado el nombre de Guadalupes, por su devoción a la virgen. Redactaba un esbozo de carta que Morelos tendría que leer y que debería contener los sentimientos de todos, lo que los había lanzado a la revuelta y en las horas que deberían haber sido de sueño, se las ingeniaba para escribir el *Correo Americano del Sur*.

Leona se acostumbró a aquella vida. Podría decirse que así había vivido siempre: en una casucha destartalada cerca de

la Alhóndiga, cuya única habitación estaba amueblada por dos colchones de paja, un pequeño altar con una imagen de la virgen de Guadalupe, la estufa de ladrillo, un trastero desvencijado con dos o tres platos de barro y los más elementales utensilios de cocina. Además de Leona, en esa pobre vivienda habitaban la sirvienta indígena, dos gatos huérfanos que buscaban el calor del fuego y un montón de pulgas que sobrevivían a todos los remedios que tanto la dueña como la sirvienta aplicaban para librarse de ellas.

Sin embargo, la regularidad de las costumbres y la aparente calma en la vida cotidiana le daban a Leona la sensación de que nada malo podría sucederle. Había adoptado la vestimenta de las indígenas: el fresco huipil multicolor y el enredo de lana negra. Su único adorno eran unos aretes de oro que María Inés le había regalado, así como las peinetas de carey que la habían acompañado prendidas a su peinado desde su encierro en Belén.

Una tarde, Carlos María y Manuela la mandaron llamar. Cuando Leona llegó a la casita que ocupaba la pareja, Manuela, una criolla maltratada por la edad, hizo pasar a la joven y tras ofrecerle chocolate que ella aceptó gustosa, le dijo con una vocecita suave:

—Carlos María no ha llegado, pero me pidió que lo esperáramos juntas. Tiene una noticia que darle.

La curiosidad de Leona tuvo que refrenarse durante media hora, mientras la señora le contaba con la misma voz monótona cómo había logrado salir de México el año anterior para alcanzar a su marido en Tlalpujahua.

—Cuénteme más de usted —pidió Leona, intentando conocer mejor a esa mujer a quien su amigo mutuo don Antonio del Río había recomendado tanto.

—Como sabe, doña Leona, soy huérfana y me crié en el Colegio de las Vizcaínas. Ahí conocí a mi esposo.

Leona sabía muy bien que el colegio tenía una gran fama y que ahí estudiaban las mujeres que podían costearlo. La formación era laica y las jovencitas aprendían a leer y escribir, además de bordar con preciosismo y cocinar, ya fuera para hacerlo en caso de necesidad, o para saber mandar a la servidumbre. Algunos rudimentos de piano y canto completaban la educación de aquellas que algún día podrían ser elegidas en matrimonio por algún funcionario o comerciante criollo.

—Por cierto que allí conocí a doña Josefa Ortiz. Vivimos juntas bajo la vigilancia de la misma Primera.

—¿Primera…? —Leona no estaba familiarizada con el término y no acababa de interesarse por aquella conversación. Rogaba porque don Carlos no se demorara demasiado.

—Sí, ¿sabe usted? La Primera es una alumna mayor, quien se encarga de un grupo de nueve o diez niñas y vigila que cumplan con sus deberes.

Leona asintió en silencio, poco menos que dormida por la voz monótona de Manuela.

—Pues doña Josefa Ortiz se casó después con don Miguel Domínguez, corregidor de Querétaro.

Leona buscaba dentro de su cabeza alguna información sobre esas personas. Los nombres le eran familiares, pero, ¿por qué?

—Ya ve que ambos fueron involucrados en la causa del padre Hidalgo y el general Allende.

¡Claro!, pensó Leona. Por eso…

—Se dijo que la conspiración se llevaba a cabo en la propia casa de gobierno y que Josefa era uno de los miembros más activos. Se rumora incluso que gracias a ella los dos insurgentes se salvaron de la aprehensión segura y de la muerte al ser descubierta la conspiración. Por eso se inició antes de tiempo el movimiento que estaba programado para diciembre.

Por supuesto, se dijo Leona en silencio. Esos eran los rumores, pero nunca le habían podido probar nada. Después de unas semanas en el convento de Santa Clara en Querétaro, habían tenido que dejarla ir.

—Y usted la conoció entonces…

—Nunca fuimos amigas. Me parecía demasiado voluntariosa, desobedecía las órdenes, además de que nadie podía hacerle una broma: se sentía menos por su condición de morisca y no toleraba que se le insinuara la más mínima cosa sobre su color de piel. Cuando el licenciado Domínguez comenzó a frecuentarla, me pareció que ella estaba empeñada en cazarlo para que la sacara de ahí lo antes posible.

Qué raro, pensó Leona con sorna, ¿no están casi todas las señoritas empeñadas en cazar a algún buen partido que las salve de su vida? ¿No fue eso exactamente lo que hizo Manuela con don Carlos?

Providencialmente, el abogado entró en aquel momento en el salón. Su rostro afilado y lampiño se iluminó al ver a Leona. Y ella no pudo contener un suspiro de alivio.

—Doña Leona, acabo de recibir correspondencia. Morelos llegará en cualquier momento a Chilpancingo. Sabe que está usted aquí y ha ordenado que se le entreguen quinientos pesos para cubrir sus necesidades. Mire usted:

"Afortunadamente ya está bajo las alas del águila mexicana, muy justo es protegerla...", leyó Leona, emocionada.

—Y aquí tiene —le dijo el abogado extendiéndole una carta cerrada—. Esto es para usted.

La muchacha reconoció la letra de Andrés y el corazón le dio un vuelco. La buena educación indicaba que se quedase un momento más a conversar con la pareja, sin embargo, ella no quiso esperar más. Una tormenta se anunciaba y la tarde se oscureció de pronto.

—Voy a retirarme con la venia de ustedes. No quiero que me atrape el aguacero.

Don Carlos, adivinando la verdadera razón, sonrió con cariño.

—Vaya usted, doña Leona. Nos veremos mañana.

Casi corriendo salió de la casa y con igual velocidad, recorrió las calles que la separaban de su pequeña vivienda, seguida de cerca por María Inés, que apenas alcanzaba a respirar.

Desdobló la misiva para llenarse los ojos y el corazón con las noticias de su amado.

Doña Leona, Leona de mi vida, Leoncilla de mi corazón:

No sé si hayas recibido las cartas que te he enviado desde que salimos de Tlalpujahua. Los correos no son seguros y temo haberte causado algún mal si te atraparon en posesión de noticias mías.

Vamos llegando a Chilpancingo. Estoy con el señor presidente Ignacio Rayón. Seguramente sabrás de las desavenencias que han resultado entre los dos caudillos y, sin embargo, por el bien de la causa, hemos decidido incorporarnos en un sólo movimiento e integrar un congreso que ordene los poderes. Tengo el presentimiento de que la victoria está muy cerca. Una vez reunidas todas las fuerzas, nadie podrá detenernos. En cuanto estemos instalados mandaré a buscarte. Quiero casarme contigo, como debí haber hecho a pesar de la voluntad de tu tío y a pesar de la tuya propia. Muchos de los trabajos por los que has pasado pudieron haberse evitado. No sé si hubieras estado mejor a mi lado, pero por lo menos nos hubiéramos ahorrado la angustia de la separación. Ha sido para mí un cruel tormento no saber dónde estabas, si el maldito doctor Bataller a quien tanto aborrezco te habría hecho daño, y luego, si habías logrado llegar con bien a Oaxaca.

Gracias a la carta de don Carlos al señor Morelos, he sabido que estás a salvo y en compañía de amigos. Pero no dejo de pensar que deberías estar aquí conmigo, iluminando mis días y mis noches con la luz de tu inteligencia y de tu belleza, las que ni un sólo día he dejado de tener presentes en mi corazón.

Cuento los días hasta que pueda hacer que unas tu destino al mío.

Por siempre tuyo, Andrés.

—Andrés… ¿Por qué tardaste tanto? —Leona estrujó la carta contra su pecho y se echó a llorar sobre el desastrado colchón mientras la tormenta caía con furia sobre la vieja Antequera.

Excelentísimo señor:

El día 31 de julio de 1813 me confirmó el cura de Xoxotitlán, asegurándome delante de sujetos respetables, que mi sobrina ni había ido ni quería ir con los insurgentes: que estaba en un jacal de indios durmiendo en un petate y en suma miseria, ocultándose tanto de los rebeldes como de las tropas del rey y que, rehusando solamente revelar las cifras de las cartas, iba el mismo cura a persuadirla que los descubriera para que pudiera restituirse a su casa, como se lo rogué.

Esto lo supo el cura por haber ella ocurrido a él por medio de algunos indios, pidiéndole socorro, huyó luego de allí por acercarse tropas reales y en fin huyendo de éstas y de los rebeldes, se fue con unos arrieros que la llevaron hasta Tehuacán. Allí, por su desgracia, infiero que la encontró el seductor principal don Andrés Quintana Roo, que fue mi pasante de abogacía y pretendió casarse con ella, lo cual resistí. Se dijo después que estaba en Oaxaca en compañía de éste. Un religioso mercedario indultado cuyo nombre ignoro, me aseguró después que era falso que se hubiera casado con Quintana Roo aunque se lo solicitaba con ardor: que ella quería huir de aquella compañía, más no había tenido ocasión y era sumamente difícil.

El citado cura me avisó en el último noviembre que había recibido dos cartas suyas solicitando arbitrio para escapar, aunque ya estaba casada con Quintana Roo.

Así es que, siendo dignos de la confiscación los que voluntariamente se han unido con los rebeldes a obrar contra la patria y los que voluntariamente permanecen con ellos, según el bando de Vuestra Excelencia y debiendo yo creer que mi sobrina fue arrebatada por ellos y no ha tenido auxilio ni arbitrio para salir de sus manos, aunque lo ha buscado, no la he creído reo ni aún podido sospechar siquiera lo fuese de infortunio, (lo cual tampoco la haría digna de la confiscación) no esperaba lo que por el indicado superior decreto de Vuestra Excelencia se me ha informado y mi deseo de obedecer respetuosamente me hizo ofrecer que en los quince días presentaría la cuenta y la razón de los muebles y expondría lo correspondiente.

Doña María Leona Vicario es otra joven seducida por los malvados, pero no hay en la causa constancia alguna de que hablase una palabra contra la sagrada persona del señor don Fernando VII. Antes bien, consta un papel que se halló entre los que tenía en sus gavetas, en el cual se halla empezada a copiar, de su puño y letra una de las canciones patrióticas que más inflamaron a los españoles para la defensa de su rey y también de su letra, los versos que empiezan "con garras y dientes" contra Napoleón y la perfidia con que nos quitó al rey, debiendo notarse que el contexto muestra que los produjo ella misma. Lo mismo se ve en las cuartetas de la vuelta: la que comienza "No temas, no, pueblo español"; la que empieza "Adiós señores" contra los franceses; en la de "con ésta me despido" y "a los franceses" y en la otra "la vida tengo que dar" y termina "en defensa de Fernando, la sangre derramaré"…

Ella se ocupaba pintando con sus manos miniaturas del amado Fernando VII, que en relicarios regalaba y de la cual aún existe una. Ella se ocupaba de traducir del francés buenos libros, en curar con su mano las nubes de los ojos a los ciegos, en dar limosnas a los pobres… pero esto y lo demás convence que si se le inspiró el odio contra los españoles malos, o se le hizo creer que eran malos, no lo extendió a su soberano y en cambio se la engañó persuadiéndola, como desde el principio lo hicieron los malvados con muchos, que aquéllos querían entregar a Napoleón el reino de Fernando VII…

A Vuestra Excelencia suplico lo siguiente:

1º. Que ante todas las cosas, se libre orden al Real Consulado de Veracruz para que se me paguen los réditos del caudal de Doña Leona Vicario, que ascienden a cuatro mil ciento sesenta y ocho pesos al mes de abril.

2º. Que Vuestra Excelencia dé facultad a quien sea de su agrado para que, valuados por perito dos cintillos y un hilo de perlas de doña Leona, se vendan a quien más diere y su importe se me entregue.

3º. Que se digne usted proveer de defensor a la referida para su defensa.

4º. Que si se calificare que ella incurrió en un crimen por el cual sea digna de muerte civil, se digne usted declarar que su abuela materna adquirió legítimamente los bienes que tenía entonces y los trasmitió a sus herederos, por lo cual sólo deberán confiscarse los que después pueda haber adquirido.

Así es de justicia y juro lo necesario,
Doctor Agustín Fernández de San Salvador.

13

Oaxaca-Chilpancingo,
septiembre-noviembre de 1813

on Carlos, ¿Por qué no puedo ir a Chilpancingo? ¿Por qué no va usted? Morelos lo ha estado llamando y usted ha sido el principal artífice de este congreso...

—No, Leona, la idea no ha sido mía, ni siquiera de Morelos. El padre Hidalgo ya había soñado con reunir a los representantes de todas las ciudades y villas del reino para que dictaran leyes justas y que a través de la voluntad del pueblo pudieran preservar los derechos de los mexicanos usurpados por los conquistadores. Luego el señor Rayón recuperó este sueño y fundó en Zitácuaro, Sultepec y finalmente en Tlalpujahua, como usted bien sabe, la Suprema Junta Nacional Americana.

—Sí, don Carlos, todo eso ya lo sé. Pero también me queda claro que Morelos le pidió redactar un proyecto de constitución y que lo invitó a presidir con él los trabajos en Chilpancingo y que usted se ha negado a ir.

—No tengo que explicarle cómo están las cosas en Oaxaca, Leona. Bien sabe que los canónigos y los frailes azuzados por el obispo Bergosa desde México están preparando una contrarrevolución. Las tropas de Matamoros han salido de la ciudad y he tenido que asumir el mando del cuerpo de dragones; si yo me voy, de seguro que los gachupines triunfarán y retomarán la ciudad.

Leona lo sabía. El teniente general y sacerdote Mariano Matamoros, uno de los principalísimos sostenes de Morelos, había tomado Oaxaca a fines de 1812 y había hecho a la ciudad su centro de operaciones, pero ahora, llamado por el general Morelos, había abandonado la ciudad.

—No poseo más que un caballo y una mula para mi mujer —continuó don Carlos—, y con lo que ha diluviado este año, ¿cómo exponernos por los caminos de la mixteca? Y usted, doña Leona, perdóneme, pero, ¿cómo puede creer que la voy a dejar ir sin una escolta apropiada? Chilpancingo es un pueblo pequeño y todos los jefes insurgentes se han reunido ahí. No hay alojamiento ni comida suficiente. Además, Calleja tiene más miedo de la reunión de los "sabios" del congreso, que de todo el ejército insurgente y procurará atacar la ciudad e impedir la discusión.

Leona lo escuchaba con respeto, pero no estaba convencida de que su amigo tuviera razón. Mientras don Carlos exponía ceremoniosamente sus razones, Leona maquinaba alguna manera de cruzar las montañas y llegar a la sede del congreso. ¿Otro disfraz? ¿Y si pidiera a los arrieros que la llevaran con ellos? Sabía que en las montañas se ocultaban gavillas de soldados realistas que esperaban atacar. También había ladrones que aprovechaban la situación para despojar a los viajeros de sus posesiones. El terreno era sin duda difícil y sin caballos o mulas apropiadas, en medio del temporal más intenso que pudiera recordarse en la región, era casi una locura. Sin embargo, sabiendo que Andrés estaba tan cerca, no podía resignarse a seguir llevando la vida sosegada que hasta entonces le había resultado tan agradable.

Casi todos los días llegaban a la oficina de la imprenta las noticias sobre la reunión de los jefes rebeldes. Así se enteró Leona de que muchos de sus amigos de la Ciudad de México estaban también ahí: el señor Velasco, don Antonio de Río, el padre Sartorio, y por supuesto, sus libertadores. Se imaginaba a la pequeña ciudad en un festejo continuo, un festejo de la razón. Los constituyentes se reunían en la parroquia convertida en el Palacio Nacional de Chilpancingo y ahí discutían el futuro de la patria.

Cuando llegó a sus manos el acta de instalación del congreso y la resolución de Morelos de desprenderse del poder omnímodo, transfiriéndolo al congreso, la impaciencia no la dejó terminar de leer a solas. Corrió a la plaza y reunió a toda la gente que pudo. Los trabajadores y comerciantes conocían ya a la atractiva joven y no tardaron en hacer un grupo a su alrededor.

—¡El general Morelos abrió las sesiones del congreso el 14 de septiembre! ¡Tienen que escuchar este discurso! ¡Nos está hablando a todos desde aquella parroquia en las montañas!

Leona se hizo oír. A gritos, enjugándose las lágrimas, leyó el discurso del generalísimo. Y la gente la escuchó en silencio referirse a las crueldades de los gachupines y cómo celebraban como salvajes, las desdichas y la desunión de los libertadores. Muchos lloraron con ella cuando habló de las miserias y trabajos que los insurgentes habían padecido en aquellos años, pidiendo limosna a los pastores y bebiendo agua sucia de las cisternas...

¡Pero todo ha pasado como pasan las tormentas borrascosas!... a las derrotas se han seguido las victorias, y los mexicanos jamás han sido más formidables a sus enemigos que cuando han vagado por las montañas, ratificando a cada paso y a cada peligro el voto de salvar a la patria y vengar la sangre de sus hermanos!

Y repitiendo esas palabras, recordaba sus propias privaciones y ahogaba un sollozo en la garganta ante los rostros fatigados de los tamemes, de los aguadores, de las mujeres que cargaban a sus hijos en rebozos, sosteniendo en las manos la carga de flores, de quesos o de hierbas para vender en el mercado.

> ¡Genios de Moctezuma, de Cacamatzin, de Cuauhtemotzin, de Xicoténcatl y de Catzonsi, celebrad, como celebrasteis el mitote en que fuisteis acometidos por la pérfida espada de Alvarado, este dichoso instante en que vuestros hijos se han reunido para vengar vuestros desafueros y ultrajes y librarse de las garras de la tiranía y fanatismo que los iba a absorber para siempre! ¡Al 12 de agosto de 1521, sucedió el 14 de septiembre de 1813! ¡En aquel se apretaron las cadenas de vuestra servidumbre en México Tenochtitlán, en éste se rompen para siempre en el venturoso pueblo de Chilpancingo!

A pesar de que la multitud ahí reunida no entendía muy bien las palabras del discurso, al oír los nombres indígenas (aunque hubieran preferido oír mentar a los señores de Zaachila) y la certeza de romper para siemprc las cadenas de la servidumbre, gritaron y exclamaron vivas al general Morelos y al congreso de Chilpancingo.

Leona llegó feliz a la imprenta del padre Idáquez, donde don Carlos también celebraba el discurso por otras razones:

—Doña Leona, ¡Estamos haciendo realidad nuestros sueños! —Carlos María no cabía en sí de gusto—. Ninguna persona debe tener todo el poder. Nada como un congreso para ejercer la autoridad y proclamar la nueva constitución. Pensé que Morelos no iba a leer el discurso que le mandé, ¡pero está casi íntegro! Sólo le quitó las alusiones a Fernando VII... ¡Quedó bien! ¿Verdad?

—Lo felicito, don Carlos, supo usted expresar muy bien los sentimientos de todos nosotros —le dijo, todavía conmovida—. Pero mientras Morelos pronuncia sus discursos y nuestros amigos discuten, nosotros estamos aquí atrapados por la lluvia...

Leona se puso de mal humor.

—Ya llegará el tiempo de participar, doña Leona. No se desespere. Yo mismo estoy ansioso por estar ahí e impedir que se le vuele el seso al general Morelos. Hay gente de muy malas intenciones que pretende convencerlo de que él debe ser la autoridad suprema y que de ningún modo debe dejar el mando a un cuerpo legislativo.

—Pero, ¿cuándo, amigo mío? ¿Cuándo nos vamos de aquí?

El día finalmente llegó. A mediados de octubre, cuando las lluvias amainaron y Carlos María pudo dejar el mando militar de la ciudad, un pequeño grupo de patriotas emprendió el viaje a través de las montañas. El mismo don Carlos y su esposa encabezaban el recorrido. Leona acompañada de María Inés los seguían, escoltados por un pequeño grupo de chinacos veteranos del sitio de Acapulco, que Morelos había mandado en su búsqueda.

Cruzaron la garita de Xoxo al amanecer y siguieron hacia la Mixteca por Ixtlahuaca, cabalgando por angostos extravíos enlodados. A lomo de mula dejaron atrás varios poblados, para llegar a descansar un par de días a Tlapa: no era fácil cruzar aquellas serranías empinadas con las patas de las mulas hundidas en el lodo. Cuando por fin entraron a Chilapa, les pareció un paraíso. Era un pueblecito de casas blancas con tejados rojos alrededor de una plaza donde bajaban los indios de la sierra a vender sus mercancías cada domingo. Ocupado el pueblo por la gente de Morelos, del coronel Vicente Guerrero y de los hermanos Galeana, los peregrinos recibieron la hospitalidad de la gente. Entre los saqueos y la manutención de las tropas, no quedaba mucho qué comer, pero los visitantes pudieron probar el pozole de la región y las chalupitas, delicias aderezadas con mezcal de Tixtla en vasitos de carrizo tierno, que después de no comer y racionarse el agua durante el trayecto les supieron a gloria.

Aunque a Leona le urgía llegar a Chilpancingo, se dejó convencer por Manuela y por María Inés de dar una vuelta por el enorme mercado de la plaza, mientras don Carlos se ponía al día de los sucesos locales con los insurgentes del pueblo.

Aquello era un mosaico multicolor, una babel donde indígenas de todas las tribus y de todas las lenguas, acudían cargados de sus "tecolpetes" o canastos llenos de frijol, chile, maíz, plátanos, piñas o guajolotes, a intercambiar sus mercancías por petates de palma, guitarras, sombreros, gabanes y hamacas, machetes y rebozos, jícaras y adornos de madera de zomplantle o colorín... Sobresalían las velas, los "tamalitos" de copal y las flores de cempasúchil que el pueblo Ñuu Savi, la gente de la lluvia, venía a comprar para la cercana fiesta de muertos.

Cuál sería la sorpresa de las mujeres al ver que la moneda de cambio eran montoncitos de sal o galletas de garbanzo que llamaban "ponteduros". Cuando Leona se decidió a comprar un traje bordado por las artesanas de Acatlán, las marchantas recibieron sus monedas con desconfianza.

—Para mi boda —exclamó emocionada antes de doblar el magnífico traje cuidadosamente dentro de un paño de manta.

A pesar de la cercanía, el grupo tardó dos días en llegar a Tixtla, debido a lo abrupto de las cañadas. La pequeña población rodeada de un valle fértil parecía esperarlos junto a su lago de obsidiana que le merecía el nombre de "espejo de los dioses", donde los insurgentes los recibieron con un fandango. No habría comida, pero sí había música de vihuelas a cuyo ritmo se zapateó sobre las tarimas que se llevaron a la plaza principal.

Por fin, los primeros días de noviembre, después de bajar dificultosamente las cañadas que la rodeaban, llegaron a la nueva ciudad, pequeño nido entre las montañas, sede del Congreso del Anáhuac: Chilpancingo.

Leona vio a Andrés antes de que él la distinguiera. Para la enorme sorpresa de la muchacha, su enamorado presidía el congreso. Una mesa y una tribuna se habían instalado al frente de la iglesia y los representantes de las provincias ocupaban las bancas. El barullo impedía escuchar la arenga del orador en turno. Todos procuraban arrebatarse la palabra. Andrés, mucho más alto y delgado de lo que lo recordaba, intentaba en vano imponer silencio y dar orden a las participaciones. Ella permanecía como hechizada, sin escuchar realmente, sin saber muy bien lo que ocurría, pero feliz. Aquella reunión cristalizaba un anhelo añejo. Ella había luchado porque aquellos hombres pudieran reunirse y discutir cómo debería ser la patria sin el dominio español.

—Señorita, usted no puede estar aquí —le indicó un chinaco con cara de pocos amigos—. Ésta es una reunión sólo para los miembros del congreso.

El maestro Alconedo vio la escena de lejos y, percibiendo la angustia de Leona, se dirigió hacia ella.

—¡Nos ha sido dado encontrarnos de nuevo tan pronto! ¿Ve usted? Y en esta feliz circunstancia.

La sonrisa seductora del platero no logró conmoverla. Teniendo a Andrés frente a ella no le cupo duda: ese hombre alto, de facciones finas, rostro afilado y grandes ojos negros era el amor de su vida. No quería salir del recinto por nada del mundo.

—Morelos ha abolido una vez más la esclavitud y proclamado la soberanía del Anáhuac.

Leona estaba emocionada. Aquél era un momento fundacional y ella estaba consciente de ello. No le importó la larguísima jornada, ni los aguaceros que tuvo que aguantar, ni los verdugones y los cardenales, los músculos adoloridos y el hambre. Ya estaba ahí y en ese lugar, en ese preciso lugar, era donde tenía que estar.

—Venga, doña Leona. Esta sesión durará todo el día y no permiten que nadie de fuera del congreso esté presente. Le buscaremos un lugar donde pueda refrescarse y en cuanto termine la discusión, le diremos al licenciado Quintana Roo que usted está aquí.

A regañadientes se instaló en una casita no menos humilde que la que había ocupado en Oaxaca y con el estómago oprimido por la expectación, tomó la jícara de infusión de chilpantzinxóchitl que le tendió María Inés, atraída por el aroma a menta y porque la sirvienta le juró que era buena para los nervios. Apenas mordisqueó una semita de piloncillo y requesón. Se despojó del huipil y se lavó con agua fría que parecía una bendición en el clima de la Tierra Caliente. Se estaba quedando dormida sobre el petate cuando oyó pasos. Un hombre se abría camino en la penumbra de la tarde.

—Leona…

Su voz era la misma. ¡Era él!

Se levantó como impelida por un resorte. ¡Era él!

Aunque pensó que habría olvidado su rostro después de casi dos años de no verlo, supo que no podía haber borrado de su mente aquellos labios, aquellos ojos, aquella dulce entonación que transformaba las palabras y las convertía en un sueño.

—¡Leona, por Dios! ¡Estás aquí!

La apretó contra su pecho y así, en el calor de sus brazos, Leona se olvidó de la cordura y le cubrió el rostro de besos.

—Nos casaremos de inmediato. No quiero que volvamos a separarnos nunca. ¡Y cumpliremos nuestra promesa: podemos casarnos porque hemos triunfado!

De pronto todo desaparecía frente a sus ojos. No había pasado nada. Nadie había muerto. Nunca había estado encerrada en una celda monacal. Los cardos del camino jamás la habían herido. Sus ojos no habían visto tanta sangre, tanta miseria, tanto dolor por las veredas y extravíos del reino de la Nueva España... Apenas había sido ayer cuando Andrés la había besado antes de irse con los rebeldes a Tlalpujahua y en un susurro le había prometido: "Cuando ganemos la guerra, volveré para casarme contigo".

El día había llegado.

El 6 de noviembre, ante el padre Sartorio, Leona y Andrés contrajeron matrimonio en la parroquia de Chilpancingo. La ceremonia fue corta y sencilla, pero emotiva. No iban a precederla las amonestaciones ni los contratos matrimoniales. No iban a pedirles limpieza de sangre ni antecedentes familiares. Tal vez no fuera exactamente lo que hubieran soñado doña Camila y don Matías, pero era lo que podía hacerse en el fragor de la batalla. La sede episcopal más cercana estaba a tres días cruzando la montaña, en Chilapa y el párroco había huido de ahí cuando los insurgentes tomaron el lugar.

Salieron de la pequeña iglesia que deslumbraba con su blanco intenso y junto a todos sus amigos atravesaron la pequeña plaza en desniveles para comer en el mesón donde se alojaban casi todos. Sus amigos les habían conseguido un auténtico platón de bodas: gallina rellena de carne, con verduras, pan, "frijoles de novios" y mezcal.

Ya después de medianoche, ebrios de felicidad y de mezcal de Tixtla tras los festejos del día, llegaron a la casita de adobe con techos de paja que fue adornada con palmas y flores para los recién casados.

Andrés se quitó la levita de paño ligero, el chaleco de seda y la camisa de algodón de Irlanda y despojó a Leona del traje suntuosamente bordado y las enaguas de algodón entre besos que querían devorarla, por más que procurara mantener la calma.

Ella no se intimidó ante el primer cuerpo masculino desnudo que veía en su vida. Volvieron a su mente las estampas prohibidas que alguna vez le había enseñado su dama de compañía y su cuerpo se encendió, lúbrico, buscando rincones, pliegues, planicies arborescentes y bosques poblados de extrañas especies vegetales que se incendiaron al tacto y con la humedad de la boca, de la lengua.

Andrés, en el cuerpo de Leona, olvidó el largo manifiesto que había leído aquella mañana frente al congreso. Con los labios humedecidos por la lengua de la muchacha, olvidó las angustias que hasta entonces había sufrido el pueblo. Besando su cuello olvidó la dominación extranjera que tenía hollados los derechos y la imposibilidad de ejercer puestos de gobierno o intervenir en las decisiones de estado a los nacidos en América. Llevado a repetido y angustioso éxtasis que le produjo escalofríos, olvidó la estupidez y anonadamiento de la servidumbre en la que el pueblo había vivido, obedeciendo a un soberano lejano e invisible. Cabalgando al paraíso sobre el cuerpo de su mujer olvidó el arresto del virrey, la esclavitud de tres siglos, las ilusorias promesas de igualdad, los enormes impuestos, la crueldad de los gobernantes…

Leona, poseedora y poseída, entendiendo por fin la utilidad de su cuerpo, adueñándose enteramente de su piel, en el grito ronco de satisfacción que se perdió en el de Andrés, convirtiéndose en una sola voz, sintió que en esa felicidad, en esa cabalgata hacia las nubes, se repetía a gritos la declaración de todos sus amigos la mañana aquella:

...Queda rota, para siempre jamás y disuelta la dependencia del trono español...

14

Chilpancingo–Tierra Caliente,
abril a diciembre de 1814

omo si fuera tan fácil, pensaba Leona fastidiada por el traqueteo de las mulas sobre el pedregoso camino, mareada por el calor de abril.

¡Caramba!, como si de verdad todo pudiera haber terminado e iniciado en Chilpancingo, esa pequeña ciudad que se iba quedando cada vez más lejos, que iba significando cada vez menos, a medida que el congreso seguía su camino entre las montañas buscando el río Mezcala.

Como si por decreto, ante el poderoso grito de los congresistas, las tropas realistas fueran a entregar sus armas y el sanguinario general realista Félix María Calleja decidiera volver sobre sus pasos hasta el terruño que le vio nacer.

Hubiera estado bueno que los muertos se levantaran de sus tumbas y volvieran a sus casas. Que los campesinos soltaran la espada y el fusil y regresaran al arado y a la milpa. Que reverdecieran los campos, que los jacales quemados surgieran por arte de magia, enteros, de la tierra. Que el grito de esos hombres en Chilpancingo diera por concluida la guerra.

Los "Sentimientos de la Nación" que ella misma había procurado dar a conocer por donde quiera, no se habían escuchado más allá de los pueblos de Tecpan; el Acta de Independencia tan celebrada por sus amigos e impresa con gran dificultad en la imprenta traída de Oaxaca por el joven Luis y el escasísimo papel traído de Acapulco sólo la conocían unos pocos, en el mejor de los casos.

A medida que se dirigían al norte, menos gente sabía de la existencia del congreso.

Pero Calleja conocía la importancia de aquella reunión y había mandado a sus tropas a hostilizarlos. Morelos salió a defender el congreso, Vicente Guerrero se marchó por las sendas del sur y Guadalupe Victoria, otro valiente guerrero insurgente, asumió el mando en Veracruz. Sabiendo que no estaban seguros en Chilpancingo, los diputados emprendieron la huida. Se establecieron un tiempo en Tlacotepec donde el generalísimo Morelos se les unió en marzo.

Andrés y ella habían ido a encontrarlo después de la derrota de las tropas insurgentes a poca distancia del pueblo. En ella, los alzados habían perdido el sello para acuñar monedas, el archivo del congreso, objetos personales de Morelos, los instrumentos de trabajo de Alconedo y muchas vidas humanas y pertrechos de guerra.

"En mala hora Andrés tuvo la ocurrencia de que nos fuéramos a encontrar a Morelos", seguía Leona el hilo de sus pensamientos, para no sentir el golpeteo en la grupa, en la espalda; para no sentir la sed.

Cuando encontraron a Morelos, éste venía arrastrando su derrota y su venganza: mandó fusilar a doscientos europeos que guardaba como rescate por su amigo y segundo al mando, el teniente general Matamoros, preso y luego muerto por orden de Calleja.

Incluso ahora, un mes después, al recordar la escena que le tocó presenciar, a Leona la recorrían escalofríos. Jamás olvidaría el zumbido de las balas atravesando el viento antes de clavarse con un aguijonazo en los pechos de los europeos. Jamás se borraría de su mente el golpe sordo de los cuerpos, uno y otro, cayendo como fardos sobre la tierra pedregosa. ¡Cómo habían gritado algunos al enfrentar su destino! ¡Cómo maldijeron otros! Uno rezaba, otro juró fidelidad al rey, uno más se echó a llorar como niño de pecho, y no faltó el que ensuciara el pantalón sumido en supremo terror. "Socórrenos ahora y en la hora de la muerte…" había gritado ella entre el siseo de la balacera, cubriéndose los ojos.

Aquel llano pronto se convirtió en un santuario de sacrificios humanos, en una milpa fértil de cadáveres, en un manchón negrísimo, tembloroso y brillante por los miles de zopilotes que se dieron un banquete memorable con carne de gachupín.

¿Sería por eso que aquellos lugares llevan nombres terribles y ominosos como Zompantle y Zopilostoc?

Ahora, mientras la comitiva polvorienta seguía el cauce del río Coatepequillo, Leona recordaba que aquella ocasión no había sido la única que había visto a Morelos perder el rumbo. Lo encontró más de una vez conteniendo las lágrimas ante la que adivinaba su derrota definitiva, atado de pies y manos por las disposiciones del Congreso del Anáhuac. Más de alguna tarde lo había visto acariciar con su mano callosa la cabeza de su hijo Juan, a quien había nombrado capitán. Era un niño que se figuraba estar participando en un juego con los solda-ditos de barro que nunca había podido tener.

No era el único menor que participaba en las bata-llas. Leona se volvió a mirar atrás. A las pocas mulas de que disponía el congreso, seguía un piquete de soldados morenos, de entre seis y doce años, masculinamente se-rios, aferrándose a sus fusiles viejos, a sus hondas, a sus machetes, aguantándose la sed y el hambre igual o me-jor que ella.

Un gemido se le escapó sin querer. Andrés que ca-balgaba delante de ella, se le aparejó para tenderle un trocito de chocolate con una sonrisa.

Aquella noche, en el campamento montado al raso junto al río Mezcala cuya afluente los conduciría a tra-vés de la Tierra Caliente, Leona se echó a llorar en los brazos de su marido, quien intentaba contenerla.

—Ya sé que dudas, Leoncilla.

—¡Y de qué modo! —El llanto le salía de lo más pro-fundo del pecho—. ¿Es necesaria esta mortandad? ¿No será Morelos uno de esos generales crueles e implacables, como Calleja y ese otro, el que mandó matar a todas las mujeres de un pueblo de Guanajuato..., Agustín de Itur-bide, dejándose llevar por el poder?

—Para eso está el congreso, para contenerlo.

—No, me refiero al poder de decidir quién vive y quién muere. ¿No se habrá creído Dios como los demás?

—En la guerra a veces hay que tomar esas decisio-nes, que nunca son fáciles. No quisiera estar en sus botas.

Ojalá no fuera necesario quitar la vida para cambiar las cosas.

—Ojalá no fuera necesario todo esto…

—No sabes cuánto lamento que pases por estas cosas —le dijo Andrés, mortificado.

—No me refiero a mí —Leona se enjugó las lágrimas—: mira los niños, mira los campesinos metidos a soldados y los antiguos esclavos de los trapiches, muertos de hambre, cargando los cañones y los pertrechos…

—No tienen a dónde ir. Si se quedan en sus pueblos, llegarán los realistas a capturarlos en el mejor de los casos, o a matarlos, en el peor. Tú has visto esas aldeas: quemadas hasta los cimientos, los ríos envenenados, las parcelas devastadas… Esto es tierra de nadie, amor mío, y no hay vuelta atrás. Ellos lo saben. Más vale que lo sepas tú también.

La luna se levantó enorme entre las nubes, al potente murmullo del río se sumó la música de una vihuela. Una negrita se acercó a repartirles guarapo. En su rostro macilento había una sonrisa que a Leona le llenó el corazón de ternura. Se prometió a sí misma que no lloraría más.

—¿Cómo te llamas? —preguntó a la chica de cabellos ensortijados y dientes blancos que la luz de la luna hacía parecer fantásticos.

—María Pascuala.

—Quédate con nosotros —le dijo, sin saber porqué. Quería que le contagiara la alegría, el desparpajo que con ansia necesitaba.

La chiquilla, de no más de trece años, bailoteó a su alrededor y por única respuesta le tendió una pulsera de cuerno labrado, que Leona enseguida se puso.

Los diputados y sus acompañantes pasaron muchos días navegando en precarias balsas por el río, entre las montañas erizadas de enemigos. En San Miguel Totolapan, población ganada por los rebeldes, pudieron descansar y enterarse de las novedades.

—El rey Fernando, nuestro amadísimo soberano, ya fue liberado de su cautiverio en Francia —comentó don Carlos María de Bustamante después de la cena.

—Sí, y al llegar a España, acabó de un plumazo con la Constitución de Cádiz por la que tanto lucharon nuestros diputados —interrumpió José Manuel de Herrera.

—"...Como si no hubiesen pasado jamás tales actos y se quitasen de en medio del tiempo" —leyó José María Liceaga, furioso.

—¡Qué vergüenza! —Andrés se levantó de la mesa—. Morelos tenía razón: había que deshacerse de la sombra del rey destronado, del rey que en el exilio, lejos de sufrir cárcel y castigo, pintaba, bailaba y folgaba en el castillo de Valencay, cuando estuvo dizque preso, y que no se detuvo ante nada para lisonjear a Napoleón... ¿Qué le espera a España ahora? ¡El absolutismo!

—Por fortuna no estamos en España... —intervino Manuela.

—Pero las noticias de México no son mejores —Leona comentó una de las cartas enviadas a las autoridades locales—. Las epidemias de tifo y de viruela están asolando todo. Con decirles que han prohibido los toques de campana a muerto, porque no dejarían de sonar el día entero. Las jaurías recorren las calles libremente y no queda mucho qué comprar ni qué comer.

—Qué bueno que no estamos en México —insistió Manuela, mientras Leona, de mal humor, decidió irse a dormir.

Algunos días más tarde, los diputados siguieron el cauce del río, sin atreverse a permanecer mucho tiempo en los pueblos ribereños. De nuevo se reabastecieron en Pungarabato antes de seguir río arriba, navegando contra la corriente hasta Cutzamala. No había sido fácil remar conduciendo las pesadas barcas donde el congreso transportaba los cañones, las municiones y el retal de imprenta; lo que hubiera sido imposible sin los brazos poderosos de los negros liberados de las haciendas azucareras de Tierra Caliente, que habían llevado sobre sí la mayor parte del esfuerzo en la subida por el camino de agua.

Continuaron a pie evitando los pueblos hasta llegar a Carácuaro, la tierra del generalísimo, donde Morelos había sido párroco antes de lanzarse a la batalla. Ahora estaba sembrada de bandidos y realistas, por lo que la marcha de los diputados tuvo que hacerse de noche, a oscuras, entre los bosques de parotas y tepehuajes, disputándoles los armadillos y conejos a los coyotes.

En la hacienda de Puruarán tuvieron un respiro. Incluso el congreso pudo sesionar, en espera de noticias por parte de Morelos. Pero la amenaza constante de ser alcanzados por las tropas realistas, los desplazó de un lado a otro, entre Ario y Uruapan y por fin, en agosto, la hacienda de Tiripetío.

Leona se sentía un poco mejor, sin estar acosada por los calores de Tierra Caliente, aunque se apenara hasta las lágrimas de quitar su cama a los habitantes de la hacienda, que si alguna vez habían apoyado la causa gustosamente, estaban ya agotados, hartos, sin esperanza de que la guerra se acabara pronto.

En la hacienda, cercana a Valladolid, los diputados sesionaban todas las mañanas, emitiendo decretos y manifiestos que de inmediato hacían imprimir en el maltratado retal traído desde Oaxaca. Leona, que hubiera preferido mil veces quedarse en el salón de las discusiones, era arrastrada por las mujeres a las sesiones de costura y a supervisar la comida.

—¡Tan cerca de Valladolid y no podemos ir! —se quejaba Manuela.

—¿A qué iríamos a Valladolid? —preguntó la esposa del general Rayón, atareada con la crianza de sus cinco hijos pequeños.

—¡Qué sé yo! A ver gente, calles, una ciudad como se debe... ¡Al teatro!

—Por mi parte he aprendido a apreciar lo que tenemos. ¡Una cama limpia! ¡Un techo! ¡Un plato de sopa de este delicioso pescado blanco del lago! —Leona ayudaba a las sirvientas a picar cebollas y ajos—. ¡No pienso volverme loca pensando en lo que no tenemos!

Para evitar esas conversaciones, Leona se había dado a la tarea de instruir a los niños que componían el ejército infantil. Algunos no hablaban español, otros estaban llenos de piojos y de heridas infectadas que se habían convertido en abscesos dolorosos, ninguno quería hablar o jugar con los otros niños que iban encontrando en su camino... Pero Leona se propuso corregir todo eso. Se pasaba las mañanas poniendo en orden a su pequeño ejército, enviándolos a bañar, a despulgar y despiojar, luego les enseñaba a leer, pintándoles las letras en la tierra. Por las tardes, acompañada de sus dos criadas: María Inés que la seguía desde Oaxaca y María Pascuala, la negrita que le había cautivado el corazón, reunía a los niños indígenas de la zona y planeaba juegos y actividades para todos y no paraba hasta ver las caras morenas de los niños resplandecer con una sonrisa.

Andrés también sonreía cuando la veía regresar al oscurecer, con las mejillas enrojecidas por el esfuerzo de correr, de trepar a los árboles y de cazar insectos en los charcos, agotada pero feliz, envuelta en un rebozo de lana de la región.

La imagen de su mujer lo hacía olvidar lo comprometido de su situación. A pesar de que los periódicos que les llegaban de Valladolid dejaban suponer la predisposición del gobierno español en la península de aceptar la autonomía, los hechos de los territorios más próximos eran descorazonadores. Morelos estaba enfermo en alguna parte de la costa; los ejércitos insurgentes desertaban, dedicándose al pillaje y las noticias de los desacuerdos entre los diputados y el generalísimo habían llegado hasta sus enemigos. Entre ellos mismos no lograban ponerse de acuerdo en cuanto a la división de los poderes, a las atribuciones del ejecutivo, en la redacción de la constitución, que urgía tanto… Incluso el general Rayón, a quien Andrés veía como un padre, desconfiaba de él, nombrándolo entre sus desafectos.

En septiembre tuvieron que salir huyendo una vez más, rumbo al poniente.

—En Zonja esteremos seguros.

—Apatzingán es el lugar más propicio…

—Mejor regresar a Ario.

—En Uruapan no hay peligro, de buena fuente lo sé…

Los diputados estuvieron dando vueltas durante dos meses, de las montañas a Tierra Caliente, de nuevo a las montañas y de regreso al calor. Y en el camino, los miembros del itinerante congreso de Chilpancingo tuvieron que comer caldo de iguana, sufrir los piquetes de nigua, de pulga, de zancudo, comer fruta verde, volver el estómago con el agua contaminada y pescar algunos bagres en los afluentes del Tepalcaltepec, para sobrevivir.

A principios de octubre, cuando bajaban de nuevo hacia Apatzingán en busca de Morelos, una patrulla realista los sorprendió en una cañada. Se armó la refriega entre los soldados realistas y los mal armados guardianes del Congreso del Anáhuac. Tras dos horas de combate, el grupo de los diputados había perdido los cañones y a buena parte de sus escoltas.

—¡A correr! ¡Salven sus vidas! —les gritó a Leona y Andrés uno de los soldados que venía disparando a los enemigos a corta distancia detrás de ellos.

Corrieron entre los zarzales sin saber a dónde iban; el humo de los cañonazos les impedía encontrar su camino y el terror de ver detrás de sí a sus enemigos acababa de nublarles la vista. Huyeron en desbandada, dejando atrás los baúles, los cañones y el retal de imprenta. Una cueva les sirvió de refugio hasta el anochecer y antes de que se fuera la luz por completo, siguieron una senda de mulas que a media noche los dejó, vueltos una desgracia, en una población perdida, cuyo cacique, para fortuna de los fugitivos, era amigo de Morelos.

Poco a poco fueron llegando ahí los demás miembros del congreso. Iban cubiertos de polvo, con la ropa hecha jirones y tiznada de negro por la pólvora, despeinados, con el miedo pintado en la cara.

El chinaco áspero de Tierra Caliente tuvo la delicadeza de no burlarse del Supremo Congreso del Anáhuac; por el contrario, dio órdenes precisas de que se atendiera y confortara en lo posible a los diputados y sus familias.

Una cena frugal de conejo e iguana regada con guarapo confortó sin duda a los ilustres insurgentes. El fandango derivó algunas horas después en una danza motivada por el exceso de alcohol, de cansancio y de desesperación.

La tarima donde se bailaba el son de Tierra Caliente fue sustituida por los tambores de los antiguos esclavos negros que no dejaron de latir hasta el amanecer y por las danzas primitivas de las mujeres negras que mostraban sus carnes lustrosas a la luz del fuego.

Leona bailó también, dejándose contagiar de esas creencias milenarias. Bailó entre los gritos de los habitantes del pueblo y de los diputados que se olvidaron de quién era y que sólo miraban su larga cabellera suelta, su piel tostada por la intemperie bajo el blusón de percal que se pegaba a su torso con el sudor, y la basquiña corriente que se levantaba a cada salto de sus pies descalzos.

¡Cómo la amó su marido esa noche de ritual yoruba!

El excelentísimo diputado del congreso en Chilpancingo la recorrió completa con sus ojos, con su lengua y con sus manos. No hubo lugar de su cuerpo que se mantuviera intocado. Y al ritmo de los cueros y sonajas que no dejaron nunca de marcar el tiempo de la noche, la tomó del pelo y cabalgó con ella por las llanuras de Shangó. Por una vez, la leona se dejó domar y por momentos, por breves instantes, la leona llegó dócilmente a las puertas de la ciudad sagrada de Ifé.

El animal se deslizó subrepticio, destello dorado, gotita de miel letal, en el petate en que Leona estaba entregada a las caricias de su marido. Unas horas más tarde, el piquete de alacrán la tenía atada al delirio de la fiebre, sin saber si era verdad o sueño lo que recordaba, lo que le murmuraban los fantasmas de los degollados, de los fusilados, de los muertos de hambre, de los ahogados en el lecho del poderoso río Tepalcatepec.

—Madre... —gemía en el sopor del delirio, con la garganta atenazada por el veneno.

Pero las manos que la tocaban, las que la frotaban con las raíces de plantas desconocidas y dientes de ajo no eran las de doña Camila. La boca que se prendió del tobillo lastimado, la que chupó el veneno mortal con fruición, como si fuera el néctar de una fruta deliciosa, no era la de su madre. La sombra que la protegió durante tres días y noches con amuletos de sauco, con muñecos de trapo untados de manteca, con cruces de salvia y ramas de canela, no era la de quien la había traído al mundo. Los labios que pronunciaban conjuros en una lengua extraña, la lengua idólatra que Leona, y su madre, y todos los diputados del congreso habían olvidado no era la que la habían cubierto de besos y le había cantado nanas para provocar su sueño.

Quienes la habían salvado eran las Marías. Sus nuevas madres, quienes la habían adoptado ya. María Inés, la india zapoteca que se fue con ella desde Oaxaca y María Pascuala, la negra, hija de negros, de cabellera ensortijada y piel como el carbón. Las dos habían escapado también de la refriega, habían corrido a buscar a su señora en las tinieblas y no habrían de abandonarla. La Infanta de la Nación Americana reinaba ya sobre los suyos.

Leona se debatía entre la vida y la muerte, dejándose llevar por los conjuros orishas de su nana negra que suplicaba por su vida a Babaluayé, convertido en san Lázaro, mientras su nana zapoteca, olvidando a Cocijo, su dios del rayo, se encomendaba contrita a Tonantzin-Guadalupe. Andrés se sentía inútil, sin saber qué hacer consigo, se hundía en la pena, se despedazaba por dentro. Aunque hubiera dado gustoso su vida por salvar la de su mujer, no hacía más que repetir su nombre que, de tanto decirse en voz alta, se había convertido en jaculatoria y ensalmo, en oración y demanda para traerla de regreso del valle de las sombras. Desde el umbral de la muerte, Leona comprendía de súbito que ninguna religión estaba lejos de Dios.

—Leona… ¡Leona!

Los gritos de Andrés eran sollozos contenidos.

—¡Ya la soltó el demonio! —exclamó María Inés entusiasmada.

La joven enferma jadeó una sola vez, en busca de aire en la noche calurosa de octubre y luego se quedó quieta. Tras permanecer inmóvil unos segundos, comenzó a respirar con normalidad. La piel que había estado fría y pálida recuperó poco a poco la tibieza y el color.

—Se salió el veneno —los dientes blanquísimos de María Pascuala brillaban en la oscuridad cuando soltó una carcajada retadora—. ¡Maldito bicho! Por poco y nos la quita nuestra señora Oyá.

—¡Ya te dije que no mientes a tus dioses! —la reprendía Inés.

—¡El Ánima sola, pues! ¡Es lo mismo! —contestaba la otra, fastidiada.

Andrés respiró de nuevo. Entonces ya no pudo contener el llanto y salió del jacal para esconderse entre las últimas sombras de la noche.

Todo parecía estar en calma. Los tambores incesantes a lo lejos, las figuras sicalípticas dando vueltas junto al fuego, la marea verde de las cañas y los grillos susurrando una sola nota interminable.

—Váyase a dormir, señor amo —María Inés le llevaba un jarro de chinguirito—. Mañana va a ser un día muy pesado.

Andrés obedeció con la cabeza gacha y apuró el jarro hasta el fondo.

Leona hacía recuento de los bienes y los males de las últimas semanas sentada en una piedra. Aunque no lloraba, un gemido le apretaba el pecho y de la garganta no atinaba a salir ni un ruido.

El camino parecía no llevar a ninguna parte. Pedregoso y sembrado de desechos de la refriega donde lo habían perdido todo. Aunque había pasado por esa misma senda hacía una semana, parecía no reconocerla.

El viento todavía cálido de octubre le agitaba los cabellos que la peineta ya no podía controlar. Cierta palidez en su rostro evidenciaba todavía su lenta recuperación. Movió con una varita de pino la tierra blancuzca provocando pequeños remolinos de polvo finísimo. Una hormiga color granate salió cautelosa debajo de una piedra y se perdió bajo la tela ensangrentada de la que fue una camisa insurgente. Más allá, un perdigón que no había encontrado su blanco yacía entre los matorrales; y una bota quemada mostraba, a través de la sonrisa macabra que formaba la suela desprendida, un par de falanges carbonizadas. Leona volvió la cabeza, presa del asco. El campo estaba lleno de cadáveres de los miembros de su pequeño ejército infantil.

—Leona —el grito la alcanzó hasta donde estaba—, tenemos que seguir. Si nos entretenemos más, no llegaremos a ningún pueblo hoy mismo. No podemos arriesgarnos a pasar la noche al raso.

Andrés se secaba el sudor con su paliacate rojo mientras caminaba hacia ella. Le extendió un guaje con agua, sonriendo a pesar de la rabia que sentía ante la escena.

La muchacha entrecerró los ojos para que no le molestara la luz y pareció encontrar algún descanso en la sombra de su marido, que se acrecentaba a medida que él llegaba hasta ella.

¡Qué alto es!, pensó Leona, llena de satisfacción. Aún en medio de las privaciones, Andrés se las arreglaba para mantener limpia la camisa que se iba haciendo vieja a grandes pasos. Pero el rostro anguloso lucía azulado por la incipiente barba que no siempre podía rasurar.

—Pensé que me iba a morir —confesó—. Lo que no han podido hacer las balas de cañón y los sables de los gachupines, lo iba a lograr un animalito tan pequeño...

—Si no hubiera sido por las Marías, probablemente sí te habrías muerto —dijo Andrés procurando contener la emoción de su voz—. Y yo me habría muerto contigo...

Se hincó a su lado y la estrechó en sus brazos.

—No, señor diputado. Usted tiene mucho qué hacer aquí —dijo Leona poniéndose de pie.

—Y además, por fortuna, por milagro, diría yo, los realistas no vieron el retal de imprenta que se fue rodando hasta el lecho del río. Ya lo están sacando los chinacos.

—¿Ves? No hay pretexto: tienes que escribir y publicar lo que ha pasado. Que lo sepan donde quiera, aunque no quieran saber —Leona intentó subirse a su cabalgadura.

—Cuidado, María Leona. Con cuidado, así, súbete, no te fuerces, tranquila. Y no mires atrás. Somos como esos personajes de la Biblia: el que mire atrás se convierte en estatua de sal.

El día siguiente llegaron a Apatzingán: algunos diputados a caballo o en mula, otros, los más, a pie.

—¿Sabe usted, doña Leona, que este pueblo tiene un nombre que da miedo? —dijo María Inés cuando iban cruzando las primeras calles de la población.

—¿Apatzingán? ¿Por qué?

—Es el lugar del dios Apatzi. Dios de la muerte. Y ya la libramos una vez, cuando pasamos por aquí. No me gusta nada que volvamos para acá.

—Ya ves que me agarró la muerte en otra parte. Si nos ha de llevar, no ha de ser en su propia casa —contestó Leona burlona.

La breve estancia en Apatzingán, esa morada del dios de la muerte o lugar de las cañas, que para Leona y sus amigos fue lugar de reunión, resultó ser una fiesta.

La joven señora más de una vez había visto a los diputados del itinerante congreso discutir al calor de las hogueras, al borde de los caminos, en las balsas tambaleantes, si era mejor resaltar la soberanía del pueblo o la igualdad de todos frente a la ley, que si la religión debía ir primero, en la constitución provisional de independencia que Morelos les había encargado. Al llegar a Apatzingán, la discusión se intensificó, ante la prisa por firmar de una vez el decreto.

Los diputados, a quienes Leona ya consideraba como su familia, no sentían pasar las horas enfrascados en la discusión. Espantándose los jejenes con el humo de los cigarros, procuraban que las enseñanzas de sus maestros quedaran plasmadas en el documento.

—Recuérdenlo, amigos míos: "La mayor felicidad para el mayor número de personas" —decía don Carlos con voz potente, mientras que con gesto enérgico rechazaba el nauseabundo caldo que Manuela, su mujer, le extendía sin demasiada convicción.

—Que me perdone mi querido Rayón, pero en este documento no puede, no debe aparecer Fernando VII. Menos ahora; el rey con sus acciones no demuestra otra cosa más que, llegado el momento, rechazará cualquier indicio de autonomía y abrazará el absolutismo —Andrés hablaba con voz solemne, haciendo pausas aquí y allá para aspirar el humo fuerte del tabaco.

—Los principios tienen que ser claros para que los entienda todo el mundo. Por favor recuerden, de verdad, quién es el pueblo: no son sólo los americanos hijos de españoles y los mestizos —Leona intervenía poniéndoles más de una vez los pelos de punta a los afanosos diputados—, el pueblo es el indio y el mulato; el campesino y la mujer. ¡No hablen para ustedes solos! ¡No escriban un decreto de libertad para unos cuantos!

—"Principios sencillos y luminosos…" —don José Manuel de Herrera parecía hablar más para sí mismo que para sus compañeros, dándole la razón a Leona. La camisa abierta, la *cravatte* deshecha, la barba de dos días, no pensaba en nada, no quería nada más que terminar con el encargo del generalísimo.

—Sustraerse para siempre de la dominación extranjera —dijo uno.

—Sustituir el despotismo de la monarquía de España con un gobierno propio —dijo otro.

—Restituir a la nación sus imprescriptibles derechos —dijo otro más.

—¿Había nación antes de ahora? —preguntó Manuela.

—¿Cuáles son esos derechos que no prescriben? —quiso saber Leona.

—La libertad, la igualdad de todos ante la ley, la propiedad, la seguridad… —exclamó don Carlos.

—Y todo eso, ¿cuándo existió?, ¿por qué ahora sólo hay que restituirlo? —preguntó Leona con más ironía que interés, haciéndose cómplice de Manuela.

—¡Señoras! Por favor, permítannos terminar este bendito documento. En cualquier momento llegará Morelos y habrá que presentárselo.

Morelos llegó unos días más tarde. Leona y las dos Marías lo vieron pasar por la calle principal, seguido de una tropa maltrecha de mestizos e indios. El padre José María montaba un envidiable alazán, la levita oscura y las botas lodosas lo distinguían de los otros, además del ya famoso pañuelo blanco que se ceñía sobre su pelo crespo. Aunque las marcas del agotamiento y la zozobra eran patentes en su rostro quemado por el sol, su presencia era imponente.

Las mujeres del pueblo se acercaban al guerrero, ofreciéndole guirnaldas de flores al pasar. Una pequeña banda de música esperaba en la plaza para tocar la marcha compuesta en su honor, al ritmo del arpa y el violín de Tierra Caliente.

El general no rechazó a nadie. Su sonrisa era de franco gozo cuando apuraba el chinguirito que algún lugareño le extendía, recibía los besos de las muchachas sin un ápice de hipocresía, levantaba los brazos cuando le vitoreaban a pesar de sus derrotas y cantó con el resto de la tropa los sonecitos de la región que conocía como a sus manos.

Cuando vio a Leona de pie frente a la puerta de la casa que le habían cedido los propietarios a la pareja mientras estuviera en el pueblo, le hizo un saludo militar primero y luego intentó una reverencia. Ella descifró las palabras del caudillo entre el ruido de la multitud:

—A sus pies siempre, doña Leona.

Y ella le respondió arrojando un beso:

—Dios lo bendiga, general.

Por fin el documento definitivo del *Decreto Constitucional para la libertad de la América Mexicana* estuvo listo y se imprimió el 22 de octubre en el cada vez más maltrecho retal de la Imprenta Nacional, rescatado del lecho del río.

Leona abrió los ojos cuando todavía estaba oscuro ese día 26, dos días antes de la fecha fijada para la firma ceremonial de la constitución por los diputados. Para su sorpresa, se encontró con Andrés, perfectamente vestido, de pie junto a ella.

—¿Qué horas son estas de andar levantado, amor mío? ¿Estás enfermo? —se incorporó en la cama, frotándose los ojos.

—No, Leoncilla. Pero me tengo que ir. Iba a dejarte un recadito aquí en la almohada.

—¿A dónde? ¡Cómo te vas a ir en vísperas de una fiesta como ésta!

Ante las noticias, se puso de pie, completamente despierta.

Los gallos cantaban a lo lejos y los perros respondían a la provocación con un concierto de ladridos en todos los tonos.

—El general Morelos quiere que me ocupe de un asunto de enorme trascendencia que no puede confiar a nadie más. Carlos María irá conmigo y luego continuaré el viaje hasta Oaxaca.

—¡Pero ahora! Hoy no —la mujer semidesnuda se le abrazó, orgullosa por la distinción que se hacía a su marido, pero llena de miedo de tener que separarse de él—. ¿No hay nadie más que pueda cumplir ese mandado? Ustedes trabajaron mucho en el decreto, es justo que vean realizado su sueño. Sabes que se prepara toda una celebración, con Te Deum y baile...

—Claro que sé, mi niña. Y sé cuánto trabajaste para que todo saliera bien. El sueño ya está cumplido. No es necesario que estemos aquí para verlo.

—Pero tu firma… ¡no va a estar en la constitución! ¡Andrés, caramba!

—Están mis ideas. Eso es lo importante —el joven abogado se libró con gentileza de los brazos de su mujer—. Conque ¡a celebrar, doña Leona! Aunque yo no esté.

—¡Qué va! Voy contigo.

Leona lo siguió hasta la cocina, donde María Pascuala ya atizaba el fuego, refunfuñando en contra de las criadas de la casa, que no servían para nada, mientras María Inés preparaba el chocolate.

Andrés Quintana Roo sabía perfectamente lo que significaba una resolución como ésa, salida de labios de su esposa. Suspiró resignado.

—Siéntate un momento, que te voy a explicar.

María Inés aprovechó el momento para servirles una taza de líquido humeante y espeso con sabor a gloria.

—Como ya te conté, Rayón no está de acuerdo con las medidas que Morelos ha tomado, ni con proclamar la independencia dejando fuera a Fernando VII. Una parte del congreso se ha ido con él al fuerte de Cóporo. El mismo padre José María Cos, uno de los miembros fundadores de la junta gubernativa, se ha separado de nosotros y es preciso hacer algo. Carlos María y yo vamos a buscarlos, a tratar de convencerlos de que no es momento para estas rencillas.

—Tengo que ir contigo. ¡Quién sabe cuándo regreses!

—¡Leona! —le gritó—. Entiende que no vamos más que a Cóporo. Amo a Rayón como si fuera mi propio padre y me duele que haya tomado esta decisión ahora. No es correcto que Morelos insista en firmar el documento sin el acuerdo de todos.

—¿Cóporo? ¿Hasta dónde está eso?

—Es una fortaleza cercana a Sultepec, estará a tres o cuatro días de camino, a lo más.

—¿Y por qué el secreto?

—Morelos no quiere humillarse ante Rayón. Hubo entre ellos desacuerdos fuertes; jamás permitirá que se sepa que vamos a convencerlo de volver.

Los golpes en la puerta ahogaron una protesta poco convincente que la mujer comenzaba a articular. Era don Carlos. Los escoltas esperaban afuera, todo estaba listo para emprender el viaje.

Leona no pudo reprimir un sollozo ahogado y el hueco en la boca del estómago cuando vio a los dos hombres perderse entre las calles de Apatzingán con rumbo desconocido.

La firma del decreto se llevó a cabo como se había planeado. Y aunque hubo Te Deum y baile en una de las huertas del pueblo, Leona no pudo disfrutarlo. La ausencia de su marido y de otros cuatro de los diputados más importantes del congreso le parecía un mal augurio. Su inquietud se hizo más grande cuando se supo que habían atrapado a don Carlos María a principios de noviembre.

La certeza de la presencia de la peste hizo que el congreso abandonara a toda prisa Apatzingán. Allí mismo había iniciado la desbandada. Los viejos congresistas se habían peleado entre sí. Unos pidieron licencia a Morelos, otros nomás se fueron y algunos más tomaron a su cargo otras misiones del generalísimo.

Mientras hacía los arreglos a toda prisa para irse al fuerte de Cóporo a buscar a Andrés, Leona no podría borrar de su mente la imagen de su marido cuando se volvió a mirarla por última vez antes de desaparecer, buscando su destino más allá de la neblina. La suave curvatura de sus labios y el leve arrebol de sus mejillas, el ademán atrevido de la mano empuñando la rienda del caballo. ¿Sería la última imagen de Andrés que lograría guardar en el relicario de sus ojos? ¿Volvería a verlo?

Andrés no estaba en el fuerte. Sus negociaciones con Rayón habían fallado. El general le explicó a Leona que su marido había dudado mucho antes de volver a reunirse con el congreso. Un día aseguraba que se quedaría con él, escribía cartas a todo el mundo explicando sus razones, y al día siguiente estaba dispuesto a emprender la marcha de regreso.

—No quería dejarla a usted allá —concluyó el militar, sin darse cuenta de que con sus palabras le clavaba a Leona una daga en el corazón—. El congreso está en Ario y creo que van de regreso a Uruapan.

—¡Nos andamos persiguiendo! ¡Y entre nosotros, las batallas se ganan y se pierden, la gente se muere y el Congreso del Anáhuac se va desintegrando!

Tal vez después de todo, el dios Apatzi había lanzado su maldición contra los patriotas por haber pecado de soberbia.

15

Fuerte de Cóporo-Sultepec,
enero-noviembre de 1815

l general López Rayón ya no dejó regresar a Leona por los peligrosos caminos que llevaban a Uruapan. Además de las continuas agresiones que sufría todo aquel que se aventuraba a atravesar las montañas y la epidemia que se extendía por toda la Tierra Caliente, no había ninguna seguridad de que el congreso permaneciera en un solo lugar.

Leona se desesperaba ante el silencio que podía durar semanas. Ninguna noticia de la suprema junta itinerante. ¿Qué sería peor? ¿Ese silencio o la noticia cierta de una tragedia?

Mientras duraba el silencio, la mujer se dedicaba a curar a los heridos que se refugiaban en aquel lugar seguro, a fabricar pólvora a la par que sus sirvientas, a dar de comer a los niños, tanto a los huérfanos como a los hijos de los combatientes. Todos eran iguales: blancos, negros, indios, todos tenían piojos, todos apenas alcanzaban a cubrirse e igual se enfermaban del pecho o se morían de disentería.

En la última semana de julio recibieron dos decretos del congreso desde Puruarán creando la bandera y el escudo nacional.

—Tenemos una nación —dijo Leona después de leer las nuevas leyes, más reflexiva que entusiasta—. Por lo menos un escudo donde el águila mexicana se comerá perpetuamente a la serpiente extranjera y tres banderas de color azul con blanco. ¿Es eso una nación?

—Algo es algo —quiso alegrarla la esposa de Rayón.

—Pero me pregunto si no estamos poniendo la carreta delante de los bueyes.

—Morelos y el congreso hacen su mejor esfuerzo, Leona. Sería bueno que tomáramos eso en cuenta.

Leona ya no quiso decir más. Su amiga tenía razón.

Por esos días, los habitantes de Cóporo se enteraron también de la aprehensión y muerte del maestro Alconedo en los llanos de Apan. Su fusilamiento había ocurrido minutos antes de que llegara el indulto. Leona ahogó un sollozo que tuvo que guardarse hasta bien entrada la noche, debajo de las cobijas, donde pudo darle rienda suelta a su tristeza. En la muerte de su libertador a quien tanto admiraba como artista y como patriota, lloraba también las muertes de los niños inocentes, de las mujeres en las cárceles de guerra, de los habitantes pacíficos de los pueblos a quienes una bala perdida había conducido a una muerte absurda.

¡Qué ganas de decir basta! ¡Qué ganas de proclamar que se acabara la guerra de una vez por todas y empezaran a construir la paz!

Pero aquello parecía no acabar nunca. Los heridos seguían llegando al fuerte, a veces en grupos, a veces uno por uno, a veces ya muertos en las camillas improvisadas, otros con los ojos perdidos, contando a quien quisiera escucharlos, los horrores de la batalla.

—El congreso ha dejado Puruarán —contó el general Rayón a la hora de la cena—. Los ataques realistas son cada vez más frecuentes y han considerado retirarse a las zonas bajo el dominio de Guerrero, Bravo o Victoria. Dejaron una junta en Taretán a cargo del territorio cercano a Valladolid, y los restos del congreso, custodiados por las tropas de Morelos, van con rumbo a Tehuacán, Zacatlán, Zongolica o Naolinco, según sea más propicio.

—¿Mi marido viene con ellos, general? —preguntó Leona ansiosa.

—Sé que no se quedó en la junta de Taretán. Así que debe ir con el resto de las fuerzas del generalísimo.

La mujer estaba desolada. ¿Cómo encontraría a Andrés si se iba tan lejos? ¿Cómo llegaría hasta allá?

Pasaron los meses y hasta Cóporo llegaba de vez en cuando una noticia:

—El congreso pasó por Ario.

—Van hacia Huetamo.

—Morelos los escolta con mil hombres por la orilla derecha del río Mezcala...

Hasta que los primeros días de noviembre llegó la confirmación de la tragedia: no habían llegado a Cutzamala. En el paraje de Texmalaca los realistas habían aprehendido a Morelos.

Un solo grito se escuchó en el fuerte. Un sollozo colectivo bajaba por el cerro hasta el pueblo de Sultepec y se extendía hasta la Tierra Caliente. ¡El Siervo de la Nación ha sido preso! ¡Ése era el fin!

Aquel día Leona no quiso comer. Estaba hecha un manojo de nervios, sin atinar a escribir una letra para pedir informes sobre su marido, sin atreverse a pensar lo peor.

En ese momento, el general Rayón entró a la habitación que servía a Leona de dormitorio.

—Señora, hay alguien que quiere hablarle.

El corazón de la infidente dio un vuelco: venían a notificarle el arresto de Andrés o algo peor...

Era su marido. Con la corbata torcida y la barba de varios días, pero sano y salvo.

Corrió a abrazarlo sin decir nada. Sólo lo estrechó con todas sus fuerzas, meciéndolo como si fuera una criatura.

—Me ofrecieron el indulto cerca de Zitácuaro —relataba a sus amigos después de comerse un buen tazón de caldo y unas gordas de frijoles—. Y yo fingí aceptarlo para tenderle una celada a la tropa del coronel Martín y alejarlo del congreso y de Morelos.

—¡Pero qué locura! —lo interrumpió Leona indignada—. ¿Qué les prometiste?

—¡Qué sé yo! ¡Cualquier cosa! Información, la entrada al fuerte...

—¡La entrada! ¡A este fuerte! —el enojo de Leona iba creciendo.

—¡Vamos Leona! Yo sabía que aquí estaba todo un cuerpo del ejército insurgente. A los realistas les dije que no había más que un grupo de heridos y que estaban dispuestos a ceder la plaza sin pelear. Lo que yo quería es que me trajeran hasta aquí, y que las fuerzas del general Rayón les cayeran encima. Le avisé al general desde hace días... ¿No es verdad, don Ignacio?

Leona dirigió una mirada asesina al general.

—B-bueno, s-sí... yo pensé que era una trampa. No tomé en serio el asunto. Corrían algunos rumores sobre la oferta de indulto... Y tampoco consideré que debía mencionárselo, doña Leona, ¿para qué inquietarla sin razón?

—Es comprensible —Andrés quiso suavizar las cosas—. Cuando anoche el coronel Martín vio que no había respuesta alguna del fuerte por más que hizo las señales convenidas, no tuve otro remedio que escapar del campamento. ¡Y aquí estoy!

—¡La santísima virgen de Guadalupe te protegió!

—Es casi un milagro que haya usted logrado escapar —concedió Rayón. Y luego, después de un largo silencio—: En los próximos días tenemos que decidir qué hacer. Sin las fuerzas y el apoyo de Morelos tendremos que pensar en otras estrategias.

—Y con ese nuevo congreso de inexpertos que obedecía "a pie juntillas" al general, con los demás diputados dispersos, distanciados...

—Díganme señores —intervino Leona—, ¿el congreso fue un fracaso?, ¿una utopía irrealizable? Calleja mandó quemar los ejemplares de la constitución donde quiera que se hallaran. ¿Cuántos allá afuera, más allá de estas montañas, saben lo que estamos haciendo? ¿A cuántos les importa de verdad?

—Es difícil saberlo, señora —respondió el general—. Pero una cosa sí sé: no ha sido inútil. Pude no haber estado de acuerdo en muchas cosas, pero la idea era buena.

—Redactamos una constitución, reunimos representantes de más de dieciséis provincias, dejamos bien asentados en el papel los propósitos de esta guerra y nos constituimos en algo más que un grupo de forajidos —completó Andrés—. Y si fue una utopía, ¡fue muy hermosa! A veces vale la pena morir por una de ellas. Mira, Leoncilla, si Calleja mandó quemar la constitución, es porque le tenía miedo. ¡Porque es importante! ¡Porque es peligrosa! A la larga, tenemos que triunfar. Si uno solo de nosotros queda vivo para poner en práctica "la utopía", aunque los demás estemos muertos, habremos triunfado.

—Por ahora tendremos que dispersarnos. Lo mejor es que aguantemos aquí hasta que no podamos más, y luego hacer guerra de guerrillas desde estas montañas que conocemos bien, ¿no es así, licenciado?

Andrés asintió. Estaba de acuerdo. Además, al lado de su mujer se sentía de nuevo fuerte, lleno de ideas, invencible. Podría soportarlo todo.

16

SIERRA DE TLATLAYA, ENERO DE 1817

ué frío, señora ama! —María Pascuala se cubría con el rebozo de paño, intentando inútilmente dejar de temblar. Las pulseras de cuerno labrado de la nana negra hacían un ruido parecido al de las ramas de los árboles al entrechocar con el viento.

Leona no respondió, le pesaba el embarazo avanzado y cada palabra, cada movimiento le costaba mucho esfuerzo. Amanecía apenas y ya se habían puesto en camino otra vez por las laderas de los cerros. Un pequeño grupo de soldados realistas venía tocándoles los talones desde hacía días. Los fugitivos avistaban las hogueras del campamento a lo lejos en las noches frescas de diciembre y no esperaban hasta que clareara del todo para ponerse en marcha.

En pequeños grupos, sobrevivían atacando los poblados y replegándose a lo alto de las montañas cuando no había más remedio. Muchos de sus amigos habían muerto, otros más se habían acogido a los indultos que graciosamente su excelencia, el nuevo virrey Apodaca, extendía por decenas desde su llegada.

Algunos, como ellos, seguían errantes por la Tierra Caliente hasta que llegaron a esas montañas que amenazaban con causarles inconvenientes extraordinarios por el frío del invierno.

—No me gusta nada haber perdido la movilidad y la capacidad de caminar tanto como antes.

—No diga eso, señora ama. No creo que haya muchas mujeres que, como usted, así preñada, hayan caminado tanto y con tantos sustos.

Leona no se conformó con el elogio que además, no era cierto: la esposa de Ignacio Rayón había parido tres hijos en su camino desde Chilpancingo, además de los cuatro que ya tenía; y otras muchas mujeres del pueblo parían y amamantaban sin soltar el cuchillo o el fusil. No le gustaba que su cuerpo le jugara malas pasadas, que la carnalidad de sus miembros le recordara que tenía limitaciones y no podía correr como hubiera querido.

Iba montada en una mula correosa que había probado ser especialmente adecuada para llevarla a través de los territorios ásperos de la zona, sin resbalar en los estrechos caminos que bordeaban los precipicios. Las dos nanas, Andrés y un pequeño grupo de jóvenes mestizos eran la única compañía de la mujer. Los hombres caminaban delante de ella, buscando las posibles trampas de los realistas y acechando sus movimientos entre los arbustos y las muchachas la escoltaban, caminando al paso de la mula.

Antes de que el sol llegara al cénit, Leona se dobló sobre el animal. El agotamiento la había vencido por fin. Las Marías y Andrés corrieron a auxiliarla. Tenía la boca seca y respiraba con dificultad. Un líquido cristalino corría por el flanco de la mula y hacía un charquito en el piso.

—¡Ya rompió aguas! —dijo María Pascuala como si fuera una partera experta.

—Amor, ¡qué tienes, Leoncita de mi vida! —Andrés, vestido con ropas de ranchero ya muy gastadas y con barba de varios días, intentó bajarla de la montura—. Tienes que descansar, tomar un poco de agua.

—Ay, Andrés. ¡Cómo duele, carajo!

—Rayón y su gente están muy cerca. Tenemos que llegar a Tlatlaya. ¡Hay que mandarles avisar!

—No, Andrés. Ahora sí que no se va a poder —la cara de Leona era una mueca de dolor.

—¡Santa virgencita de mi alma! ¿Y ahora? —María Inés se santiguó—. ¿Dónde va a parir, doña Leona? Ni modo que sea aquí a la intemperie.

Entre Andrés y los jóvenes que les acompañaban lograron bajar a Leona y hacer que se sentara a la sombra rala de un encino trespeleque.

—Quédense con ella —ordenó a las nanas—. Vamos a buscar un albergue.

Se llevó a dos de los jóvenes en su exploración por la falda del cerro. El viento de invierno acariciaba el pasto amarillo y los bosquecillos de dientes de león que iban encontrando aquí y allá se deshacían al contacto con el aire frío. Ni una casa, ni un jacal, ni las ruinas siquiera de alguna tapia...

—Nada, patrón.

—Nada, señor amo.

Andrés se detuvo un momento a recuperar el aliento, secándose el sudor con el paliacate. Desde el promontorio donde estaban, podía ver una buena parte del valle a sus pies. Entrecerró los ojos, deslumbrado por el reflejo del sol en los nacimientos de agua que se multiplicaban a lo lejos. Más allá, veía las ruinas de un pueblo, quemado hasta los cimientos. ¡Quién sabía, a esas alturas, porqué estaba destruido! Muchas veces los habitantes mismos, por orden de uno u otro bando, quemaban todo para no favorecer a los enemigos con bastimentos o refugio; otras, eran las gavillas de bandidos que aprovechaban la confusión de la guerra para vengar afrentas personales o dedicarse al latrocinio. Y luego estaba la peste. La epidemia de tifo que se extendía por todo el territorio había matado por lo menos el mismo número de personas que la guerra. El abogado suspiró. El viento no dejaba de soplar, enfriándole el sudor y el entusiasmo.

Tal vez hubiera sido mejor aceptar los indultos que con cierta regularidad les hacía llegar Manuel de la Concha, coronel realista que se había tomado como misión personal salvarlos. Tal vez debió convencer a Leona… ¡Convencer a Leona! Se rio de su ocurrencia. Nadie podía convencer a Leona de aceptar tal cosa, aunque el coronel De la Concha lo hacía de buena fe: había sido empleado de don Gaspar Vicario y nunca olvidó la bondad de su patrón y la inteligencia y la gracia de la pequeña Leona. Pero ella no cedió. La última vez hizo acercarse al joven criollo que le traía el recado y, mirándolo a los ojos con fijeza, le dijo sin asomo de duda:

—Dígale usted al coronel De la Concha, al capitán Del Llano o a quien lo haya mandado, que si vuelven a ofrecerme el indulto les fusilo al mensajero y se los mando de regreso envuelto en un sarape.

El muchacho, casi adolescente, tragó saliva y procuró conservar el aplomo de la mejor forma que pudo. No podía creer que una mujer delicada y hermosa como aquella, pronunciara una amenaza tan clara y brutal. Nadie regresó.

Pero claro, Andrés tampoco hubiera aceptado las condiciones, como no lo hizo cuando tuvo la oportunidad: aquel aciago noviembre de 1815, hacía más de un año ya.

—¡Patrón!

El grito del mozo lo regresó al presente. Estaba acostumbrado a reaccionar ante los gritos con miedo, endureciendo los músculos y preparándose para una posible huida.

—Dice uno de los chinacos que más arriba está una cueva profunda.

Subió a largos trancos entre las piedras.

Sí. Era una cueva que se prolongaba en las entrañas de la montaña haciendo vericuetos. Mandó a dos de los muchachos a internarse en el vientre de la gruta para descubrir si era segura. Un rato después regresaron a decirle que la cueva aquella no parecía tener salida y que podían ocultarse ahí fácilmente y permanecer varios días sin ser descubiertos por sus perseguidores.

Estaba pensando cómo harían para subir a Leona hasta allá, cuando al volver la cabeza, se dio cuenta de que con grandes dificultades pero con paso firme, venía ella, acompañada de las Marías y seguida por la mula cargada con sus pocas pertenencias.

—¡Ay, Leoncilla! ¿Qué vamos a hacer contigo? —preguntó con voz cariñosa, apresurándose a ayudarla.

—Por lo pronto, ayudarme a subir porque ahora sí siento que no voy a poder lle...

No terminó la frase. Cayó desvanecida a pocos metros de la entrada de la cueva. La acomodaron lo mejor posible, acondicionando una cama de paja en las profundidades de la cavidad natural.

Las Marías iniciaron sus ritos ancestrales, invocando a las deidades del monte. María Pascuala invocaba a Yemayá, la patrona de la maternidad, con su nombre cristiano: la virgen de Regla, cantando en voz baja letanías que el abogado de la Real y Pontificia Universidad de México no podía entender. María Inés rezaba también en un susurro, calculando que no era casualidad que los fugitivos hubieran encontrado aquella gruta, que de seguro era un santuario de las diosas milenarias que vendrían a proteger a la madre y a la criatura.

Los jóvenes chinacos fueron a buscar agua en las profundidades de la gruta y volvieron con los lebrillos llenos de un líquido frío y transparente, mientras Andrés prendía el fuego, que no se alcanzaría a ver desde afuera.

Fue un parto largo y difícil. Al principio Leona soportó el dolor sin quejarse, pero luego comenzó a gritar de tal manera, que María Inés le metió un trapo a la boca y le ordenó sin miramientos:

—Muérdalo fuerte, doña Leona, agárrese de mí y pújele duro.

Sus nanas no escatimaron rezos, masajes, consejos y técnicas aprendidas de memoria desde la infancia. La antigua esclava había oído muchas historias de sus parientas, de sus amigas, de las viejas sabias de la aldea, que contaban cómo alguna de ellas habían tenido que escapar y parir a su criatura solas, o casi solas, en el campo. Y para María Inés no era tampoco extraordinario que una mujer pariera un hijo con la menor ayuda posible. Incluso había ayudado a la comadrona más de alguna vez a cortar el cordón de la criatura. Y también había oído otras historias: de los niños que nacían sin ombligo en luna nueva, de los que nacían con cabeza de chivo por los excesos de las madres, de los que nacían muertos como castigo a las mujeres que seguían con las prácticas idólatras en los santuarios zapotecas ocultos en el monte... Se sacudió esas ideas de la cabeza, intensificando sus ruegos.

Pasadas las seis de la tarde, cuando el sol ya comenzaba a ponerse con un incendio a su alrededor, haciendo honor al nombre de la región —Tlatlaya: lugar del rojo y el negro, donde muere el sol—, María Leona Camila dio a luz una niña; una niña que era un bultito de carne rosada, con la cabeza apenas cubierta de una pelusilla dorada. Una criatura que gritaba, pregonando su llegada al mundo a todo pulmón, sin darse cuenta que así, recién nacida, ya era una prófuga.

Las Marías limpiaron a la pequeña con agua hervida. María Pascuala, a falta de mejor cosa, se arrancó un buen trozo de enagua y la envolvió con ella, mientras María Inés le cedía su rebozo a la recién llegada.

Leona estaba resplandeciente, a pesar de la fatiga extrema. Estaba pálida, pero sus ojos brillaban con una nueva luz. Hubiera querido limpiar ella misma a su hija, hacerse cargo, pero la debilidad le impedía incluso pensar claramente.

—¿Está bien? ¿Está completa? —preguntaba ansiosa, antes de ordenar—: tráiganmela, quiero verla bien, quiero tocarla...

Bien entrada la noche, Andrés se recostó junto a su mujer y a su hija recién nacida que ya se alimentaba del calostro.

—¡Cómo duele! Ay, Andrés, ¡dónde vine a parir! ¡Por mí no lamento nada! No me he quejado de dormir al raso ni de vivir huyendo, pero ahora... —sus ojos se deshicieron en lágrimas que se convirtieron en un llanto interminable, mientras apretaba el bultito cálido contra su pecho—. ¡Ella debió haber nacido en sábanas de seda! ¡Por dios! ¡Venir a nacer en una cueva!

Por un buen rato no se oyó sino el llanto de la recién parida y el crepitar del fuego. Andrés no atinaba a hacer más que abrazarla y secar sus lágrimas. Ella prosiguió:

—¿Y si nos atrapan? ¿Y si hay alimañas en esta cueva? ¿Si le pica un alacrán? ¿Y si se me muere mi niña, Andrés?

—¡No lo quiera la virgen, doña Leona! —exclamó en un grito Pascuala.

—¿Si se me seca la leche? ¿Si no le puedo dar de comer?

—Buscamos chichigua, nos robamos una burra... ¡La niña no se nos muere de hambre, doña! ¡Eso no! —Inés se le acercó persignándose un centenar de veces para alejar el mal.

Las palabras de las nanas lograron tranquilizarla.

El fuego crepitaba junto a ellos y todo parecía volver al orden en el improvisado campamento: la mula había comido su escasísima ración de alimento y ramoneaba por los alrededores de la cueva; los mozos se repartían unas gordas de piloncillo que las nanas calentaban en el comal y Andrés apuraba unos tragos de chinguirito.

—¡Qué bonita está! —dijo acariciando la pelusilla en la cabeza de su hija—. ¿Cómo le vamos a poner?

—No lo pensamos nunca, ¡qué barbaridad!

—Dadas las circunstancias, deberíamos ponerle Jesusa. Los padres, como María y José, andan huyendo y se han tenido que refugiar en este lugar, que si bien no es un pesebre, por ahí anda.

—¡Mi niña! Sin herencia, sin familia más allá de nosotros dos, que sólo podemos compartir con ella el miedo y la esperanza. Pensar que ella también va a andar huyendo quién sabe cuánto tiempo… —Leona se quedó un rato pensativa, observando la carita suave de la criatura y la manera como succionaba de su pecho, aferrándose a la vida. Al fin preguntó—: ¿Qué día es hoy? ¿Cuál es el santo de hoy?

—Tres de enero, Leona.

—Entonces debe llamarse Genoveva. Como la santa de Brabante, que vivió tantos años en una cueva del monte, rechazada por su familia y amenazada de muerte por sus creencias.

—Genoveva Quintana Vicario —Andrés pronunció el nombre con parsimonia, modulando cada una de las sílabas—. Se oye bien. Muy bien, de hecho.

—Ay, doña Leona, ni caldito de gallina, ni atole de masa le tocó siquiera —dijo María Inés, acercándole la mitad de una gorda—. Por lo menos cómase esto, que tiene que agarrar fuerza.

Leona dejó que Pascuala se llevara a la niña mientras mordisqueaba la gorda sin ganas, pero sabiendo que Inés tenía razón: debía alimentarse para amamantar a Genoveva y seguir caminando. Antes de tenderse de nuevo junto a Leona, Andrés giró las últimas órdenes del día:

—Muchachos, busquen a la mula y métanla. Ya saben que la pueden morder los vampiros en la madrugada si se queda a la intemperie. Y no tenemos otra. Dos de ustedes se quedan en la boca de la cueva vigilando y otros dos en la parte de atrás, para que no nos vayan a madrugar desde adentro.

Los criados obedecieron sin chistar.

—Mi pequeña Genoveva... —dijo Leona más tranquila, abrazándose a su esposo—. No tendrá joyas ni renta anual, pero le dejaremos la libertad para pensar, para hablar, para amar a quien le dé la gana. Que nadie le diga que porque tiene sangre india, no tiene derecho a lo mismo que los gachupines.

Andrés la abrazó conmovido.

—Estoy tan cansada, Andrés, me duele todo, por todas partes; no sé qué me duele más, ¡lo que diera por un colchón!

—Ven, apóyate en mí, así, déjate ir, descansa.

—Siento que todo mi cuerpo es una herida enorme, que sangra por todas partes, que arde, que duele, que se rompió por dentro y que...

La venció el agotamiento antes de concluir la frase. Entre sueños alcanzaba a oír la discusión de las Marías sobre quién iba a ser la nana. Los guardias que permanecían afuera de la cueva se habían contagiado del entusiasmo de las muchachas y echaban suertes sobre quién resultaría la ganadora. Más tarde, para no dormirse, aquellos jóvenes mestizos, agotados, mal comidos, muertos de frío dentro de los capotones de jerga, entonaron a capela una cancioncilla burlesca:

Ya viene Calleja
con sus batallones
agarrando viejas
por los callejones...

Dos días después, Leona pudo levantarse y caminar un poco. Cuando los mozos regresaron con noticias de Rayón y sin novedad sobre los realistas, subieron a la joven madre con dificultad a la mula, con Genoveva en un huacal, hasta Tlatlaya. Allí bautizaron a la niña y el mismo Rayón fue el padrino.

—¿Quién mejor que usted, que ha estado en contacto con nosotros desde que nos conocimos Andrés y yo? —preguntó Leona abrazando al general durante el pequeño festejo después de la ceremonia.

—Yo vi llorar a este hombre, allá en Tlalpujahua, lejos de usted. ¡Y cuánto sufrió usted en Cóporo sin el licenciado! Me costó trabajo impedir que se saliera a buscarlo, no crea. ¡Vaya que han pasado sacrificios los dos! Imagínese, ¡ir a parir en la cueva de Achipixtla...! ¿Saben que esa gruta llega hasta el pueblo de Santa Ana Zicatecoyan? Dicen que los compañeros la usan para esconderse durante largas temporadas...¡Fue una gran fortuna que pasaran justamente por ahí!

En Achipixtla nació
una indita americana,
se llama Genoveva
y se apellida Quintana

Andrés alzó el jarro de pulque a la salud de su hija y todos brindaron por esa pequeña, pero gran victoria contra la muerte y la desesperanza.

Dos días más tarde tuvieron que salir de Tlatlaya todavía de noche, avisados por los pobladores del acecho realista. Ni siquiera hubo tiempo de despedirse de Rayón. Andrés lo alcanzó a ver dando órdenes a sus chinacos montado en el alazán retinto.

—Tenemos que dispersarnos; juntos somos un blanco fácil. ¡Váyanse hacia la hacienda de San Francisco! Nos encontraremos en Pungarabato en semana santa —ordenó antes de perderse en el bosque rumbo a la Tierra Caliente.

En las semanas siguientes, Leona y Andrés, acompañados por los criados que habían viajado con ellos en la última parte del camino, tuvieron que huir por los parajes desolados, pidiendo por el amor de dios una tortilla a los ya miserables habitantes de las rancherías.

—La hacienda de San Francisco está en poder de los gachupines —informó el capitán insurgente que encabezaba un piquete de maltrechos chinacos cerca del lugar indicado para la reunión—. Ni se les ocurra ir para allá.

Una patrulla de antiguos insurgentes indultados los descubrió cerca de San Pedro Limón y, aquellos que fueron sus compañeros, no dudaron en dispararles. Los criados mestizos se defendieron con los viejos rifles que llevaban y luego con hondas y piedras cuando se les acabó el parque. Pero cuando parecía que habían logrado ahuyentar a sus perseguidores, una bala enemiga alcanzó a Andrés en una pierna.

Llegó sangrando a la antigua hacienda de Tlacocuspan, tendido sobre la mula macilenta que había cargado a Leona y a la niña. El "lugar de las varas amarillas" era una hacienda abandonada y en ruinas, en medio de la nada, al borde de una profunda barranca de las que se hallaban hasta la orilla del río Sultepec.

Los escasos pobladores que se habían apoderado de una pared, de una habitación sin techo, no dudaron en darles refugio en sus propias casas. No había con qué pagar, de sobra lo sabían todos, pero aquellos campesinos se conmovieron al ver el cuadro de la desolación que representaba la pequeña familia y sus defensores.

—Le quebraron el hueso, patrón —dijo el más viejo de los habitantes del pueblo, después de revisar y curar la herida—. Esto va pa' largo.

En el tiempo que duró la recuperación de Andrés tuvieron que compartir la casita de una de las familias del lugar. El hambre los obligó a aceptar las tortillas con sal y chile de manos con vitíligo y dormir en los petates llenos de pulgas junto a los perros y el cerdo que la familia cuidaba como a sus propios hijos. Por fortuna el tifo no había llegado hasta allá.

Un mes más tarde, Andrés todavía cojeando se instaló con su pequeña familia en unos jacales de vara con techos de zacate agarrados de una tapia de la ex hacienda, que los campesinos les cedieron. No querían seguir ocupando el escaso lugar en la casita de quien los había recibido, y la vergüenza les impedía quitarles los miserables alimentos que tenían.

Vivir era un trabajo de tiempo completo. Andrés ya no redactaba manifiestos ni moderaba acaloradas discusiones políticas: en cuanto pudo caminar con menos dificultad, quiso aprender a preparar una pequeña parcela junto a su vivienda para la siembra y a reparar, lo mejor que pudo, los techos de la choza para que no se colara la lluvia. Cuando los criados intentaban detenerlo, él les contestaba:

—En la nueva nación ya no hay privilegios para nadie. Todos somos iguales —pero luego miraba sus manos espinadas y llenas de ampollas—. Bueno, hay unos más torpes que otros, eso sí.

Mano a mano con sus mozos hizo un refugio de palopique para los animales: la estoica mula que había conducido a Leona embarazada a través de las montañas y un cerdo desvalagado que a regañadientes aceptó compartir la vivienda. Después consiguió una cabra que los surtió con leche para hacer quesos y dos gallinas de espíritu libre que picoteaban todo el día adentro y afuera de la casa.

Genoveva aprendió a gatear y luego a caminar en aquel poblado. Le brotaron los dientes para el tiempo de aguas y a fin de año, la pelusilla dorada de su cabeza se había convertido en una corta mata de pelo suave y cobrizo.

Las Marías se ocupaban de cocinar, de cuidar a la niña, de preparar el nixtamal con el maíz que lograban conseguir regalado o robado en los pueblos de su alrededor. Mientras, Leona regaba y apisonaba el suelo de tierra y cultivaba un pequeño jardín cercado por una cuerda para protegerlo de los animales.

Esa podría haber sido la felicidad, pensaba Leona, si no hubiera sido por el agua que se colaba durante los aguaceros, por el frío que las paredes de varas no lograban detener, por las ampollas en sus manos y las de Andrés, por los piojos y las pulgas que no dejaban en paz a Genoveva y por las noticias esporádicas de la cercanía ominosa de los realistas.

Cada mañana, cuando abría la puerta de su casa y oteaba el horizonte, buscando en las montañas algún indicio de enemigos, el corazón le daba un vuelco. Por otro lado, sabía bien que no podrían permanecer ahí ocultos para siempre. Dentro de sí guardaba una esperanza de que algo ocurriera: que no todos los caudillos hubieran muerto, que uno de ellos hubiera logrado la victoria y todos pudieran regresar a la ciudad, empezar una nueva vida. ¿Habrían matado también a Guadalupe Victoria? ¿A Bravo? ¿A Guerrero?

A mediados de diciembre, un muchacho de la tropa del general Rayón llegó huyendo hasta el caserío. Los realistas habían atrapado a Rayón y a toda su familia: su mujer y sus siete hijos, cerca de Patambo.

Las noticias sumieron a todos en el desaliento. No quedaba casi ninguno de los antiguos combatientes. Todos muertos, indultados, escondidos, ni un solo líder visible… ¿Ése era el fin? ¿Así era como acababa todo?

Pasaron una amarga navidad y, a mediados de marzo, antes de que fuera tiempo de preparar de nuevo la parcela para la siembra, peores noticias llegaron para cambiar sus planes: la gavilla realista al mando de un antiguo insurgente indultado, Vicente Bargas, estaba a unas cuantas horas del poblado y, sabiendo que estaban ahí, venía con toda la intención de atraparlos.

—¡Carajo! —explotó Leona, cuando le dijeron la noticia.

Salió corriendo de la choza para que las Marías y Genoveva no vieran sus lágrimas de rabia. Andrés salió detrás de ella.

—Tienes que irte —dijo ella sin mirarlo, sintiendo los latidos de su corazón retumbar dentro del pecho—. Si te atrapan sin haber pedido el indulto te condenarán a muerte de inmediato. Si dejas el indulto, a mí y a la niña no nos harán daño.

El licenciado, sabiendo que su esposa tenía razón, la sujetó por los hombros, susurrándole al oído:

—Voy a firmarte la solicitud con fecha de antier.

—¡Mejor vámonos todos juntos! —dijo ella, en un ataque de desesperación, sabiendo de antemano la respuesta de su marido.

—¡Por favor, Leona! Ya no es posible. Con la niña ya no. Si me atrapan, me van a matar. No quiero arrastrarte conmigo. Ayúdame a salvarnos a todos.

Ella se agitó para librarse de sus manos. En ese momento vio a una de las gallinas adentro de su jardín, pisando el macizo de geranios que tanto le había costado cultivar. Con una violenta patada alcanzó al ave, que salió volando en una lluvia de graznidos y plumas.

—¿Por qué tuvo que ser así? ¿Por qué, Andrés?

Ella se echó a llorar, presa de la indignación y la impotencia. Andrés la tomó en sus brazos sin saber qué contestarle.

Media hora después, salía acompañado por el puñado de chinacos, camino a la costa. Sobre la tosca mesa que servía para todos los propósitos, estaba la petición de indulto firmada por el licenciado Andrés Quintana Roo.

Leona estaba preparada para todo, cuando Vicente Bargas y su escolta de veinte dragones vinieron a prenderla. Él quiso convencerla de que era lo mejor para su familia, que la guerra ya no tenía futuro. Pero ella, con Genoveva en brazos y seguida por las dos Marías cargadas con el escaso equipaje, no abrió la boca en todo el camino a San Pedro Tejupilco. Al principio, los soldados fueron respetuosos con ella, pero al ver que ella no respondía y los trataba como si fueran invisibles, comenzaron a hostigarla, a apresurarla, a negarle agua, a burlarse de ella y de las mujeres que la acompañaban. Al llegar al pueblo, las encerraron en un cuarto maloliente sin un petate siquiera y hasta el día siguiente les arrojaron unos pedazos de tortilla.

Unos días más tarde, el comandante de Temascaltepec, Miguel Torres, en persona, llegó a Tejupilco a llevársela, y apenas pudiendo dar crédito de que esa pobre mujer cubierta de lodo, desgreñada y muerta de hambre era la mismísima Leona Vicario, mandó buscar al licenciado Quintana Roo por toda la región.

El ascenso hacia el antiguo real de minas fue muy penoso para las mujeres. Entre los bosques de encinos y oyameles, Leona fue arrastrando su cansancio y sobre todo, la vergüenza, la rabia de su derrota: la derrota de los guerrilleros de la libertad.

15 de marzo de 1818

Señor comandante de Temascaltepec, Miguel Torres:
Por haber sido miembro de todos los gobiernos revolucionarios durante siete años, he podido adquirir suficiente conocimiento de la empresa que ellos pretendían conseguir y de los perjuicios que resultarían a la América de llevarse a cabo, cuando su verdadero interés es inseparable de su unión con España.

En fuerza de este desengaño, me habría presentado desde hace días a recibir la real gracia del indulto, si no me lo hubiesen estorbado dificultades insuperables. Sin embargo, hoy, aprehendida, maltratada y vejada, mi esposa, doña María Leona Vicario, estropeada y escarnecida por las fuerzas de Vicente Bargas, yo no puedo menos que estar en ánimo de indultarme y hacer cuantos servicios pueda al monarca Fernando VII, siempre que se me afiance la libertad, seguridad y buen trato de mi citada esposa, se le restituyan sus derechos de ciudadana y se eche un velo a los acontecimientos que motivaron su proceso en el año de 1813.

Para mí nada exijo y todo lo dejo a la buena fe y clemencia del gobierno, dando por hecho que si fueran necesarios algunos sacrificios, quiero sufrirlos en mi persona exclusivamente, con tal de que no se siga el menor perjuicio a mi esposa ni se le incomode por ningún motivo.

Lic. Andrés Quintana Roo.

17

Temascaltepec-Toluca,
marzo de 1818-diciembre de 1820

uando el comandante Miguel Torres recibió la carta de Andrés, de inmediato pidió autorización al virrey para conceder el indulto a la pareja. Entre tanto, mandó todas las seguridades al diputado del Congreso del Anáhuac para reunirse con su esposa, que había sido ya recluida en un cuarto anexo a la iglesia del lugar, en el pequeño Real de Minas de Temascaltepec.

Leona se alegró al ver aparecer a su marido un par de días más tarde en el cuarto que sería su cárcel, pero por otro lado, quería desquitarse con él de la frustración por la derrota. El enojo de Leona era enorme. Apenas le dirigió la palabra en varios días.

—¿Por qué te entregaste, Andrés? ¿Qué tanto prometiste esta vez a Apodaca, que se portó tan generoso con dos insurgentes que reiteradamente habían rechazado el perdón? —le preguntó por fin cuando le ganó la ternura.

—¡Prometí lo que era necesario prometer! No pude soportar saber que te habían maltratado, que te escarnecieron y te encerraron en Tejupilco, en ese horrible lugar. ¡Hubiera hecho cualquier cosa, Leona! Dije lo que era necesario decir, enloquecido como estaba de dolor, arrepentido de haberte dejado ahí sola.

Leona no pudo evitar sonreír. Miró a su marido con todo el amor que en los últimos días le había escatimado.

—Que sea lo que Dios quiera. ¿Qué le vamos a hacer? ¡Déjame abrazarte! Alabada sea la virgen de Guadalupe que te ha traído con bien.

La pequeña familia insurgente salió de Temascaltepec a fines de marzo, cuando el virrey Apodaca confirmó "la gracia del indulto sin condición alguna", aunque asentaba en la carta que esta gracia debían disfrutarla Leona y su marido en España.

Andrés cabalgaba junto a su esposa por las abruptas sendas boscosas de las laderas del Xinantécatl, rumbo a Toluca. Los guardias no los llevaban en calidad de presos, sino que sólo iban custodiándolos para que no sufrieran ningún percance en el camino, o por lo menos esas fueron las palabras del comandante Torres cuando les prestó las mulas de montar para que no cruzaran la montaña a pie.

Algunas personas del viejo pueblo minero enclavado en lo más intrincado de la montaña se apiadaron de ellos y les dieron sarapes con qué cubrirse del frío. Otros les dieron pan y huevos cocidos para el camino. Alguno más les llevó una bota de cuero llena de chinguirito criollo para que entraran en calor.

Ateridos, atravesaron los pueblos grises cubiertos de miseria en la falda del Nevado. Pasaron la noche en algún jacal, junto a toda la familia que ahí vivía, los cerdos, las gallinas y los perros pulgosos que se enroscaban junto al fuego.

—Y aquí, ¿dónde vamos a vivir? —preguntó Leona cuando entraron a Toluca por la calle principal.

Nadie le contestó.

Algunos transeúntes miraban a la familia y a su escolta de dragones, otros curiosos murmuraban en los balcones al ver a los recién llegados.

Toluca era una ciudad baja, con casas simétricas y unos larguísimos portales que llegaban hasta el costado de la iglesia. Un par de cerros la delimitaban hacia el norte y, a juzgar por el concierto de campanas, debía haber varias iglesias y conventos importantes.

Después de no haber visto una ciudad en por lo menos tres años, el conjunto de calles rectas, algunos caserones, conventos e iglesias, un mercado bullicioso y varias plazas, causó en los extenuados viajeros una honda impresión.

Parecía que después de lo que habían pasado, todo seguía igual y, sin embargo, más que tres años las aventuras de Leona parecían haberle tomado una eternidad; por ello todo el mundo urbano le resultaba completamente nuevo.

Mientras iban recorriendo las calles y perdiéndose entre el bullicio de los vendedores y transeúntes, Leona, sin saber por qué, pensó en Telémaco y en Ulises; se dio cuenta de que el viaje que ella había hecho era como los que emprendían los héroes míticos: un viaje de los que nunca terminan, un viaje en el que el héroe casi nunca puede regresar a casa. ¡Y ella que encontraba esas travesías tan atractivas! ¡Tan llenas de ilusión! Nunca se había puesto a pensar que Telémaco se llenaba de lodo y que también le dolía el vientre al quedarse sin comer durante muchos días. ¿Habría tenido que conformarse con un caldo de verdolagas sin sal en alguna de las islas que había visitado? ¿Le habría picado un alacrán? No era lo mismo leer las aventuras que vivirlas en carne propia.

Los guardias los llevaron frente al subdelegado de Toluca, pero el alférez real, encargado de la plaza, a esas horas se había retirado. Su secretario, el joven capitán José María Domínguez fue quien los recibió en el despacho.

Cuando se enteró de la situación de la pareja y vio sus rostros agotados que pretendían, sin embargo, conservar la dignidad, cuando vio a la pequeña Genoveva que inocentemente jugaba con un soldadito de barro que quién sabe quién le obsequió en Temascaltepec, estornudando una y otra vez, el corazón del capitán se conmovió.

—Se quedarán en mi casa hasta que encuentren un refugio o hallen la manera de pasar a la madre patria a disfrutar allá el indulto que les fue concedido.

Andrés, sin poder reprimir la emoción, tomó la mano del hombre, mirándolo a los ojos:

—Algún día se lo he de poder agradecer con creces. Y entre tanto, que Dios se lo pague.

—No tienen nada qué agradecer, señor. Sé lo que es sufrir la persecución. Mi pobre madre estuvo dos años recluida en un convento por sedición.

—¿Cómo se llama su madre, capitán? —preguntó Leona, con súbito interés.

—Josefa Ortiz, señora. Esposa del corregidor de Querétaro.

—Tenía entendido que no habían podido probarle nada y sólo había estado algunas semanas en un convento de Querétaro.

—Así fue, señora. Pero luego, cuando ella reincidió en sus actividades sediciosas, se la llevaron a México, presa y escarnecida, con una niña de brazos y la encarcelaron en una celda fría y húmeda donde su salud mermó considerablemente.

Leona ya no pudo decir nada más; abrazó al muchacho conmovida.

Se quedaron en Toluca.

Vieron pasar los fríos e instalarse el verano, y volvieron a mirar cómo se colgaba la neblina de los cerros al llegar de nuevo el frío.

Las primeras semanas vivieron en la casa del bondadoso capitán, después Leona encontró a una tía lejana que había quedado viuda y que al verla la recibió gustosa con todo y familia en su casona detrás del convento del Carmen.

—Tu tío Agustín siempre fue un miserable y un ambicioso sin escrúpulos —les dijo unos días después de que llegaron a su casa—. Y su madre una mujer sin carácter que se dejó llevar y traer por sus hijos. Me repugna escuchar que se quedó con tus cosas y con las minas que eran tuyas.

Andrés conocía bien la historia, pero al escucharla de nuevo, su sangre comenzó a hervir. La impotencia lo sacaba que quicio. No podían irse a España porque no tenían con qué. Él no ejercía su profesión porque no pertenecía al Colegio de Abogados: ni siquiera podía dar de comer a su familia. Había que decirlo con todas sus letras: vivían de la caridad.

Un día, desesperado, Andrés fue a ofrecer sus servicios al capitán Domínguez, quien, aunque no los necesitaba, le buscó alguna ocupación en las oficinas de la comisaría. Con eso pudo el licenciado Quintana satisfacer las necesidades más básicas y no sentir que eran una carga para doña Felisa, la tía de Leona, que si bien no era una mujer pobre, tampoco podía darse el lujo de no recibir ningún apoyo de sus huéspedes.

María Inés y María Pascuala también consiguieron trabajo cosiendo ajeno y ofreciéndose a lavar ropa. Idolatraban a Leona y no podían soportar que pasara privaciones; cuando la indultada menos lo esperaba, encontraba en su habitación un juguetito para Genoveva, una cinta azul, una peineta para sujetar sus cabellos o una empanada de ate de guayaba envuelta en papel de china.

Con esas demostraciones de afecto, Leona se derrumbaba. Los ojos se le humedecían sin que permitiera que alguien la viera y se preguntaba cuál sería su destino, si se quedaría para siempre de arrimada en esa fría ciudad.

En el transcurso del año siguiente, la correspondencia entre los poderes de la Ciudad de México y la familia de Andrés y Leona resultaba ser copiosa.

Primero, en agosto, la notificación de que se había girado la orden al Consulado de Veracruz para que se concedieran ocho mil pesos a la pareja para sufragar los gastos del viaje a España.

Dos meses después, en octubre, recibieron la noticia de que el consulado carecía de fondos y sería imposible obtener nada de ahí.

Una semana más tarde, la notificación de que Leona podría recuperar sus bienes, si su esposo acudía a los tribunales a efectuar los trámites y pagar los impuestos acumulados.

Luego, la negativa por parte del virrey de concederle el permiso al abogado. "Que contrate un apoderado, como todo el mundo", mandó decir.

Aquel día, con la carta oficial en la mano, Leona vio llorar a su marido. Como muchas otras noches, estaban sentados en una banca de madera en el corredor de la casa de doña Felisa, afuera de la habitación donde la pequeña Genoveva ya dormía, fumando y discutiendo las posibilidades de acción futura. Pero esa noche, Andrés tenía la cabeza gacha, los hombros hundidos, retorcía el papel oficial de tal modo en su mano, que los nudillos se le habían puesto blancos. Estaba vencido.

—¡Que contrate un apoderado! ¡Con qué dinero! Te he conducido al abismo, Leona. No hay manera de salir de esta situación.

Leona lo miró un tanto sorprendida. Tardó un instante en reaccionar, pero cuando lo hizo, sus ojos estaban tan llenos de furia, que el desaliento de Andrés se convirtió en miedo.

—No vuelvas a decirme algo así. ¿Entiendes? No soy una estúpida que se ha dejado llevar en contra de su voluntad o en contra de sus convicciones. Si estoy aquí, si me han quitado todo, no es por tu culpa. Yo decidí unirme al movimiento. Primero fui insurgente, después fui tu mujer.

Pisoteó el cigarro con saña sobre las lozas antes de entrar en la habitación y dar un portazo tras de sí.

Momentos después, Andrés fue tras ella.

—Perdóname, Leoncilla —le susurró al oído, luego besó su nuca.

A fuerza de besos dulces, bajó aún más el escote de la blusa de percal que usaba la mujer. Pronto ahogaban la furia, la impotencia, la tristeza, en la pasión. Uno en el cuerpo del otro, buscaban refugios a la desesperanza: él, en los pechos de Leona, esas protuberancias ciegas, lisas, nevadas, en cuyo tope la lava había dejado un espejito de obsidiana; ella, en el vientre de Andrés, ese valle cubierto de pasto dorado que iba a llevar hasta el enorme risco que ocultaba al sol poniente. Mordidas, pellizcos cariñosos, arañazos de la leona herida en donde más dolía: su orgullo de reina de la jungla. Palabras, trozos de odas escritas por los aedos de la antigüedad que con el acento delicado del abogado yucateco adquirían modulaciones nuevas. El cuerpo macizo de la mujer se balanceó sobre el brioso jinete que ahí, en el campo de batalla del amor, era capaz de llevarla al cielo.

Tendidos sobre la cama, sudorosos y jadeantes a pesar del frío de la madrugada, eran incapaces de conciliar el sueño. Tantas emociones tenían sus ánimos alterados: la esperanza primero, la desilusión después, de nuevo la posibilidad y de inmediato la negativa de acceder a ella.

—Voy a pedirle a tu tío que me entregue cuentas de las minas de Mañé y Peñol Viejo. De ahí deberían darnos los ocho mil pesos. ¿Te parece justo que el viejo y su hermana solterona se hayan quedado con lo mejor de tu herencia y te hayan dejado lo incobrable?

Leona no respondió. Estaba atenta mirando la congelada luna sobre el campanario del convento del Carmen a través de los cristales de la ventana. Buscaba también una solución, sin tener que tocar el núcleo ardiente de su propia rabia por el despojo que sabía cierto.

—También solicitaré que me asignen un representante legal a expensas del virrey. Y escribiré a mi hermano Domingo para que me ayude con los trámites para ser aceptado en el Colegio de Abogados.

Leona acarició sus cabellos negros y el anguloso rostro que tanto amaba. Se quedó dormida en los brazos de Andrés que muy bajito, le cantaba una canción de cuna.

Por fin Leona había aprendido a hacer galletas de nuez cubiertas con azúcar molida y canela, tal como le habían enseñado las monjas mercedarias en su enorme cocina del convento. A escondidas de Andrés acudía con la niña ahí diariamente y a escondidas también, las envolvía ya en casa de doña Felisa, para que las Marías fueran a venderlas a los Portales. Esa tarde se ocupaba, junto a las demás mujeres, en envolver los paquetitos de tres galletas en papel de china sobre la pesada mesa del comedor, cuando el abogado entró de improviso. Generalmente trabajaba hasta tarde como escribiente en la subdelegación y muchas veces se quedaba a conversar con el capitán Domínguez, que tenía en alta estima a Andrés, por su cultura e instrucción poco comunes.

—¡Pero apenas son las cuatro! ¿Ha pasado algo? —se alarmó Leona.

—Tu tío Agustín nos contestó la carta —Andrés quería aparecer tranquilo, pero su rostro demudado decía lo contrario—: el viejo alega que las minas le corresponden, a título del porcentaje que le toca por manejar tu herencia y por deudas tuyas que ha tenido que pagar en estos seis años, gastos de representación que ha hecho, papel sellado, envíos a España para obtener el indulto del mismísimo Fernando desde finales del 14...

—¡Deudas mías! ¿Qué deudas he dejado yo? —ella se puso de pie, pálida de rabia.

Andrés arrojó sobre la mesa un legajo en el que Leona reconoció la letra de su tío. Era una detalladísima lista, con fechas, conceptos y cantidades, de supuestos gastos hechos a favor de Leona.

Ella lo recorrió con la mirada. El tío alegaba ventajosamente que nadie había rentado la casa que era de Leona, que la cochera no se podía subarrendar, que los gastos de coche y cochero de su hermano Fernando para ir a recogerla a San Juanico y luego dejarla en el colegio de Belén, que los cargadores que llevaron la cama, que los mismos que recogieron los "trastos" que ahí dejó, que el chocolate y las golosinas de aquel día que quiso compartir su cumpleaños con las internas, que los salarios de la cocinera y el portero, que el tío siguió pagando varios meses por si acaso ella regresaba, que los costos de los edictos y pregones, que los gastos del juicio de infidencia desde el año 13, que la correspondencia a España, que los costos de avalúo de sus bienes, los gastos de la subasta pública, los reiterados anuncios en el periódico, el personal de la subasta repetida por tres veces y a donde nadie acudió...

Leona cerró los ojos, con los labios temblorosos recordó en pocos segundos todos esos sucesos dolorosos de su vida. Lágrimas de rabia escurrieron por sus mejillas al imaginar que seres extraños habían puesto las manos toscas sobre sus objetos personales y sus ojos rudos por los frisos del techo, por las pinturas maltratadas del piso de madera y habían considerado todo eso de poco valor. Nadie había querido sus tesoros. Y su tío se había quedado con las joyas, con la cigarrera de pedrería, herencia de su madre, con el braserito de plata para encender los cigarros, con la mesita de escribir... Eso no lo decían las cuentas de don Agustín Pomposo Fernández de San Salvador. No mencionaba que se había quedado con todo, a la mitad de su valor. "Se está cobrando a precio de oro el deshonor sufrido por mi causa", pensó Leona, "ésa es la verdadera deuda que le dejé".

El piso se le hundió de pronto y las manos no alcanzaron a aferrarse de la mesa. Una levedad, un abismo, y después la oscuridad. Despertó en su cama con un mareo terrible. Un médico estaba a su lado, revisando su pulso y Andrés estaba sentado junto a ella. El médico denegó con el rostro e indicó al abogado que salieran al corredor. Genoveva jugaba en el piso con María Inés, sin comprender qué le ocurría a su madre.

Pronto regresó su marido. Tenía una expresión grave e indefinible, se sentó de nuevo junto a ella y tomó su mano con ternura.

—Estás embarazada, Leoncilla.

—¡Bendito sea Dios! —dijeron a coro Leona y María Inés, que también había escuchado.

—Pero corres el riesgo de perder a la criatura. El doctor no tiene muchas luces, no comprende bien qué ocurre y aconseja ver a uno de sus maestros en la Ciudad de México.

Toda la esperanza una vez más se derrumbó sobre ellos.

Doña Felisa entró en la habitación con una taza de jerez, huevo crudo y leche, para que la enferma recuperara la fuerza.

—Nos endeudaremos. Le suplicaremos al virrey...

Leona se echó a llorar por la impotencia. La tía corrió a consolarla:

—Ya mi niña, no hagas corajes, que ningún bien le haces a tu criatura. Verás que encontraremos remedio...

Pero nada consolaba a Leona. Se quedó dormida a medianoche, en brazos de su marido que se sentía más impotente que ella.

A la mañana siguiente, antes de que Andrés despertara, Leona ya se había puesto de pie, sólo para encontrar una carta redactada por su marido en la mesa de la habitación. Era para Fernando VII, suplicándole la devolución de sus bienes, sin que mediara impuesto alguno. En la caligrafía puntiaguda de Andrés, se expresaban los elogios más desmedidos al rey español a quien el movimiento había querido borrar de los destinos de la Nueva España.

Leona arrugó el papel con furia. Luego volvió a extenderlo, despertando a su marido con un grito.

—¿Qué significa esto, Andrés?

Él no conseguía apartar del todo los jirones de sueño.

—¿Qué...?

—Estás diciendo que el virrey Apodaca ¿"... hace consistir toda su gloria en la imitación de las excelsas virtudes de su majestad..."?

—¡Leona! —él se desperezó enseguida y se puso de pie—. No puedo permitir que te roben tus bienes, ¿entiendes? Te quitarán todo en impuestos y en pago de las deudas que tienes con tu tío... ¡Te van a dejar en la miseria, corazón! ¿Qué tiene de malo apelar al rey?

—"...en quien con la sangre y corona de sus augustos progenitores se han trasmitido todas sus virtudes..."; "ejemplo tan ilustre de imparcialidad y buena fe..." —siguió leyendo Leona—. ¡Ese mismo soberano, querido mío, a quien dejamos de respetar y amar cuando se convirtió en súbdito de Napoleón! ¡Ese que desconoció la constitución y se proclamó soberano absoluto! No dejaré que te humilles así. No permitiré que enlodes la memoria de Morelos, de Hidalgo y de todos los demás que dieron la vida para que nadie volviera a humillarse de ese modo.

—Leoncilla... —Andrés la miró de una manera extraña, con los profundos ojos negros a punto de deshacerse en llanto—. Lo único que tengo para darte, para aportar a este matrimonio, es mi honra. Déjame sacrificarla por ti. Haré lo que sea, diré lo que sea, para que tú tengas lo que mereces. Para que tu vida no corra peligro, no me importaría entregar la mía.

Leona lo atrajo a sí y cubrió su cabeza de rizos oscuros con mil besos desesperados.

—No —dijo Leona rompiendo la carta en pedazos—. No puedo dejar que hagas esto. Le pediré ayuda a mi hermanastra, la marquesa de Vivanco. Su marido tiene influencias en la corte, ¡tiene que ayudarme! ¡Lo tiene que hacer!

En ese mismo instante, Leona redactó una nueva misiva, no sin repugnancia, pidiendo ayuda a doña María Luisa Vicario.

La carta de respuesta de la marquesa fue desusadamente cordial. Con un toque de ironía la felicitaba "por haber recuperado el juicio" y le notificaba que el permiso para que acudiera a curarse a la capital estaba concedido, siempre que fuera ella sola.

Fue un viaje difícil e incómodo para la embarazada. Cada vuelta del camino la sentía ella en las entrañas y cuando la rueda del carro se rompió a la altura de Huixquilucan, Leona se preguntó qué penas estaría pagando para que el golpe físico se juntara con el moral al tener que esperar un día en el pueblo donde ya una vez había sufrido la soledad y el abandono al principio de su muy personal odisea.

Eso no fue todo. Los dos meses que pasó en el lóbrego palacio de cantera de su hermanastra fueron poco menos que un martirio. Conocía a la clase de gente que María Luisa había escogido frecuentar: la más añeja nobleza española que se había emparentado con los criollos ricos. Casi todos ignorantes y pretensiosos, pasaban los días ocupados en visitas de obligación, comidas y saraos, como si no estuviera pasando nada allá afuera. Hablaban con desprecio de la rebelión "que a Dios gracias, ya se extinguió"; llamaban a Morelos "mestizo iluso" y a Guerrero "negro subido". Una fuerza sobrenatural le impidió liarse a golpes con ellos: la certeza de que tenía que salvar a su hijo.

Por fortuna también recibió noticias agradables. Contra la voluntad de la marquesa, y procurando que ésta no se enterara, recibió algunas visitas de sus antiguos conocidos que la pusieron al día. Francisca, aquella prima lejana que había sido una de sus damas de compañía, con la tez maltratada y las huellas del sufrimiento en la cara, llegó a abrazarla un día y a cubrirla de besos y de bendiciones, su hermana Mariana había muerto y ella cuidaba a su madre ya anciana; Margarita Peinbert también había logrado sobrevivir y le contó que la revolución liberal en España había triunfado y no sólo Fernando, sino el mismo virrey Apodaca, quien tan caritativamente había repartido indultos, habían promulgado la constitución de Cádiz, extinguido el Santo Oficio y promulgado una vez más la libertad de imprenta.

Esas magníficas noticias, junto a la otra, que Andrés había sido ya aceptado en el Colegio de Abogados, tenían a Leona feliz. Además, el médico que le recomendaron probó ser un hombre sabio y bondadoso que no dejó de visitarla a diario para revisar sus progresos: estaba mejor, pero no debía moverse mucho. La única sombra en su felicidad era la separación de Andrés y de su pequeña Genoveva.

Cuando por fin Leona creía que su suerte estaba cambiando y tarareaba una cancioncilla de sus tiempos de juventud, recostada en un canapé en el salón de su hermanastra, la lujosa puerta se abrió para dejar paso a un hombre que ella reconoció de inmediato como uno de los jueces que estuvieron en los interrogatorios de la Inquisición. El corazón le dio un vuelco y pensó que se iba a desmayar.

—No se altere, señora —comenzó el ya anciano inquisidor—, no he venido a prenderla ni a causarle ningún mal. Permítame sentarme para informarle de un asunto que resultará sin duda de importancia para usted.

Leona hizo un ademán, aunque no del todo convencida, para que el juez se sentara; el criado le ofreció de beber y él aceptó una copa de jerez. Cuando de nuevo estuvieron a solas, por fin el hombre le comunicó su misión.

—Es necesario que sepa de una intriga maquinada en su contra, para que obre usted en consecuencia. Su hermanastra la marquesa, lejos de solicitar el permiso al virrey, acaba de entregarla a usted a la justicia —sin esperar a que Leona reaccionara, continuó—: Sin embargo, por encargo de su excelencia que está al tanto de su salud, vengo a decirle que puede usted regresar tranquila a su casa, si así lo desea, o bien quedarse en la Ciudad de México sin temor a ser molestada en modo alguno. Sé que su marido ha sido aceptado en el ilustre Colegio de Abogados, además, las circunstancias que comienzan a darse y de las cuales no puedo informarle, permiten que él mismo regrese a esta ciudad y desahogue personalmente sus diligencias. Quise venir a decírselo yo mismo.

La mujer respiró hondo. El alivio se veía en su cara.

—Gracias —dijo tan sólo, ahogándose.

—Véalo como un reconocimiento a su valentía, señora. Los tiempos han cambiado y créame que si bien me desesperaba usted con su terquedad, no dejé nunca de admirar su valor. Me tocó interrogar a muchos acusados de infidencia, hombres rudos y fuertes que después de dos días de interrogatorio se quebraron como infantes: dijeron todo, confesaron incluso lo que no habían hecho y acusaron hasta a su santísima madre con tal de salvarse. ¡Quién me iba a decir que una jovencita criada en pañales de seda fuera más fuerte que ellos!

Leona sonrió, sonrojándose. El juez se puso de pie y se despidió ceremoniosamente:

—Permítame besar la mano de la Infanta de la Nación Americana. ¡Qué Dios la proteja, señora!

Cuando el antiguo inquisidor salió de la casa, Leona no perdió un minuto en reclamos o lamentos: mandó avisar a su cuñado Domingo que necesitaba verlo con urgencia, y antes de que la marquesa regresara de sus visitas de navidad, Leona ya había dejado ese palacio y la ignominiosa hospitalidad de su hermanastra.

18

CIUDAD DE MÉXICO,
ENERO—SEPTIEMBRE DE 1821

acía frío ese enero de 1821, en la pequeña casa que el presbítero Tomás Domingo Quintana Roo, el hermano de Andrés, había conseguido para la familia de su hermano por la calle de Donceles. Las ventanas no estaban bien selladas y a través de las rendijas en la madera el viento de invierno se colaba sin obstáculos a las habitaciones amuebladas de manera modesta.

Ahí recibió una María Leona casi incapaz de moverse, a sus seres queridos: Andrés, Genoveva y las Marías tomaron posesión de la casa haciendo un alboroto. Las dos muchachas no cabían en sí de gusto y de sorpresa al estar en la gran Ciudad de México y ese sentimiento suavizó a los otros: el miedo y la tristeza de ver a su señora decaída y pálida.

—¡La catedral es mucho más grande que la de Toluca! —decía María Inés.

—¡Y los Portales…! ¡Cuánta cosa! ¡Y el Parián…! —María Pascuala no daba crédito a sus ojos—. ¡Cuánta calle! ¡Y esas mujeres que venden patos con tortillas enchiladas! ¡Patos, señora ama!

Pero Leona tenía el corazón entristecido. Ya no era la misma Ciudad de México en la que ella había vivido, las relaciones con la gente no serían iguales nunca más. Además, la pequeña Genoveva, después de varios meses separada de su madre, estaba evasiva y huraña; cuando Leona le llamaba, corría a refugiarse en los brazos de nana Inés, escondiendo la carita en su regazo.

En cambio, Andrés había recuperado parte de su antiguo aplomo. Buscaba entre sus viejos compañeros de estudios y amigos de su familia hacerse de algunos clientes y se pasaba las tardes leyendo el periódico que su antiguo conocido, Fernández de Lizardi, había comenzado a imprimir: *El conductor eléctrico*. En sus páginas se enteraba de los sucesos políticos de la metrópoli, que luego compartía con su mujer.

—Me han contado, Leona, que los doctores Matías de Monteagudo, aquel amigo tan cercano de tu tío Agustín, y director del colegio de Belén , el fiscal don Miguel Bataller, incluso tu propio tío, además de otros viejos realistas convencidos, han tramado un plan para lograr la independencia y traer a reinar a Fernando a América, pero sin la Constitución, para que "el Deseado" gobierne como monarca absoluto. Me dijeron que Iturbide está involucrado en esto, con el consentimiento del propio virrey.

—No es posible… —Leona por más que quería poner toda la atención en el relato, se sentía vencida por la incomodidad del embarazo. Sentía dolores extraños e indefinibles que la ponían nerviosa: punzadas eléctricas bajando hasta su sexo desde el vientre. Una estocada de dolor de pronto, y luego otra vez la calma.

Por fin, le fue imposible atender a nada. Sintió que el parto se avecinaba y sospechó que no sería como la vez pasada. Con todo y que la humilde cama que ahora tenía era mucho mejor que una cueva en el monte, sospechaba que su cuerpo le estaba jugando una mala pasada.

El parto fue casi un martirio. Las dos Marías no sabían qué hacer en medio de la agitación. No sólo vino la comadrona que recomendó el doctor, sino él mismo acudió a atender a Leona, que no dejaba de gritar, sospechando que la muerte estaba muy cerca.

—¡No dejen que se me acerque! —gritaba con voz ya ronca y la mirada perdida y vidriosa.

—¿Quién Leoncita? —preguntaba Andrés, aterrado.

—¡Todavía no me puedo morir!

—Anda rondando otra vez nuestra señora Oyá —dijo Pascuala por lo bajo, para que sólo Inés la oyera.

—No digas tonterías —se desesperó la otra—, te va a oír la niña. Y ya te dije que no mientes esos nombres.

—El Ánima sola, pues. Y santa Brígida, ¡y todos los santos que quieras! —se desesperó Pascuala—, al fin que son los mismos.

El médico mandó llamar al padre Sartorio, quien también había vuelto a México. El anciano sacerdote acudió, moviéndose con dificultad y con la voz que solía consolar a Leona en sus días de enamorada, volvió a apaciguarla murmurando una sucesión de aves María, que ella procuraba seguir entre un estertor y otro.

Pasaron muchas horas hasta que por fin, el 20 de febrero de 1821, nació Dolores, una criatura que no lloró enseguida, pero que de inmediato abrió los ojos, encantada de ver la luz en esa ciudad fría que estaba dejando de ser, lenta pero inexorablemente, aquélla que había sido durante tres siglos.

Los brazos amorosos de las dos Marías arrullaron a la recién nacida día y noche, mientras Leona se debatía entre la vida y la muerte. Aún en contra de la voluntad aguerrida de las mujeres, Andrés tuvo que contratar una chichihua, una nodriza indígena a quien las nanas mantenían bajo estrecha vigilancia y a quien miraban con mala fe. Mientras que allá afuera un mundo se derrumbaba, Leona se recuperaba poco a poco.

—Iturbide y Guerrero se reunieron en Acatempan. Están pactando la paz —en un susurro, como una plegaria, Andrés le informó a su mujer unos días después, como cada tarde, de regreso de sus negocios—. Iturbide ha dado a conocer un plan que sostiene los principios de independencia, unión y religión. Y la forma de gobierno que plantea para el país es la monarquía. Si este plan prosperara, se invitaría a un miembro de la casa de Borbón a venir a gobernarnos. Lo firmaron en Iguala y todos los jefes insurgentes lo están suscribiendo.

Leona no podía contestar, pero en el fondo de su mutismo atormentado decía "¡No!".

—No te alteres, Leoncilla. Apodaca sigue en el poder y ha declarado a Iturbide fuera de la ley. Le pide que se arrepienta y le ofrece el indulto. Pero no creo que ese hombre acepte. Guerrero le cedió el mando de todas las tropas insurgentes y por donde quiera que pasa con su ejército, se le van uniendo todos los que algún día sostuvieron la independencia. Realmente creen que él es el único capaz de lograrlo sin seguir derramando tanta sangre.

La mujer se aferró de la sábana con rabia contenida. Murmuró algo, pero de sus labios no lograba salir palabra alguna.

Días más tarde, la palidez de la ex fugitiva cedió. Había perdido mucha sangre, pero la fuerza vital de la mujer era muy grande y la ayudó a sobrevivir. Sin embargo, su corazón quedó herido para siempre: no podría tener más hijos. Las Marías la alimentaban con caldo de gallina, como era de rigor, y pan de huevo remojado en jerez, del mejor que pudieron encontrar. Pero el alimento del espíritu no era suficiente, por más que se refugiara en la lectura de libros piadosos y que el padre Sartorio la visitara con regularidad.

El 12 de marzo, Andrés llegó a la casa más agitado que de costumbre. Y tras besar a sus dos hijas, llegó hasta la recámara donde convalecía su esposa.

—Me eligieron diputado a las cortes.

—¿Irnos a Cádiz? ¿Ahora? —Leona denegó con la cabeza—. ¿Estará escrito que tenga un marido diputado a las cortes?

Su sonrisa no era de contento, sino de ironía. Haber pasado por tantas cosas, haber visto tantos muertos, tanta miseria, tanta crueldad, para al cabo irse a Cádiz, como pudo haberse ido tantos años atrás.

Andrés se separó de ella, herido. Sentía que el haber sido electo tan poco tiempo después de su regreso a la Ciudad de México era su triunfo. Además, quería pensar que desde allá, desde las cortes, tal vez le sería posible cambiar las cosas.

Muchas noches la discusión sobre la decisión de irse o no a España los mantenía en pie hasta la madrugada.

—¡No me digas, Andrés, que estás dispuesto, que te atreverías a irte y dejar atrás todo esto por lo que has luchado!

—Ay, Leona, Leona, Leona… ¿no te das cuenta de que todo aquello por lo que luchamos ya quedó atrás? ¡Desapareció! ¡Míranos!, mira donde estamos. ¡Mira quién va a lograr lo que nosotros no pudimos! Un general realista que no se tocó el corazón para matar a miles de nosotros. Un general al que un hombre honesto y bien intencionado como Guerrero tuvo que ceder el mando.

La exasperación del abogado contagió a Leona.

—No me hables así. No me trates como a esas mujeres que caricaturizan en los panfletos: lerdas y estúpidas que no entienden nada de nada. ¡Claro que me doy cuenta! ¡Me doy cuenta de todo! Pero precisamente por eso, no podemos, no debemos irnos.

—Las cortes han concedido a México cierta autonomía, es lo mejor que podemos hacer.

—¿Autonomía? ¡Yo te oí hablar de libertad! ¡De independencia! ¿Dónde quedó eso? ¿Dónde quedó el Andrés que estaba dispuesto a luchar para lograrlo?

—Se murió con los miles de hombres, mujeres y niños que quedaron destrozados en los campos y en las barrancas —respondió furioso—. Aceptó el indulto, con los otros cientos que lo hicieron, derrotados. Fue fusilado, como Hidalgo, como Morelos, como Alconedo, como tantos y tantos otros que tenían más valor y más oportunidad de lograr la victoria. Fue vencido con un abrazo de un ex realista, que terminará logrando lo que nosotros no pudimos. ¡Perdóname por querer lograr algo a través de los medios que conozco: la ley y la discusión razonada!

Leona se derrumbó en llanto. Su marido tenía razón.

Con el paso de las semanas y los meses, Leona retomaba poco a poco las riendas de la casa así como de la crianza y educación de las niñas. Por las tardes, recibía la visita de Francisca o de Margarita Peinbert, con quienes conversaba de los acontecimientos recientes. Margarita acostumbraba llevarle golosinas que acompañaba con un gran tazón de chocolate.

—El general Iturbide es cada vez más poderoso —comentó su amiga una tarde de mayo, agitando su abanico sin cesar y pidiendo que abrieran los ventanales del balcón—. Por donde quiera que pasa, se le van uniendo no sólo los insurgentes, sino los antiguos jefes realistas y los pueblos y rancherías van jurando fidelidad al Plan de Iguala. ¡Ganamos, Leona!

A principios de julio, Francisca llegó a visitarla, y con un poco de miedo le contó:

—El virrey Apodaca fue destituido. ¡Y fueron los propios jefes realistas! Lo está comentando todo el mundo hasta en las alacenas del Parián. ¡Qué vergüenza, por Dios!

—¡Cómo ha sido posible! ¡Otra vez lo mismo que le pasó a Iturrigaray en 1808! ¿Y a quién nombraron?

—¡Qué sé yo! ¡Ni lo conozco! ¿Cómo se llama…? ¿Novena o Novella…?

Un mes más tarde, Andrés llegó con otras noticias

—Nombraron un nuevo virrey.

—Ya no hay virreyes —le contestó Leona, atareada cambiando las mantillas sucias de Dolores—. Ahora son

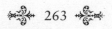

jefes políticos superiores de la Nueva España. ¡Y ya llevamos tres en cinco meses!

La relación entre los dos se había enfriado un tanto desde la diferencia de opiniones sobre el viaje a Cádiz.

—Bueno, Leoncilla, es una manera de decir. Llegó a Veracruz hace unas semanas y se reunió con Iturbide en Córdoba. Está de acuerdo en respetar el Plan de Iguala. Los dos vienen hacia acá, a negociar con el virrey Novella y pronto la Ciudad de México estará rodeada por el ejército de las Tres Garantías.

—¿Y quién es ese nuevo jefe político? —se interesó Leona de súbito.

—Juan José O'Donojú.

—O'Donojú, ¿qué apellido es ése? —Leona estaba de mal humor. Dolores lloraba agitándose en sus brazos y Genoveva la tiraba de la falda.

—O'Donnohue, de padres irlandeses. Es masón y liberal. Estuvo preso en España por oponerse al rey en sus afanes absolutistas.

—Mira tú... ¡Quién nos iba a decir que viniera un virrey tan liberal y que aceptara por fin la derrota de España! —Leona suspiró zanjando la conversación con un anuncio—: La comida está lista, vamos, amigo mío, que se enfría.

Todavía una que otra tormenta anegaba las calles de la Ciudad de México a finales de septiembre. Eran apenas las seis, pero ya estaba oscuro. Sólo algunos rayos de vez en cuando iluminaban los murales que Leona de nuevo había pintado en la casa de Donceles, un poco para disimular la falta de muebles y adornos y otro poco por gusto.

Las Marías encendieron las lámparas de la sala: Leona y Andrés esperaban invitados.

Llegaron un tanto estropeados por la lluvia algunos de los viejos conocidos: don Joaquín Fernández de Lizardi, el periodista a quien la cárcel de la Inquisición no había logrado quitar el filo; don Carlos María de Bustamante y su esposa Manuela, además de Margarita Peinbert.

—Novella ya reconoció a O'Donojú como jefe político superior —comentó Lizardi.

—No le quedaba otro remedio —atajó don Carlos—. ¿A quién puede apelar? ¿A qué legitimidad? ¿A las fuerzas militares? ¡Casi todos son partidarios de Iturbide!

Cuando Manuela comenzaba a asentir en silencio, Andrés les informó:

—Por fortuna el virrey decretó ya que las tropas españolas salgan de la Ciudad de México. Es cuestión de horas para que todo termine…

—Insisto, no le quedaba otro remedio —repitió don Carlos—. El ejército de Iturbide ha ocupado el Castillo de Chapultepec.

—Otras fuerzas militares adictas a Iturbide rodean también la ciudad. Son miles de hombres —apuntó Lizardi.

—Lo importante es lo que ocurrirá después. ¿Quién va a gobernarnos? ¿Vendrá el monarca extranjero que indica el Plan de Iguala? ¿Vendrá Fernando VII? —preguntó Leona, temerosa mientras servía el chocolate a sus invitados—. Dios sabe que yo creía en el monarca, ¡hasta me entretenía pintando su imagen en miniaturas de guardapelo para regalar! ¿Te acuerdas, Margarita?

Su amiga asintió.

—Todos lo defendimos —la atajó don Carlos—. Recuerde usted que el grito del mismo padre Hidalgo al levantarse en armas aquella gloriosa noche en Dolores, era: ¡Que viva Fernando VII!

—Claro —intervino Andrés—. Era para justificar la rebelión que no sería contra el rey, lo cual sería impensable a los ojos de los súbditos que tenían trescientos años repitiendo que el rey era el padre amado, el designado por Dios mismo, la única legitimidad posible… No, la guerra sería contra el invasor francés que además tenía al rey preso.

—Por supuesto. ¿Quiénes eran los verdaderos patriotas? ¿Los insurgentes que defendían al rey o los gachupines cuya pelea en última instancia resultaría favorable a Napoleón? —intervino Margarita.

—También era un grito casi religioso. Se supone que los franceses nos harían impíos, mientras que Fernando era el símbolo de la religión católica, de la madre patria amantísima que estaba desmoronándose —recordó Leona.

—Pero ya en el congreso de Chilpancingo, Morelos abogó por sacar a Fernando de la constitución y hablar claramente de independencia —aclaró don Carlos.

—Eso lo distanció de Rayón —recordó Andrés—. Pero la actitud del rey al ser preso por Napoleón fue indigna: no hacía más que alabarlo y proclamarse súbdito suyo.

—Y para colmo, regresa a España y da al traste con todo el pensamiento liberal que se había fraguado con tanto sacrificio durante años. ¡Qué distinto hubiera sido todo si Fernando hubiera aceptado la constitución desde entonces! —Leona estaba decepcionada.

—Pero esos tiempos ya pasaron, doña Leona —intervino don Carlos—. No debemos culparnos por nada. Hicimos lo mejor que pudimos en cada momento y las cosas se transformaron muy rápido. Ya no es lo mismo ahora y yo no estaría de acuerdo en tener a Fernando aquí, gobernando nuestros destinos como un apéndice de España.

Leona respiró más tranquila. Cuando dejó de llover, de nuevo llamaron a la puerta. Era el ciego que tocaba el violín en las reuniones secretas de 1812. Estaba mucho más viejo y las marcas de la enfermedad y la miseria se dejaban ver en su rostro, pero ninguno de los presentes quiso mencionarlo. Lo recibieron con muestras de júbilo, como ante un familiar mucho tiempo perdido.

—Cántenos el padre nuestro contra los gachupines —pidió Margarita—. Nadie lo cantaba como usted, ¿todavía se acuerda?

—¡Cómo no me voy a acordar! —dijo entonando el violín. Al poco rato cantaba la canción de aquellos tiempos que todos acompañaron a coro hasta que las campanadas de Santo Domingo sonaron las doce de la noche.

Mi Dios, ponednos en paz,
ya nuestras quejas se vayan,
líbranos de esa canalla,
que al reino no vengan más,
ni venga para acá jamás
todo gachupín en quién
no nos viene ningún bien.
Líbranos de mal en al fin
de todo perro gachupín
por siempre jamás, amén…

19

l ejército de las Tres Garantías va a entrar a la Ciudad de México, con Iturbide a la cabeza! ¡Tenemos que salir a verlo! —anunció Andrés la noche del 26 de septiembre.

A partir de aquel anuncio del jefe de la casa, todo fue alboroto. Nadie pudo dormir con tranquilidad. Las Marías se desvelaron planchando los vestidos de percal y las basquiñas de holán. Leona se quedó con ellas hasta muy tarde, ayudando a pulir los pocos jarrones y los espejos que tenían para sacarlos al balcón desde muy temprano y a dejar listos los vestidos de las niñas junto a sus camitas.

Toda la familia se lanzó a la calle a presenciar el espectáculo. Desde que salieron, los deslumbró la magnitud de la fiesta: de todos los balcones de las calles de la Alameda, San Francisco y Plateros pendían lujosas telas verdes, blancas y rojas, los colores de esa nueva bandera que había enarbolado el ejército trigarante. Las mujeres habían salido a ver la entrada de las tropas, ataviadas con sus mejores galas: de nuevo relucieron las joyas guardadas durante años, los vestidos de tul recamados de lentejuelas, los cabellos entrelazados con hilos de perlas... y según la costumbre, también lucían en los balcones las vajillas doradas, la porcelana de Oriente, los cubiertos de plata, los jarrones chinos con pintura de oro. Las familias brindaban sus tesoros a la vista de los triunfadores. Los espejos también formaban parte de las costumbres del lucimiento. Y éstos, con sus marcos de hoja de oro o de bálsamo, al igual que los platos y jarrones de oro, reflejaban las imágenes de la suntuosidad y la desatada alegría, convirtiendo las calles tan familiares en un laberinto refulgente que no conducía a ninguna parte.

Andrés caminaba emocionado, con la pequeña Genoveva en brazos, enseñándole los pendones de los cuerpos de infantería y caballería. Leona iba con el corazón hecho un ovillo, sin saber qué sentir; no podía evitar la emoción al darse cuenta de que aquél era un hecho histórico: el ejército de las Tres Garantías, dieciséis mil soldados que habían peleado en bandos separados, finalmente se habían unido para defender la libertad. Las Marías no disimulaban su contento: se habían puesto sus mejores galas, se habían acicalado como nunca y gozaban sin límite del barullo de la calle, los vítores, la música, los estallidos de los cohetes y los fuegos artificiales. Una fiesta, la fiesta más grande que hubieran podido presenciar jamás. Hasta Dolores, en brazos de su madre, estaba aturdida y maravillada con el brillo en los balcones y en las calles, con la música y la alegría que se contagiaba en todas partes. Sólo cuando alguien gritaba muy cerca de ella o uno de los cohetones estallaba, la pequeña se ocultaba llorando en el regazo de Leona.

Desde un rinconcito estratégico en el portal, Leona vio a lo lejos a Iturbide, guerrero que le pareció apuesto y bien plantado, montando con donaire y galanura un caballo negro ricamente enjaezado. Sin embargo, vestía con modestia; botas negras, pantalón de paño blanco, chaleco del mismo material y casaca color avellana. Sus únicos lujos eran el sombrero montado con tres plumas y cucarda tricolor, además de una banda con los colores de la nueva bandera que atravesaba su pecho hasta la cintura, de donde pendía una lujosa espada en cuyo puño brillaban las esmeraldas, los rubíes y los brillantes, refulgiendo incluso en esa joya (regalo de uno de los principales hombres de México) los colores de la nueva nación independiente. Junto a él, marchaba su estado mayor y la escolta personal. Más atrás, alcanzó a ver al gallardo general, Vicente Guerrero, encabezando el primer cuerpo del ejército, a la cabeza de la columna de granaderos. Junto a él iban Guadalupe Victoria, Nicolás Bravo y otros generales que no reconoció.

El contingente se detuvo frente al convento de San Francisco, donde el Ayuntamiento de México esperaba al "libertador" más allá de un arco triunfal levantado en su honor, para darle las llaves de la ciudad.

Iturbide se dirigía a la multitud, pero desde la distancia en la que ellos estaban no podían escuchar lo que decía.

—…que ya no somos la Nueva España —repitió un joven bachiller, situado adelante de ellos—, ahora somos el Imperio Mexicano.

—¡El Imperio Mexicano! ¡Qué bonito se oye! —dijo una muchacha mestiza envuelta en su rebozo.

—…y que mañana mismo comenzará a sesionar una junta compuesta por los primeros hombres del imperio, por sus virtudes, sus destinos y sus fortunas para deliberar sobre cómo aplicar los tratados de Córdoba.

—¿Una junta? ¿Y quiénes serán esos principales? ¡Los gachupines no!

—¡Silencio! ¡No dejan oír! —un viejo comerciante del Parián les gritó desde más adelante.

—O'Donojú formará parte la junta —siguió repitiendo en voz más baja el bachiller—, también el obispo de Puebla… no alcanzo a oír… el doctor Monteagudo… Juan Manuel Sartorio…

—¡El padre Sartorio! —repitieron Andrés y Leona al unísono.

—Juan Raz y Guzmán…

—¡El tío! —Leona se alegró. De súbito la invadía cierta confianza en el nuevo régimen. Emocionada, tomó la mano de Andrés, quien la apretó en la suya, sonriéndole con cariño renovado. Aunque la lista de nombres siguió, ellos ya no escucharon.

Luego, el general volvió a subir a su caballo negro para llegar hasta el palacio, donde lo esperaba O'Donojú, quien al franquearle la entrada, estaba cediendo su lugar y su palacio al triunfador de la guerra de independencia. Poco después, Iturbide junto al depuesto jefe político superior, reapareció en el balcón principal, para dar un discurso y presenciar el desfile militar.

Para entonces, Leona, con todo y la criatura en brazos, había cruzado la plaza mayor entre la gente y se había acercado lo más que pudo al balcón del palacio.

Mexicanos —comenzó aquel hombre rubio extendiendo los brazos para abarcar a la plaza entera—. Ya estáis en el caso de saludar a la patria independiente, como os lo anuncié en Iguala; ya recorrí el espacio que hay desde la esclavitud a la libertad. Ya me veis en la capital del imperio más opulento, sin dejar atrás arroyos de sangre, ni campos talados, ni viudas desconsoladas, ni desgraciados hijos que llenen de execración al asesino de sus padres; por el contrario. Quedan recorridas las principales provincias de este reino y todas uniformadas de celebridad, han dirigido al ejército trigarante vivas expresivos, y al cielo votos de gratitud. Estas demostraciones daban a mi alma un placer inefable, y compensaban con demasía los afanes, las privaciones, la desnudez de los soldados, siempre alegres, constantes y valientes. ¡Ya sabéis el modo de ser libres, a vosotros toca señalar el de ser felices!

Los vítores de la multitud no se hicieron esperar. Leona ensordeció con los gritos y las campanadas de todas las iglesias que echaron al vuelo. La indignación no la dejaba participar en el júbilo de la celebración.

¡Cómo se atrevía ese hombre a olvidar su pasado! ¡Cómo se atrevía a decir que no había dejado tras de sí rastros de sangre! ¡Campos talados! ¡Viudas desconsoladas! ¿No había sido él quien mandó apresar a todas las mujeres de un pueblo de Guanajuato para obligar a los insurgentes a capitular? ¿No había sido él quien con terrible saña había matado a más de algún guerrero y había mandado arrastrar su cadáver para escarmiento de los otros? Sabía que había llegado el tiempo de concordia y, a pesar de todo, tendría que agradecer a Iturbide haber concluido la obra iniciada por todos ellos. Pero las campanas y los gritos de júbilo no iban a ensordecer sus recuerdos. Dolores comenzó a llorar. Tenía sed, estaba cansada de tanto alboroto y en el camino a su casa, Leona vio cómo las mujeres se lanzaban a besar y abrazar a los soldados de Guerrero, que pretendían ocultar su vergüenza por sus pobres ropas, sus harapos, sus armas viejas que contrastaban con los uniformes nuevos de los hombres de Iturbide.

Cuando llegó a su vivienda, ya la estaba esperando Margarita Peinbert con dos de sus sirvientas. Llevaba en brazos un vestido finísimo color verde muy claro, con el sobretúnico de encaje blanco y flecos de plata.

—¡Póntelo! —le ordenó a Leona sin permitirle protestar—. Tienes que estar muy elegante en el banquete de esta tarde.

Leona estaba emocionada. No pensó que pudiera usar esos lujos nunca más. Deslizó sus torneadas piernas dentro de las medias de seda bordada con placer sensual... Ah, ¡qué bien se sentía aquello! Luego metió las manos, los brazos, en los largos guantes de tafilete y los piecitos en los zapatos de raso.

Su amiga sacó los hilos de perlas de un saquito y se los enredó en el cuello. Las sirvientas cepillaron y trenzaron sus cabellos maltratados en un moño alto coronado por un adorno de rosas naturales, florecitas de cristal cortado y perlas diminutas. Finalmente, una bolsita de chaquira y lentejuelas y un abanico de seda verde oscuro con armazón de carey completaron el ajuar.

Cuando Leona abrió la puerta de la habitación y apareció en el salón donde la esperaban Andrés, las niñas y las dos Marías, una exclamación de asombro se hizo unánime. ¡Qué bella es! ¡Qué distinguida se ve!

Andrés no podía dejar de mirarla, arrobado.

—Leona, Leoncilla mía, no sabes cuánto lamento que tengamos que caminar hasta el palacio. Hoy no hay manera de conseguir un coche de providencia.

—Yo ya me encargué de eso —dijo Margarita.

El carruaje de Margarita estaba esperando a la puerta de la casa. Ya dentro de él, con rumbo al palacio, Andrés besaba la mano de su mujer una y otra vez, mientras más de una lágrima rodaba subrepticia por sus mejillas ajadas.

—¡Te juro que nunca te volverá a hacer falta nada!

—Basta, Andrés, ¡no quiero nada! Sólo quiero saber qué va a suceder a partir de ahora, cómo se va a construir este nuevo país. Y quiero tenerte a mi lado para verlo contigo.

El banquete fue suntuoso y en la larga mesa arreglada con los primores del antiguo palacio virreinal, compartían el mole, los lechones, los pasteles, los vinos y licores; los miembros de la junta y los generales vencedores; el jefe político O'Donojú y los principales de la ciudad. Hombres y mujeres que habían participado en ambos bandos. Los oidores y canónigos junto a los oficiales insurgentes, el doctor Miguel Bataller junto a Nicolás Bravo y el doctor Monteagudo junto a José Joaquín de Herrera.

Leona se preguntó si ese banquete no era ya sinónimo de la nueva patria: los jefes de los bandos compartiendo el pan y los soldados rasos, el pueblo, celebrando allá afuera con fritangas y pulque, hasta caer inconscientes.

Al día siguiente, después de todo el día de discusiones, los treinta y cuatro miembros de la junta dieron a luz el Acta de Independencia del Imperio Mexicano y nombraron una regencia, presidida por el generalísimo Iturbide, el teniente general de los ejércitos españoles O'Donojú y otras dos personas.

Pero no pararon ahí los festejos. Podría decirse que desde la entrada del ejército trigarante a la ciudad, se habían sucedido las celebraciones, o que una sola, la primera, se había prolongado en oleadas que parecían disminuir algunos días, y volvían a levantarse fragorosas unos días después.

A finales de octubre, con renovado ímpetu, la masa amorfa de la plebe junto a las clases acomodadas, la ciudad entera que no había descolgado las banderas tricolores y que no había tenido tiempo para la resaca, celebró la solemne jura del Acta de Independencia. Como en otros tiempos se celebró el Paseo del Pendón para la jura de los reyes españoles, ahora la gala y la pompa correspondían a la proclamación del bando de la libertad. Con la solemnidad que merecían los bandos de importancia suprema, se habían fijado los carteles que contenían el Acta de Independencia en la puerta y las dos esquinas del palacio que daban a la Plaza Mayor desde días antes del desfile marcado para el día 27.

Por insistencia de Genoveva y las Marías, Leona y Andrés también acudieron a la celebración.

—¡Señora ama!, ¡ya quedó todo listo para el juramento! Hay un enorme tablado en medio de la plaza mayor. Le pusieron al caballito un montón de pinturas alrededor: del padre Hidalgo, del generalísimo Morelos ¡Dios los tenga en su gloria!, del abrazo de Guerrero e Iturbide y mero arriba, un nopal con una aguilota encima; dizque es la libertad de la nación —a la negra le faltaba el aire y estaba sonrojada por la emoción—. Y todos los edificios alrededor están bien adornados con muchas colgaduras, telas bien preciosas, candiles de plata y cristal. ¿Verdad que vamos a ir?

—Sí, Pascuala. Vamos a estar ahí. Esto hay que verlo. No se repetirá nunca.

Las calles estaban atestadas, la gente estaba poseída de una alegría de vértigo. Muchos estaban borrachos y gritaban vivas a los generales del ejército trigarante, las campanas no dejaban de repicar, en cada esquina se oía una música distinta y en más de alguna, alrededor de la jarana costeña o el arpa, se reunía la gente a bailar los sones que tanto tiempo había prohibido la Inquisición.

A las cuatro de la tarde, comenzó la procesión de la diputación provincial, dentro de la elipse que rodeaba el monumento a Carlos IV y que después de recorrer las construcciones aledañas, ocupó su lugar en los asientos que en la misma plaza se habían dispuesto. Luego el paseo del pendón se organizó saliendo de las casas consistoriales, como se había hecho cada 13 de agosto para recordar la entrada de los españoles a Tenochtitlan, sólo que esta vez el pendón llevaba la bandera tricolor. Acompañada de música, encabezaba la procesión una de las compañías de regimiento de infantería, luego los regidores del ayuntamiento, seguidos por los vecinos más respetables de la ciudad, los doctores de la universidad, los frailes, los empleados de las oficinas públicas y los oficiales del ejército. Finalmente, el pendón con la bandera verde, blanca y roja y atrás, una compañía de granaderos.

Cuando el pendón llegó al templete, el alcalde, tomando el pendón nacional, se dirigió al oriente y dijo:

—¡México! ¡México! ¡México! Jura la independencia del Imperio Mexicano bajo las bases fundamentales del Plan de Iguala y los Tratados de Córdoba.

Y en ese momento, los que estaban sentados en las sillas forradas de terciopelo de la plaza mayor, los que atendían el acto desde los balcones del palacio, las damas encopetadas desde los balcones de las casas, la multitud que abarrotaba todas las calles, hasta Leona, en los brazos de Andrés, las Marías y las niñas, todos gritaron a la vez:

—¡Lo juramos!

Las autoridades arrojaron a la multitud las medallas de plata que se habían acuñado para la celebración, la artillería disparó los cañones y las campanas echaron al vuelo.

Se hizo lo mismo hacia los cuatro puntos cardinales entre los gritos de la multitud que vitoreaba, que pronunciaba sin vergüenza por primera vez el nombre de *México*, mientras que otros se insultaban y se golpeaban para arrebatarse las medallas.

—Los mismos ceremoniales que vimos tantas veces encabezados por el virrey para conmemorar el dominio español sobre nosotros… —murmuró Andrés, dirigiéndose a sus hijas que estaban tristes porque no habían alcanzado ninguna de las medallas—. Por fortuna ahora esos recuerdos han sido borrados por el nuevo pendón que ondeará desde hoy en el centro del imperio.

Cuando la ceremonia terminó, Leona no pudo reprimir el llanto.

—¿Por esto luchamos Andrés? ¿Valió la pena? ¿Era esto lo que tú querías? ¿Pensaste que terminaría así?

Después de un rato de silencio, apretándola fuerte entre sus brazos, contestó:

—No sé, Leoncilla. No sé si era exactamente así, pero siempre la realidad se obstina en seguir su propio camino. Y seríamos necios al preferir los sueños.

La alegría se unía con un sentimiento oscuro que le laceraba el pecho y se odió a sí misma por preferir los sueños.

Acta de Independencia del Imperio Mexicano, pronunciada por su Junta Soberana congregada en la capital de él en 28 de setiembre de 1821.

La Nación Mexicana que, por trescientos años ni ha tenido voluntad propia, ni libre uso de la voz, sale hoy de la opresión en que ha vivido.

Los heroicos esfuerzos de sus hijos han sido hoy coronados, y está consumada la empresa, eternamente memorable, que un genio, superior a toda admiración y elogio, amor y gloria de su patria, principió en Iguala, prosiguió y llevó al cabo, arrollando obstáculos casi insuperables.

Restituida, pues esta parte del Septentrión al ejercicio de cuantos derechos le concedió el Autor de la Naturaleza y reconocen por inajenables y sagrados las naciones cultas de la tierra; en libertad de constituirse del modo que más convenga a su felicidad; y con representantes que puedan manifestar su voluntad y sus designios, comienza a hacer uso de tan preciosos dones, y declara solemnemente, por medio de la Junta Suprema del Imperio, que es nación soberana e independiente de la antigua España, con quien, en lo sucesivo, no mantendrá otra unión que la de una amistad estrecha, en los términos que prescribieren los tratados; que entablará relaciones amistosas con las demás potencias ejecutando, respecto de ellas, cuantos actos pueden y están en posesión de ejecutar las otras naciones soberanas; que va a constituirse, con arreglo a las bases que en el Plan de Iguala y los Tratados de Córdoba estableció, sabiamente, el primer jefe del Ejército Imperial de las Tres Garantías; y en fin, que sostendrá, todo trance, y con sacrificio de los haberes y vidas de sus individuos, (si fuere necesario), esta solemne declaración, hecha en la capital del imperio a 28 de setiembre del año de 1821, primero de la Independencia Mexicana.

20

Ciudad de México-Toluca,
noviembre de 1821-noviembre de 1822

 Leona seguía pareciéndole que el tiempo transcurría demasiado rápido, que los cambios se precipitaban. Pero cuando la verdadera angustia parecía venírsele encima, se calmaba a sí misma pensando que no estaba mal que cambiaran las cosas cuando nada había cambiado en tres siglos y que forzosamente el nacimiento de un nuevo país producía temor.

En noviembre se organizaron las elecciones para los diputados de la Asamblea Constituyente. ¡Por fin se empezaban a dar las condiciones para la discusión política! Y aunque era lo que siempre había deseado, Leona se sentía extraña discutiendo con sus antiguos amigos en completa libertad en torno a los beneficios posibles que traería la monarquía al nuevo país, cayendo en la desesperación cuando pensaba cuál de los borbones vendría a ocupar el trono. Otros, como sus amigos Carlos María de Bustamante y el señor López Rayón, por fortuna liberado sano y salvo, creían que el gobierno debía ser republicano y que el congreso debía tener mayor poder.

Después de una de esas reuniones, cenando con Andrés de regreso a casa, la plática giró sobre la discusión que había tenido lugar en la tertulia: la forma de gobierno del nuevo país.

—Tenemos que tener cuidado —dijo Andrés para la completa estupefacción de Leona—. Un congreso numeroso, de ciento veinte miembros, como el que piensa establecerse, puede obstruir las acciones del ejecutivo. Los españoles aún están en San Juan de Ulúa, esperando la oportunidad de ocupar de nuevo el país. No podemos, no debemos establecer un congreso que distraiga al poder ejecutivo y que desate las pasiones.

—¡Pero Andrés…! —Leona no pudo controlarse—. ¡Tú fuiste congresista en Chilpancingo! ¿No creías tú en un congreso que limitara el poder de un solo hombre?

—¿Y cómo terminó el generalísimo? Le quitamos las facultades, lo dejamos sin posibilidad de decidir. El congreso se convirtió en una instancia de recepción de quejas, mientras le atábamos las manos a Morelos más y más. No dejo de pensar que tal vez nosotros causamos su derrota… y su muerte. ¡Si él hubiera podido decidir…!

El hombre ocultó la cara entre las manos. Retiró de sí el plato de caldo y negó con la cabeza en silencio. Leona sintió lástima, su mano quiso acariciar aquella cabeza que tanto amaba, pero en ese momento, Andrés, con la cara todavía oculta entre las manos, murmuró:

—Lo mejor para este nuevo país es la monarquía parlamentaria: un rey limitado por un pequeño congreso. No estamos preparados para la democracia y no debemos volver al régimen absoluto.

La rabia convirtió la mano de Leona en un puño que se detuvo a mitad del camino.

En febrero de 1822 se estableció por fin el congreso.

Cuando Andrés llegó a contarle en marzo que había sido nombrado subsecretario de relaciones del nuevo gobierno, bajo las órdenes directas de su compañero congresista en Chilpancingo, José Manuel de Herrera, Leona se alegró por su marido.

—Pero Andrés, ¿estás seguro? ¿Confías en Iturbide? ¿Confías en ese nuevo gobierno? Está incorporando al gabinete a sus más íntimos. En cambio, de los generales insurgentes, sólo a Guerrero y a Bravo les ha dado algún cargo en el ejército y los demás, nuestros amigos, el señor Rayón, el general Victoria, todos están lejos y desconfían de Iturbide.

—No, Leona. No estoy seguro. Confío en Herrera, confío en que no se ha olvidado de lo que planeamos hacer desde el congreso en Chilpancingo, pero a estas alturas, ¿quién puede estar seguro de algo? Este empleo significa poder hacer algo por este nuevo país y tener un salario para que nada les falte ni a ti ni a las niñas. ¡Lo demás a su tiempo se verá!

No pasó mucho antes de que Leona empezara a ver por dónde iban las cosas. Andrés ocupaba la mayor parte de su tiempo en las funciones de su nuevo cargo y cuando tenía algunas horas libres, citaba en su casa a su nuevo amigo, un periodista francés culto y liberal perseguido en su propia patria durante la restauración, llamado Germán Prissette. Era un hombre bajito, impecablemente vestido que olía a agua de colonia. Cada vez que visitaba la casa, llevaba dulces del portal de mercaderes para las niñas y algún obsequio de cumplimiento para Leona: una botellita coloreada con agua de vida o una canastita con fruta cubierta.

Aunque a Leona le simpatizaba porque podía practicar su francés un tanto empolvado, también sentía celos de él porque la separaba de su esposo durante las largas horas de la tarde, planeando los artículos de *La Minerva*, un periódico que editaban entre los dos para contrarrestar los ataques de *El Sol* a Iturbide.

No tuvo más remedio que adaptarse a su nueva vida. Ya que gracias al nuevo cargo de Andrés los recursos económicos no escaseaban, Leona pudo recuperar muchas de las prácticas que con el tiempo había olvidado: ir frecuentemente a misa, dar limosnas y unirse a grupos organizados para hacer obras de caridad, comprar telas, ir a comer granizados con las niñas o a comprarles dulces en las confiterías que todavía lucían sus vitrinas tapizadas y adornadas con candiles de plata para mostrar los tesoros de azúcar candí y frutas.

¿Sería que la vida como la habían soñado se estaba realizando? Genoveva había cumplido cinco años y Dolores uno. Era una gloria verlas entretenerse con los modestos juguetes en la sala de la vivienda, custodiadas por sus dos guardianas.

Sin descuidar los mimos y atenciones así como la educación de ambas, también buscó a sus antiguos amigos favorecedores de la causa: Carmen Aldasoro seguía teniendo su tienda en la plaza de Porta Coeli y doña Mariana Lazarín y Lazo de la Vega se había repuesto de los años de cárcel. Por fin tuvo tiempo de ir a conocer personalmente a doña Josefa Ortiz, madre del que fue su benefactor en Toluca. La mujer, desde que había sido liberada de su cautiverio de dos años en el convento de Santa Catalina de Siena, frecuentemente se encontraba enferma y recibía pocas visitas.

Fueron unas cuantas semanas de paz, en las que Leona a veces quería sentir que nada había pasado, que la ciudad era la misma, que todo volvería a ser sereno, incluso mejor. Después de todo, ¿no estaban los negocios del Parián iguales, con sus mercancías en exhibición? ¿No estaba la Alameda tan verde y tan sombreada como siempre? ¿No estaba mucha de la gente ahí en su misma casa, siguiendo más o menos sus mismos hábitos?

Luego recordaba que no. Mucha gente ya no estaba, ya no podría caminar por las calles de la Ciudad de México y respirar el aire de la patria libre. El maestro Alconedo ya no se dedicaría a fabricar las maravillas de plata que vendería luego en su tienda. Su mujer había intentado mantener a flote el taller y proveer las necesidades de su hijo paralítico, pero la pobreza la acechaba y las vitrinas de ese negocio lucían apagadas y pobres. No era el único caso. Muchas tiendas del portal de mercaderes tenían otros dueños. Algunos habían muerto en las batallas, a otros se los había llevado la epidemia de tifo... No, Leona sabía que ya nada sería igual.

Una tarde se encaminó hacia la calle Don Juan Manuel. Quería ver su antigua casa, sentir que de verdad podía dar marcha atrás y entrar en ella, ver sus pinturas en las paredes y en el techo, escoger sus mejores galas para salir al coliseo con los hermanos Obregón y volver a reír con ellos.

Pero encontró la casa ocupada por otras personas que no conocía, de las ventanas colgaban nuevos visillos tejidos de encaje y de la cochera salió un flamante carruaje pintado de azul.

Otro día vio a su tío don Agustín de lejos en la catedral. Estaba viejo y acabado. Seguía usando un traje a la antigua moda española y arrastraba los pies. Sus cabellos canosos y ralos estaban cubiertos por un gorro bordado. Ella sintió que estaba frente a una figura decadente, como el propio pasado de la ciudad. Con él iba una de sus hijas, y para enorme rabia de Leona, la muchacha usaba sin ningún recato los hilos de perlas y los aretes con calabacillas de oro que habían pertenecido a la antigua rebelde. La mujer se llenó de indignación y por un momento pensó en caminar directamente hacia ella y arrebatarle sus joyas delante de todo el mundo, pero se contuvo al sentir la manita de Genoveva apretando la suya. No podía hacer un escándalo delante de sus hijas. Suspiró resignada: bien, había que asumir que esos eran los riesgos de la libertad.

Andrés llegaba a casa cada vez más angustiado. La situación económica del país no era fácil e Iturbide se había visto en la necesidad de imponer un préstamo forzoso, con lo cual se echó encima a la clase acomodada.

A finales de marzo, cuando toda la familia se había reunido alrededor de la mesa para cenar, con un suspiro largo y el rostro alterado, el subsecretario de relaciones informó:

—Los gachupines no van a aceptar los Tratados de Córdoba. Llaman a la Nueva España a acatar los mandatos de Fernando. No aceptaron la independencia, Leoncilla.

Un silencio ominoso se apoderó de los presentes. Sólo se escuchaba el tintineo de la cuchara chocando contra el fondo de los platos de caldo. Las Marías no dejaban de traer tortillas calientes que nadie comía y Genoveva, aburrida en su silla, lanzó la cuchara contra la cabeza rubia de su hermana, que respondió con un aullido agudo.

Leona perdió la compostura y con una cachetada ordenó a la niña levantarse de la mesa y retirarse a su recámara.

María Pascuala corrió a consolar a Dolores, llevándosela en brazos hasta la ventana. Ahí abajo pasaba una procesión de cuaresma y los frailes de las diferentes órdenes, con sus hábitos de diversos colores según la orden, las campanadas solemnes, el incienso cuyo aroma llegaba hasta el balcón, lograron tranquilizar a Dolores.

—Nos enteramos de que las tropas españolas que estaban esperando su repatriación se amotinaron a favor de Fernando VII —siguió contándole Andrés—. Aunque fueron reprimidas a tiempo, todos nos sentimos inseguros. Los diputados no dejan de hacerle reclamos a Iturbide y las sesiones del congreso van subiendo de tono, incluso han sido violentas.

Leona apoyó los brazos sobre la mesa y escondió ahí la cabeza. Se sentía desconsolada. No había pensado nunca en qué seguiría después del triunfo. Había imaginado cómo llegarían a ganar, tenía ideas muy vagas sobre la aplicación de las leyes contenidas en la constitución de Apatzingán, tal vez Morelos regiría los destinos del nuevo país, pero concretamente, ¿cómo?

—Ahora que tenemos qué comer, no tenemos hambre —dijo secamente, levantándose de la mesa.

Llegó la semana santa y para distraerse y distraer a su familia, Andrés se llevó a Leona y a las niñas a un paseo por el canal de La Viga donde, a juzgar por el barullo y el contento, reinaba la paz más absoluta. Se subieron a una trajinera donde también iba un trío de músicos que tocaban la jarana, el arpa y la vihuela. Mientras escuchaban jarabes y sones picarescos, Leona y Andrés saludaban aquí y allá a algún conocido que pasaba junto a ellos en otra trajinera cubierta de flores.

—¿Te acuerdas cuando veníamos aquí antes de que todo esto empezara? —preguntó Andrés, y su cara se iluminó con el recuerdo. Una sonrisa juvenil volvió a asomar a sus labios y una chispita de picardía se asomó a sus expresivos ojos negros.

—Claro que me acuerdo. Cuando nos teníamos que esconder del tío Agustín y veníamos hasta acá con Francisca, Mariana y Manolito. ¡Aquí me besaste por primera vez!

Leona sonreía también. Su mano maltratada buscó la de su esposo y la apretó con dulzura. Su pecho estaba henchido de nostalgia, de deseo, de tristeza por aquella inocencia perdida.

—Eres el amor de mi vida, Leoncilla. Tal vez no te lo diga, tal vez no te lo demuestre como tú quisieras, pero tienes que saber que has sido el motor de todo, la guía, la inspiración de cada acto mío desde la primera vez que te vi.

La mujer se conmovió al escuchar a su esposo hablar de aquel modo. Generalmente no era adicto a las ternezas y sabía que si le decía cosas como aquellas, era por una mezcla de miedo, angustia ante el futuro y por supuesto, un gran amor que a veces no alcanzaba a verse, arrastrado por la incertidumbre de la política.

Ella enjugó una lágrima que no alcanzó a salir, y siguiendo un impulso, besó a su marido en los labios, delante de todo el mundo.

—¡Leona! ¿Qué haces? —dijo el abogado con una mezcla de sorpresa y agrado. ¡Hacía tanto tiempo que su mujer no se mostraba afectuosa! Como si el fuego que llevaba dentro se hubiera apagado con el fin de la guerra.

—Siento que me estoy muriendo por dentro —le confesó cuando los músicos callaron—. Como si con Morelos y el resto de nuestros amigos, hubiera muerto yo también. No sé qué va a ser de nosotros en este nuevo país. ¿Hay lugar? Tú pareces haberlo encontrado, pero yo… no sé qué hacer de mí, además de criar a las niñas, y me parece que las Marías las educan mejor que yo; me parece que ni siquiera me extrañan cuando no estoy.

—¡Basta, Leona! No hables así. No te reconozco. ¿Quién podría ocupar el lugar que tienes? ¿Quién me va a refutar cada idea, cada decisión? ¿Con quién voy a comentar lo que ocurre en el congreso, contando con que va a decirme la verdad? Esto apenas comienza, Leona, y te necesito conmigo en cada paso.

Leona apretó una vez más la mano de su marido, sonriendo. Sabía que Andrés tenía razón.

En ese momento, uno de los jóvenes oficiales que ocupaban la trajinera junto a ellos cayó al agua. Sus compañeros le extendieron las manos, riendo a carcajadas. La risa le ganó al susto. Los muchachos se alejaron entonando una marcha burlona entre risas:

Soy soldado de Iturbide,
visto las tres garantías,
hago las guardias descalzo
y ayuno todos los días...

A comienzos de mayo, un regimiento acaudillado por Nicolás Bravo estaba pidiendo al congreso la adopción de la república y entre tanto, Iturbide se sentía cada vez más cercado y limitado por aquel congreso que no le era favorable. El caudillo solicitó recursos para armar a treinta y seis mil hombres, en caso de una invasión española, y a mediados del mes el congreso respondió que sólo apoyaría con recursos para veinte mil. Al día siguiente, en sesión secreta, el congreso le negaba a Iturbide toda posibilidad de mandar tropas, para evitar cualquier reacción.

Aquella misma noche se desató el golpe. Desde su casa, Leona alcanzó a ver a través de la ventana del salón cómo pasaban frente a ella los léperos haciendo escándalo. Traían hachas de brea encendidas, palos y hondas. Llena de susto, se ocultó detrás de las cortinas. A través de un agujero, vio como el grupo de hombres mal vestidos, sucios y de aspecto feroz, gritaban apedreando la casa de uno de los diputados, que estaba casi enfrente de la suya:

—¡Viva Agustín I! ¡Mueran los traidores!

Después tiraron cohetes, encendieron luminarias y se perdieron en la esquina, bebiendo aguardiente y maldiciendo entre risotadas.

Dieron las doce de la noche y Andrés no regresó. Mandó un recado con un mensajero del palacio, diciéndole a Leona que no podría abandonar los asuntos del gobierno, que no sabía cuándo podría volver a casa y ella tuvo que irse a dormir con una sensación de vacío y de miedo, aun a pesar de sí misma.

María Pascuala llegó a ayudarla a desvestirse, con el susto pintado en la cara negra. Se persignaba, aferrándose al collar de cuentas negras y rojas que traía al cuello.

—Señora ama, ¿ya vamos a volver a empezar? ¿Qué está pasando?

—Créeme que no lo sé. Pero esto me huele muy mal. ¡No tienes idea! ¡Están tratando de proclamar a Iturbide emperador! Yo sabía que algo así se estaba preparando pero todo esto es un despropósito, caramba.

Sola, en su cama vacía, Leona oyó todas las campanadas de la noche, dándose vueltas sin lograr conciliar el sueño. Pero cuando Andrés regresó y ella pensó que le aclararía todas sus dudas, él le dijo secamente, quitándose la ropa en la oscuridad:

—Nada puedo decirte, Leoncilla. Esos asuntos hasta para mí están vedados.

Leona no quiso quedarse sin averiguar lo ocurrido. Al día siguiente, después de la comida, corrió a la casa de don Carlos María, que había sido nombrado diputado también y aunque no lo veía con frecuencia, Leona sabía que él no estaba de acuerdo con lo que estaba ocurriendo en el gobierno.

Encontró rotos los cristales de la casa y a su amigo con su mujer, esperándola en el salón, con cara de muy pocos amigos.

—Un militar contratado por Iturbide reclutó hombres entre los sectores más pobres de la ciudad: vinieron los léperos de San Pablo, La Palma, Salto del Agua y la zona cercana a San Antonio Abad, allá por Santa Cruz Acatlán, Necatitlán, El Matadero... con la orden de apedrear las casas de los diputados y armar un escándalo, proclamando a Iturbide emperador.

—Sí, eso alcancé a ver. Pero Andrés no me dice nada, no me cuenta qué pasa...

—Ay, doña Leona, es lamentable lo que ha ocurrido aquí. Nosotros, los diputados que más nos oponemos a las órdenes del general, no nos presentamos hoy al congreso; sin embargo, el recinto estuvo lleno. ¡Imagínese! Los esbirros de Iturbide llenaron el congreso con frailes y gente mal vestida. Ese congreso espurio, apoyado por algunos de los diputados adictos al gobierno actual, nombró a Iturbide emperador. Lo que es peor, y me da mucha pena decírselo, doña Leona, apoyaron desde afuera algunos funcionarios, entre ellos, su marido, el licenciado Quintana Roo.

Leona sintió que el piso se hundía debajo de sus pies. Como si un puñetazo en el estómago le hubiera sacado el aire, como si una súbita oscuridad llenara el cuarto. Sintió vergüenza, sintió que debería disculparse con don Carlos y no supo por qué. ¡Qué ridícula se vio sentada en el salón de aquellas personas que estimaba, bebiendo una taza de chocolate espumoso, mientras le decían que su marido había actuado en contra de ellos y en contra de las ideas que todo el grupo había tenido en Chilpancingo hacía siete años!

Dejó la taza con cuidado encima de la mesita de bálsamo. Tomó el sombrero blanco y los guantes que había dejado junto ella en el canapé y se puso de pie sin decir nada.

—Discúlpenme... yo... tengo que retirarme... yo...
lo lamento...

—Doña Leona —le dijo su amigo con una sonrisa—,
en esta casa se le estima y usted no tiene nada de qué disculparse. Será siempre bienvenida.

Ella asintió con la cabeza, agradeciendo por lo bajo
las palabras de su amigo, en medio de un súbito mareo.
Salió de la casa de sus amigos, trastabillando.

El 21 de julio se celebró la coronación del emperador en
la catedral, con una misa de Te Deum seguida por una
apoteósica celebración en el palacio. Y por más que su
marido le suplicó e incluso le exigió, Leona se negó a
asistir. Fue la primera vez que las Marías y las dos niñas
escucharon los gritos de enojo de don Andrés Quintana
Roo, seguidos por el portazo estentóreo de la habitación
de doña Leona.

Desde su casa, las mujeres oyeron de nuevo el barullo de los léperos en las calles de México, gritando vivas
al emperador y lanzando cohetes hasta altas horas de la
noche, y después, las maldiciones y las riñas de la plebe
alcoholizada hasta el amanecer.

Leona decidió salir de México. Le daba vergüenza
lo que estaba ocurriendo y sobre todo, la participación
de Andrés. Preparó una visita a Toluca, a la casa de su
tía que tanto la había apoyado. Quería estar lejos de la
corte del emperador, quería no pensar que Andrés estaba apoyando a ese gobierno que no terminaba de ser
lo que ella hubiera querido, por más que él le dijera que
no tenía opción. Tenía miedo de sentir desilusión, tal vez
desamor por su marido. Y en la casona de la tía Felisa,

decidió ignorar lo que ocurriera en México, incluso no dejó dicho a sus amigas dónde iría, para no recibir cartas y poder escapar de todo.

Y casi lo logró. Durante tres meses, sólo se enteró de los acontecimientos de la pequeña y fría ciudad de Toluca, no se inmiscuyó en más asuntos que en las obras de caridad y el bordado, junto a las monjas mercedarias que la habían acogido en su cocina y en su corazón cuando no tenía más que su miseria y su fe. Sólo se ocupó de la educación de las niñas y de los paseos eventuales por los alrededores.

Sin embargo, el 2 de noviembre de 1822, cuando Leona y las niñas regresaban de la feria que se organizaba en los portales con el motivo de la celebración de los fieles difuntos, cargadas de figuritas de azúcar y golosinas exquisitamente adornadas, una carta de su amiga Margarita Peinbert estaba aguardándola en su recámara.

Al principio decidió no abrirla, pero luego pensó que tal vez se trataba de algo muy importante y rompió el sello. Estaba fechada el 31 de octubre y después de los saludos de rigor y de los reclamos cariñosos de su amiga por no saber su paradero y haber tenido que averiguarlo a través del mismo Andrés, que confesó a regañadientes, Margarita le informaba de una situación que le parecía de extremo cuidado.

Leona, está sucediendo algo muy grave. Debo contarte lo que ha pasado en los últimos meses, ya que esto ha llevado a una descomposición del gobierno. No sé ni por dónde empezar. Si al revés o al derecho... en cualquier caso es terrible.

Iturbide y su consejo de asesores disolvieron el congreso el día de hoy y establecieron una pequeña junta con algunos representantes de los estados, siempre y cuando fueran favorables al emperador.

Todo empezó por ahí de julio, cuando el congreso apoyó una amnistía contra todos los delitos de opinión, pero Iturbide no estuvo de acuerdo y, por el contrario, propuso una ley opuesta que estableciera tribunales especiales para tratar sumariamente a los quejosos, como rebeldes o criminales. Finalmente, el consejo de estado, donde también participa nuestro querido Andrés, propuso una ley intermedia: otorgar perdón por los actos pasados pero poner en vigor la nueva ley más severa, propuesta por Iturbide. De cualquier modo, la medida no fue muy popular.

A finales de agosto, el gobierno afirmó haber descubierto una conspiración de ex insurgentes y liberales moderados, y detuvo a varios diputados con sus simpatizantes: entre ellos están varios conocidos y amigos tuyos, reconocidos intelectuales liberales, sobre todo don Carlos María.... Lo peor es que varios de los ministros respetables y respetados, a raíz de estos hechos, decidieron renunciar y desde ese momento disminuyó el apoyo de los sectores ilustrados al emperador.

Hace unos quince días, sé de buena fuente que Iturbide recibió en su casa a los diputados que lo apoyan, junto a los miembros del consejo de estado —tu marido entre ellos— y tras muchas horas de discusión, se acordó reducir el congreso, crear tribunales militares para revisar las acusaciones de conspiración y establecer cuerpos especiales de gendarmes para guardar el orden público.

Esto ha llevado a los acontecimientos de hoy: Iturbide anunció que disolvería el congreso; tú sabes lo que eso significa: un golpe de estado de facto, el poder absoluto. Y se sabe, todo el mundo lo sabe, que fue con el consentimiento de sus asesores, entre ellos Andrés. También todos murmuran que fue tu marido quien firmó las órdenes de detención de los diputados, lo cual no se ha visto con buenos ojos. Hay varios diputados que lo acusan públicamente en los periódicos. Don Crescencio Rejón, yucateco, uno de los diputados más combativos, además, lo ha llamado "pícaro" y "enemigo de su patria" por autorizar las órdenes del tirano...

Ahora, mientras redacto estas líneas, oigo y veo a través de mi ventana, a los grupos de léperos, ¿o debería decir las hordas?, recorriendo la ciudad con gritos, insultos y por supuesto, aclamaciones al emperador absoluto.

Leona, quiero que sepas que la intención que me anima a escribir esta carta es protegerte y proteger a Andrés, a quien profeso un cariño de hermano. Sé que los inconformes están preparando una rebelión. El general Nicolás Bravo, a quien tú conoces como fiel a Morelos desde Chilpancingo, está fraguando un golpe junto a un ambicioso militar veracruzano en Xalapa, el brigadier Antonio López de Santa Anna. Esto no va a acabar bien y no hay nada que desee con más fervor, que ver a Andrés fuera de esta situación. Tienes que regresar, tienes que convencerlo de que abandone a Iturbide ahora mismo, antes de que sea demasiado tarde...

Leona arrugó la carta con furia. Tenía que ir, tenía que ver a Andrés a los ojos y que le dijera la verdad. Dejó a las niñas con sus nanas al cuidado de la tía Felisa, y una vez más emprendió la marcha a México, sin perder un momento, como si alguien estuviera en su lecho de muerte. Si hubiera podido, en vez de un carro de alquiler hubiera querido tomar un caballo que la llevara de regreso a la ciudad en cuestión de horas, aunque lo hubiera reventado.

Cuando por fin llegó a la casa de la Ciudad de México, que lucía fría y triste, mandó recado a Andrés. Pronto el abogado estuvo frente a ella, con la sorpresa y el temor pintados en la cara.

—¿Le pasó algo a las niñas? —preguntó ahogándose.

—No, Andrés. No es eso. Vine a preguntarte una cosa y quiero que me la contestes mirándome a la cara.

El abogado que lucía fatigado y ojeroso, pasó saliva y apoyó bien los pies en el suelo.

—¿Es verdad?

—¿Qué cosa? —preguntó a su vez, asustado.

—Tú sabes bien qué cosa.

Leona estaba desmelenada, usaba el vestido de viaje y no se había quitado los botines llenos de lodo del camino.

Él movía la cabeza, negando sin convicción. En el fondo sabía muy bien de qué se trataba, pero no quería decirlo él mismo.

—Que estás apoyando al emperador para convertirlo en soberano absoluto, sin más freno que sus deseos y sin más consejo que el de su conciencia adormecida.

—¡Tú sabes lo que un congreso opositor es capaz de hacer! Y sabes también que existen amenazas: los españoles…

—¡Basta de asustar a la gente con el petate del muerto! ¡Ya basta! Estás hablando conmigo. ¡Y yo no perdí todo lo que tenía para ver esto! ¡Yo no pasé por todo lo que pasé para estar aquí el día de hoy oyendo esto! Dime una cosa, ¿firmaste tú las órdenes de aprehensión contra tus propios amigos? ¡Mandaste a la cárcel a don Carlos María de Bustamante!

Andrés bajó los ojos. Ya empezaba a justificarse con voz apagada, cuando sintió la bofetada estrellarse contra su mejilla, no con la fuerza de una mujer furiosa, sino la de una verdadera leona enjaulada, de una guerrera desesperada.

—No quiero volver a verte nunca. Me das vergüenza y asco.

Acto seguido, Leona salió de la casa y, como el propio Andrés le había pedido alguna vez, ni por un momento miró hacia atrás.

21

Toluca-Ciudad de México,
febrero de 1823-diciembre de 1825

uando Leona vio llegar a Andrés a la casa de Toluca a finales de febrero de 1823 con la derrota y la amargura pintadas en la cara, olvidó con cuánta dureza había procedido en su contra: nunca respondió a sus cartas, nunca recibió a los amigos mutuos que fueron a convencerla de regresar al lado de su esposo. Pero verlo era otra cosa.

Había envejecido diez años en tres meses de ausencia. Profundas arrugas surcaban su rostro enjuto, el brillo de los ojos se había apagado y caminaba encorvado, como si cargara en la espalda toda la culpa del emperador.

Doña Felisa, las nanas y las niñas lo abrazaron y le hicieron fiestas. María Pascuala insistía en que tomara un vaso de pulque, María Inés argüía que era mejor un té de poleo, Genoveva se abrazaba a su cuello y Dolores se escondía tras las faldas de percal de las nanas. Doña Felisa daba gracias al cielo, a diestra y siniestra, bajando a todos los santos, a las vírgenes y a los apóstoles de los cielos, llena de gratitud por la aparición casi milagrosa del abogado. Leona se tardó en aparecer. Pero cuando lo hizo, todas las demás mujeres salieron del salón y los dejaron solos.

Leona, a pesar del cariño que sentía, a pesar de las ganas de abrazarlo, se mantuvo distante y dijo solamente:

—¿Estás bien? ¿Qué fue lo que pasó?

—Iturbide corrió a José Manuel Herrera, mi superior inmediato, y lo sustituyó con uno de los diputados más conservadores. Quería imponer una ley que restringiera la tolerancia religiosa y proclamarse soberano absoluto. No quise quedarme un momento más. Y claro, Iturbide ahora me persigue, resentido de que lo haya abandonado.

Leona permaneció en silencio. Claro, eso era seguro. El emperador *tenía* que estar sumamente resentido. Muchos sentimientos se agolparon en su pecho: una duda sobre las razones por las que su esposo había esperado tanto para dejar a Iturbide y una duda más sobre las razones que tenía para haberlo hecho ahora. ¿Sería cierto lo que se decía de Andrés en los panfletos, incluso de Toluca, sobre su posición ambigua y convenenciera? Y sin embargo, verlo tan abatido, tan derrotado, le rompía el corazón. Por fin lo abrazó.

Él se aferró a ella con urgencia, escondiendo su cabeza encanecida en el pecho de su mujer.

—Le mandé al emperador una carta explicando mis razones ¡Y a Prissette se le ocurrió imprimir nada menos que tres mil copias!

—¡Caramba! —Leona se asustó.

—Eso es lo de menos. Finalmente tenía que darse a conocer lo que Iturbide estaba haciendo: poniendo fin a la tolerancia religiosa y cambiando la forma de gobierno. El emperador respondió con un artículo terrible en la *Gaceta Imperial*, diciendo que yo había mandado o dejado imprimir esa carta con "debilidad criminal" y ordenó públicamente mi destitución deshonrosa.

—Basta, Andrés... —le dijo Leona con voz maternal—. No te tortures más. Alégrate de que estás fuera de ese gabinete, aunque haya sido un poco tarde. Esa destitución deshonrosa es en realidad un honor.

—Ya lo sé. Ahora lo sé. Mi error fue haber querido conciliar, haber creído que una vez en el poder podríamos ir modificando las cosas desde adentro. ¡Quién iba a decir que una vez ahí, uno va perdiendo la perspectiva, va creyendo que no tiene otra opción que obedecer y que tarde o temprano las cosas llegarán a ser como uno las soñaba!

—O pensando que lo que uno soñaba era ridículo. ¿No es así? Andrés, siempre hemos estado en la oposición —atajó Leona—. Siempre hemos defendido lo que creemos que es justo. En mi opinión, lo mejor es no apartarse de esa senda, no perder la dignidad. Estaremos con Bravo, con don Carlos, e incluso con el brigadier Santa Anna para derrocar al emperador.

El hombre no dijo nada. Sentía vergüenza de haberse dejado confundir tanto por las promesas de Iturbide. ¡Qué difícil era saber quién tenía la razón! Lo único que sí resultaba seguro era la enorme felicidad que lo embargaba al saberse en los brazos de su Leona, su Leoncilla que volvía a ser una cachorrita amorosa y juguetona. Y al calor de sus besos, en el refugio seguro de su pecho amoroso, Andrés tuvo la fuerza de ánimo para escribir, unos días después, una carta más a Agustín I.

"La destitución que usted ha efectuado de mi persona satisface mis más ardientes deseos…", escribía prolijamente el abogado a la luz de la vela en la madrugada junto a la cama donde había amado a su mujer, ahora dormida.

Es inexacto que haya encubierto mis opiniones que antes no tuve oportunidad de emitir y, por otra parte, no existe motivo para calificar de crimen el hecho de haber instruido al público en un asunto de tanta trascendencia…

Ya envalentonado, seguía redactando el desvelado amante, entreteniéndose tan sólo un momento en el cabello castaño claro de Leona esparcido sobre el almohadón y la línea de su pecho que subía y bajaba con la respiración acompasada.

Yo, señor, estaba notado de cómplice en los extravíos que se imputan al gobierno, con la mayor injusticia se me atribuían todos los pasos que vuestra majestad daba en la carrera de la administración. Papeles, que ni aun he tenido la paciencia de leer, corrían como míos y nadie me perdonaba la cooperación con que se suponía concurría yo a esclavizar a la nación…

Enjugó una lágrima de sus ojos oscuros, ahora brillantes de rabia y de desvelo, recordando todavía la cachetada de Leona antes de dejarlo en México.

…en tal compromiso, me creí obligado a satisfacer a mis compatriotas.

"Y buscar su perdón…", pensó Andrés antes de volver a la cama, aterido, a buscar en los resquicios del cuerpo de su mujer, los rastros del sueño tranquilizador. Unos minutos más tarde, dormía con placidez.

Desde Toluca la pareja vivió la transición política y los dolores de parto de una nación que no terminaba de nacer. Mientras gozaban de una tranquilidad efímera, relativamente separados de los asuntos del gobierno, las tropas de Bravo y de Santa Anna se apoderaban del país y el emperador salió escoltado por Veracruz hacia el exilio a fines de marzo.

Mientras disfrutaban de cierta paz, libres de las angustias económicas en la pequeña y fría ciudad que, sin embargo, se mostraba por segunda vez solidaria y protectora con ellos, se derrumbaba el imperio en la capital y se establecía un supremo poder ejecutivo para regular todos los ordenamientos que tendría el nuevo país, entre otros, formar un nuevo congreso y establecer una constitución. Entre mayo de 1823 y octubre de 1824, cuando finalmente se promulgó la carta magna, varios personajes que ellos conocían y apreciaban compusieron alternativamente el supremo poder ejecutivo: Nicolás Bravo, hombre valiente y ambicioso que gozaba de las simpatías de los viejos insurgentes; Guadalupe Victoria, que salía triunfante de la profundidad de las selvas veracruzanas con el reconocimiento de haber comandado el golpe que derrocó a Iturbide, y Vicente Guerrero, aquel arriero negro de Tixtla que junto a Morelos se había convertido en héroe tras la liberación de Oaxaca.

En agosto de 1823, desde Toluca, Leona envió al nuevo congreso, una vez más, su solicitud de que la herencia largamente peleada al gobierno español se le restituyera. El Consulado de Veracruz jamás le había dado un centavo de los réditos de su capital desde 1820 tras su exoneración y ahora que la institución había desaparecido, Leona rogaba al congreso que intercediera a su favor.

La carta llegó en vísperas de navidad. Aquel día toda la familia se ocupaba de arreglar el nacimiento que ni en el peor de los años de la guerra la tía Felisa había dejado de montar frente a la ventana del salón, para que pudiera verse desde la calle. Las Marías desempolvaban las figuritas de barro, Leona extendía el musgo todavía fresco y oloroso por el piso y Genoveva se peleaba con Dolores por acomodar el portalito que precedería todo el escenario. Andrés, sentado en la poltrona del fondo, leía en voz alta las noticias entre tragos de jerez.

Los golpes en la puerta del frente distrajeron a la tía Felisa, que armaba las terrazas para crear la ilusión de una montaña y metía espejos en el musgo para semejar lagos. Un mensajero del gobierno enviaba un comunicado especial para Leona.

Ella recibió la misiva con el corazón en un hilo. Todos se quedaron quietos en sus lugares, esperando la noticia que sin duda era importante. Sólo Andrés soltó el periódico y se encaminó a leer junto a su esposa aquella carta inesperada.

El Triunvirato le concedía a Leona tres casas en la Ciudad de México, por la calle de Los Sepulcros de Santo Domingo, además de la hacienda pulquera, ganadera y agrícola de Ocotepec, en los llanos de Apan. Todo con un valor mayor a cien mil pesos, importe de la herencia que le había sido confiscada en 1813.

Andrés y Leona se abrazaron llenos de júbilo. Los ojos de ambos estaban nublados por las lágrimas.

—¡Por fin te han reconocido lo que hiciste por la independencia, Leona!

—¡Lo único que quiero es que se haga justicia! Ese dinero era mi herencia. Me corresponde, no estoy pidiendo un premio, porque no creo merecerlo.

La tía Felisa se levantó del piso con dificultad; quería abrazar a su sobrina y participar de aquel contento.

—Muchachas —les dijo a las Marías—, ¡tráiganse las botellas de vino que tengo en las gavetas del trinchador! Las estaba guardando para un momento especial, ¡y ya llegó! ¡Bendito sea mi padre Dios y mi madre la virgen! Bien dice Leoncita: se ha hecho justicia. Mi niña, te lo mereces todo y bendito sea nuestro señor, porque mi hermano Agustín ya no te va a poder pelear nada ni quedarse con un centavo más.

Genoveva y Dolores no alcanzaban a entender muy bien lo que ocurría y sólo miraban las lágrimas de su madre y la risa de su tía abuela. Por fin, Leona se acercó a abrazarlas todavía llorando:

—¡Mis niñas! Nunca les volverá a hacer falta nada.

La familia de Leona y Andrés regresó a la Ciudad de México a iniciar esa nueva vida que habían soñado desde hacía tantos años. Leona, con sus nanas y sus hijas, recorrió una a una las habitaciones de su nuevo hogar: la casona de dos pisos situada en la esquina de la calle de

Los Sepulcros de Santo Domingo, llamada así por ser la vía que seguían las procesiones fúnebres desde la iglesia del convento de Santo Domingo hasta el cementerio de Santa Paula.

Al recorrer sus nuevos dominios, Leona se iba sintiendo cada vez más segura, más erguida en su estatura e iba dando órdenes a las mujeres sobre cómo podría lucir mejor aquella vieja casona de dos siglos de antigüedad, que tenía el techo apolillado y las paredes llenas de humedades. Las niñas corrían jugando a las escondidas entre los escombros de la que había sido la casa de las cocheras de la Inquisición y las Marías también iban pensando en cómo limpiar, cómo reparar, cómo dar brillo a la madera, cómo pulir los pasamanos y limpiar los vidrios biselados.

—Es bueno sacar de aquí a los malos espíritus de los muertos —recomendó María Pascuala.

—Hay que hacer una limpia general, antes de limpiar nada —coincidió María Inés.

—Tenemos que traer a un cura —concluyó Leona.

Las tres cosas se hicieron puntualmente, mientras que Andrés seguía escribiendo en los periódicos, ejerciendo la carrera de abogado y enterándose de todos los detalles de la administración de la hacienda en los llanos de Apan. Leona se ocupó de administrar ella misma las propiedades de la Ciudad de México y de dirigir las obras de limpieza y remodelación. Para sufragar los gastos de los nuevos muebles de cedro, de las doscientas macetas que adornarían los patios, de la fuente de hierro, de los adornos de porcelana de Sajonia y las sábanas de Holanda, Leona decidió rentar la parte de abajo, que permanecía vacía. Tras varios meses de ardua labor, la casa recuperó su aspecto digno.

Los pesados libreros de madera pintada de negro en el despacho de Andrés, se iban llenando de libros preciosamente empastados y el escritorio de nogal estaba siempre lleno de papeles, plumas y libros abiertos, sin faltar el braserito de plata para encender los cigarros y el cenicero de cristal.

En la recámara principal, que miraba tanto a la calle de Los Sepulcros como a la esquina de Cocheras, un ropero Luis XV de madera color avellana con puertas de dos hojas y lunas biseladas guardaba el creciente vestuario de su dueña. Mientras que en la capilla, lugar preferido de Leona para el retiro y la meditación, los bancos de cedro lucían recién barnizados y pulidos con sus nuevos forros de terciopelo guinda y en su altar de madera con toques dorados; ahí se mostraban las imágenes de la Purísima Concepción, de san Gabriel y san Martín de Porres, mientras que en la cúpula del oratorio la luz se descomponía en miles de rayos de colores a través de los vitrales.

El buen gusto de Leona se reflejaba en los adornos, las telas, los espejos con marco dorado y los acogedores muebles del salón donde ella esperaba poder recibir a sus amigos. Para diciembre de 1825, podría haberse dicho que la familia estaba completamente instalada.

Una noche Andrés regresó tarde después de una visita a don Crescencio Rejón, el diputado yucateco que se había vuelto su amigo dos años después de haberlo insultado. Leona y su esposo se sentaron a cenar sin la compañía de las niñas en el enorme comedor presidido por trece sillas austriacas de madera y respaldos de bejuco, alrededor de una mesa de madera negra con cubierta de mármol.

—Renté las últimas recámaras que quedaban solas —le platicó ella, mientras Andrés saboreaba el cerdo con verdolagas acompañado de un jarro de pulque—. ¿Quién crees que se muda con nosotros?

Andrés levantó los hombros y negó con la cabeza, limpiándose los restos de pulque con la servilleta de hilo.

—El coronel Antonio López de Santa Anna —Leona guardó silencio un momento, esperando la reacción de su marido, pero él se mantuvo inmóvil—. El mismo que triunfó en contra del imperio… ¿Qué sabes de él?

El licenciado Quintana Roo se quedó mudo un momento más.

—Es un militar valeroso y gallardo. Sé que cedió el mando del ejército a don Guadalupe Victoria en Veracruz, para que él encabezara el triunfo contra Iturbide. Se sabe que tiene el control total de las tierras veracruzanas, donde sus jarochos, campesinos negros igual de valientes que él, son capaces de dar la vida por su jefe. Nadie duda de su arrojo y valentía, pero su disciplina deja un poco qué desear. Hace un par de años encabezó una rebelión en San Luis Potosí a favor del federalismo, por lo que estuvo en la cárcel, pero luego el Triunvirato lo exoneró y lo mandó como comandante militar a Yucatán. Pensé que seguía por allá de gobernador.

—Pues ahora el presidente Victoria le pagó el favor. Lo nombró director del cuerpo de ingenieros y nos va a rentar una parte de la casa.

—Así que estuvo aquí…

—Y me contó la historia más triste. Está enamorado de mi sobrina Ana, la hija de María Luisa. Todo iba muy bien, hasta que la niña conoció al cónsul de Inglaterra y ahí acabó el romance con el jalapeño. Hoy, justamente, recibí la invitación a la boda.

—¡El cónsul de Inglaterra! A mí se me hace que esto fue cosa de la madre...

—Por supuesto, amor. Es mucho más conveniente estar emparentados con el cónsul inglés Tadeo O'Gorman, quien tiene tanta influencia en la política, que con un comandante jalapeño, por más que haya sido gobernador de Yucatán. Que Dios me perdone, pero la marquesa es cosa aparte...

—Y... ¿vamos a ir? —preguntó Andrés, entre cucharada y cucharada de bienmesabe.

—¿A dónde?

—¡A la boda de tu sobrina, pues dónde va a ser!

Leona hizo una mueca de disgusto y ante su reticencia, Andrés insistió:

—Es hora de que las viejas rencillas queden atrás. Por fin hay un gobierno estable, tenemos una constitución adecuada a las necesidades del nuevo país, un presidente legítimo que está sacando adelante las cosas... Lo menos que podemos hacer es ir reconstituyendo los lazos familiares.

Leona se quedó un momento pensativa. No estaba de acuerdo, pero no pudo pensar en nada inteligente para contradecir a su marido. Intuía que su hermanastra sólo los invitaba por conveniencia, para dar lustre a su fiesta con un abogado que se había opuesto al emperador y con una rica defensora de la independencia. Sabía que a Andrés le convenía no pelearse gratuitamente con ningún sector y que, por el contrario, mantener relaciones cercanas con la vieja oligarquía colonial no le vendría nada mal, de hecho, tenía varios clientes que pertenecían a ese grupo. Por eso, a regañadientes, decidió asistir.

No fue sólo la vieja oligarquía colonial la que asistió a la suntuosa fiesta celebrada en el viejo palacete de la marquesa de Vivanco en plena época de posadas navideñas. Al descender del carruaje —que esta vez no era prestado— Leona vio primero al general Guerrero, quien lucía un elegantísimo frac y una camisa y corbata blancas a la moda inglesa, resaltando más su tez morena. Leona lo saludo cálidamente, ya que lo estimaba de verdad por su valentía y sencillez desde los tiempos pasados en Chilpancingo.

Más allá, la pareja tropezó con el general Victoria y con el ministro de Relaciones, Lucas Alamán, hombre pálido y de labios delgados que apretaba en un gesto constante de hastío y disgusto. A Leona nunca le agradó ese personaje que se había pasado todos los años de la guerra fuera del país y ahora venía a ocupar altos cargos y a pretender que conocía las razones de todos los actores y los mecanismos de las transformaciones. Lo saludó con frialdad y buscó desesperadamente a alguien que la salvara de la conversación de cumplimiento que Andrés ya iniciaba.

Y su salvador llegó.

—Doña Leona, permítame presentarle mis respetos y mi más profunda admiración.

Un hombre alto, distinguido y con rubios rizos detenidos apenas por la loción de macasar se inclinó ante ella y besó su mano. Ella entre divertida y curiosa lo observó con detenimiento y reconoció a Octaviano Obregón, quien era, según le dijo, amigo del novio desde sus años en España y ahora había venido a atestiguar su catolicismo para la boda. Ella se turbó por un segundo y en ese brevísimo instante, le dio rienda suelta a la imaginación: ¿Y si no hubiera abandonado a ese apuesto caballero? ¿Si lo hubiera seguido a Cádiz? En vez de angustia y privación, hubiera viajado como una princesa por toda Europa y…, como si no hubieran pasado los años y las cosas que pasaron, ella le regaló una enorme sonrisa antes de presentarle a Andrés.

Octaviano, por su parte, se quedó deslumbrado por la belleza y porte de aquella mujer madura que si bien no era la misma chiquilla ingenua que había dejado años atrás, conservaba los ojos pícaros, la nariz respingada y la boca sonriente de entonces. Leona era una mujer atractiva a sus treinta y seis años, repuesta de las privaciones y enfermedades, con los colores de la salud y la dicha en la cara, lucía el vestido de una reina y un peinado a la última moda, trenzados sus cabellos color de miel con florecitas naturales y capullos de cristal. Aunque si uno miraba con atención, en el fondo de sus ojos, un velo de tristeza evidenciaba los sufrimientos de sus años de fugitiva.

Toda la casa había sido adornada con lujo desbordante: los arreglos de rosas blancas se sucedían uno tras otro en todas las superficies, los candiles de plata habían sido lustrados con tal esmero que refulgían como soles, se habían instalado fuentes en los patios y en el jardín del palacete, y los ujieres negros servían toda clase de bebidas en charolas igualmente relucientes.

Cuando el grupo se dirigía hacia la mesa preparada para doscientos comensales, María Luisa, la hermanastra de Leona, quien ostentaba los apellidos de sus maridos difuntos como condecoraciones de guerra (era marquesa, viuda de Vivanco, viuda de Noriega y actual esposa de Santiago Moreno y Vicario, primo de las dos), se acercó a darles la bienvenida. Leona tuvo que aguantarse la rabia histórica y el resentimiento contra su hermanastra. La vio acabada, como un monumento que se está viniendo abajo de manera imperceptible pero continua, y sin embargo, luciendo una sonrisa imperturbable, casi como una máscara.

—Bienvenidos sean a esta casa, la defensora de la patria y su esposo el licenciado Quintana Roo.

La mano de Leona se contrajo, apretando la bolsita de raso recamada de perlas. No estaba segura de si había sorna en aquella frase, pero sí podía afirmar sin temor que no había sinceridad.

—Quisimos acompañar a nuestra sobrina Ana, en este día tan especial —respondió Leona con sequedad.

—Y por supuesto a saludarla a usted —añadió Andrés besando la mano enguantada de su cuñada—, además de felicitar a la familia por una alianza tan atinada: don Carlos Tadeo O'Gorman es un hombre honesto y un gran amigo.

Apenas se movió algún músculo de la marquesa dos veces viuda. Tras un par de segundos de silencio en que ella agitaba su precioso abanico de concha nácar y seda, se alejó diciendo:

—Ah, aquí viene mi querido amigo, el señor presidente de la república acompañado nada menos que por dos de sus ministros: don Lucas Alamán y el general Gómez Pedraza. ¡Qué gusto, caballeros!

Leona respiró aliviada, bebiendo apresuradamente de su copa de champaña para deshacer el nudo en su garganta.

Durante la fastuosa cena, además de los parabienes a los novios, no se habló de otra cosa que de la flota adquirida con los préstamos ingleses para sitiar al último reducto español en San Juan de Ulúa, con la consiguiente capitulación de la guarnición unos días antes de la elegante boda.

—¡Qué vivan los novios! —gritaban unos.

—¡Qué viva nuestro presidente, el señor general Guadalupe Victoria! —gritaban otros.

—¡Qué viva México, por fin libre del yugo español! —gritaban todos, con los ojos brillantes y los rostros encendidos por la champaña y por la emoción.

Después de la cena, Octaviano Obregón se acercó a pedirle un baile y Leona no pudo negarse, aunque no sabía muy bien qué iba a decirle a su antiguo prometido.

Se deslizaron por el enorme salón cubierto de espejos en las notas dulzonas del vals.

—Hubiéramos sido muy felices, Leona —le susurró Octaviano al oído.

—No lo dudo —respondió ella con una sonrisa y un brillo especial en los ojos—, pero a pesar de que mi afecto por ti no ha menguado, no puede compararse con el amor. A la larga te hubiera hecho muy infeliz, o hubiera tenido que callarlo todo, despojarme del corazón y los sentidos, produciendo mi propia desgracia.

—No hubiera soportado ver que sufrieras. Sé que eres feliz y mereces todo el reconocimiento que este país pueda darte. Mi admiración por ti no tiene límites Leona y mi afecto tampoco menguará jamás.

En las vueltas y vueltas del vals, en las imágenes de la pareja multiplicadas por los espejos dorados, Leona sólo deseó que las luchas, la inestabilidad política y el caos no volvieran a repetirse nunca y pudiera seguir bailando con sus viejos amigos, con las personas amadas, por el resto de su vida.

22

CIUDAD DE MÉXICO,
ENERO DE 1826-ENERO DE 1830

l entorno doméstico parecía ir de maravillas. Leona era la dueña de su casa, amada por Andrés y sus hijas, rodeada por familiares e inquilinos que respetaban a la pareja, visitados ambos por personajes que iban a plantear continuas necesidades al licenciado Quintana Roo. Poco a poco solventadas las deudas que pesaban sobre las propiedades que Andrés y Leona habían administrado con tino, llegaban para ellos como broches de oro, como piedras preciosas de la corona, los reconocimientos.

Andrés participaba activamente en la política. Se había afiliado como muchos de sus amigos a la logia yorkina, opuesta a la logia escocesa, aunque en ambas se discutía y determinaba el futuro del país. Gracias a sus vínculos con la masonería, el abogado fundó con Lucas Alamán y su entrañable amigo Prisette el Instituto de Literatura, Ciencias y Artes en 1826 y fue electo diputado al Congreso de la Unión para el año de 1827.

Leona, llena de orgullo, fue testigo de la apertura de las sesiones del instituto, dedicado desde entonces al cultivo de la ciencia y de las artes. A su marido le tocó pronunciar el discurso inaugural frente a los ilustres socios, entre los que estaba el presidente de la república, viejos sabios y laureados poetas. En su casa de la calle de Los Sepulcros de Santo Domingo no cesaron desde entonces las reuniones literarias donde tanto algún prestigiado vate leía sus versos románticos como algún miembro de la logia discutía proyectos políticos.

Desde los inicios de 1827, Andrés tuvo que ocuparse de tiempo completo en el congreso, dejándole a Leona la supervisión de la hacienda también. Frecuentemente viajaba hasta los llanos de Apan, acompañada de sus hijas y las inseparables sirvientas, a supervisar los trabajos agrícolas y a revisar las cuentas que el administrador le entregaba puntualmente.

A ella le interesaba cada vez más el proceso de elaboración del pulque y los ciclos de la cosecha de trigo y de frijol. Se involucraba de manera personal con las familias de los peones indígenas que trabajaban en la hacienda y se propuso construirles mejores viviendas que los míseros jacales donde apenas podían resguardarse del aire helado de la llanura y hacer una pequeña escuela donde todos aprendieran a leer.

Pero eso no la alejó de Andrés, quien compartía con ella sus intensas preocupaciones por el futuro del país:

—Se está gestando una ley de expulsión contra los españoles, Leoncilla, y la presión en el congreso es fuerte. Todo el mundo tiene miedo de que prosperen las conspiraciones y que vuelvan los gachupines al poder.

El 20 de diciembre se aprobó la ley de expulsión, ante la indignación de Leona, que publicó un artículo en el periódico *Águila Mexicana*, apelando a la concordia, sólo para recibir una andanada de insultos en un pasquín llamado *El cardillo de las mujeres* donde la hacían pasar como traidora a la patria.

Hubiera contestado a sus detractores, de no ser por una sublevación más, contra las logias masónicas.

—Será mejor que te quedes en México —le pidió entonces Andrés—. Andan las aguas muy revueltas. Ahora fue en Otumba la sublevación, pero mañana puede ser en otro lado.

—Se nos acabó la paz, amor mío —le respondió tristemente Leona—. Era demasiado bello para ser duradero.

En esos días de tensión, Leona recibió un comunicado que le entregó personalmente un oficial. De nuevo el corazón le saltó del pecho, esperando un golpe. Pero al leer la carta, sus ojos se iluminaron.

Cuando Andrés llegó esa noche, después de sus consabidas reuniones secretas, Leona lo esperaba en su despacho.

—¿Qué pasa, corazón? —se alarmó el abogado—. ¡Son casi las doce y no te has dormido!

—No podía esperar para darte la noticia.

La cara de Leona era un sol cuando llegó a abrazarlo.

—¡Me estás asustando, amor! ¡Dime ya!

—La legislatura de Coahuila y Tejas propuso cambiar el nombre de la ciudad de Saltillo por el de Leona Vicario.

El diputado perdió la compostura. La alzó en el aire como si fuera una chiquilla y la besó en las mejillas y en la boca:

—¡Te lo mereces! ¡Te lo mereces todo, amor mío! Ya era hora de que se dieran cuenta de quién eres tú y lo que has hecho por este país.

Leona y Andrés se unieron para lograr el triunfo de Vicente Guerrero en las elecciones de 1828 quien, decía ella, tendría que haber sido presidente desde los inicios de la nación independiente. La pareja conocía a Guerrero desde los tiempos de Chilpancingo y ambos admiraban su valor y su inteligencia como militar, su entrega a toda prueba a las ideas insurgentes. El triunfo de Guerrero significaba para ambos el triunfo de una de las ideas por las que habían luchado: la igualdad para todos. Sus oponentes eran Manuel Gómez Pedraza, militar criollo de tendencias conservadoras, y Anastasio Bustamante, ex realista, ex trigarante y —¿quién iba a recordarlo tantos años después?— el mismo militar que había confiscado las cartas que Leona mandaba con aquel pobre arriero a Tlalpujahua. Si Gómez Pedraza era el representante de la oligarquía criolla educada, don Anastasio lo era de los militares, sobrevivientes del ejército realista que querrían controlar todo con la fuerza bruta.

Desde principios del año, Andrés se dedicó a hacer todo lo posible por lograr que Guerrero fuera el elegido y no cesaron las visitas de los representantes de los estados, quienes permanecían varias horas en su estudio. Por más que Leona le pedía detalles de aquellas conversaciones, Andrés no quiso dárselos.

—No puedo revelar los secretos de la logia —le decía como excusa, aguijoneando aún más la curiosidad de su esposa.

—Ya ni siquiera son logia. ¿Crees que no sé que ya no son yorkinos sino "guadalupanos"? —le rebatía ella con furia.

—¿Cómo sabes tanto? —se asombraba el diputado—. Amor, por lo que más quieras, no me preguntes más.

El primero de septiembre de 1828, Gómez Pedraza ganó las elecciones por un pequeño margen. Un par de semanas después, Santa Anna se levantó en armas contra el nuevo presidente desde Jalapa.

El 30 de noviembre, Leona acababa de despertarse cuando un estruendo mayúsculo la dejó sorda.

—¡Santo cielo! ¿Qué fue eso?

Con gran precaución abrió el visillo de su ventana. Humo. Olor a pólvora. Alguien había disparado un cañonazo desde la plaza de Santo Domingo, frente a ella. Había una desbandada general en los comercios de la plaza y los estudiantes de medicina corrían como hormigas sin dirección precisa.

María Pascuala entró corriendo a ver a Leona.

—¿Está usté bien, señora ama?

—Sí, sorda nomás. ¿Qué pasa allá afuera? ¿Sabes algo?

—No, pero ahorita salgo a ver.

—¡No! —gritó Leona para detenerla—. Que cierren la puerta de la calle y que nadie salga. Esto me huele a golpe militar. ¿Dónde están las niñas? ¿Andrés...?

—Don Andrés salió desde temprano. Y las niñas están en su recámara.

—¡Ay, santa virgen de Guadalupe! —exclamó persignándose—. Por favor, que no le suceda nada a Andrés.

Andrés regresó a su casa a toda prisa, asustado también por los acontecimientos que se habían desbordado. El cañonazo era la señal convenida para que varios militares se sublevaran junto con el cuerpo de tropa de la antigua cárcel de la Acordada. Al frente del movimiento se pusieron Vicente Guerrero y Lorenzo de Zavala, un paisano de Andrés, yorkino de corazón, uno de los más fieles seguidores de Guerrero.

El barullo y el desorden se apoderaron de la Ciudad de México durante varios días; a los soldados se unieron los artesanos y gente de la plebe. Los rebeldes intentaron apoderarse del Palacio Nacional, pero al enterarse de que el nuevo presidente electo había huido, la furia de los sublevados no tuvo límite: el 4 de diciembre saquearon el mercado del Parián, quemaron las tiendas y dieron muerte a sus dueños peninsulares.

—Esto no tenía que resultar así… —decía Andrés desconsolado.

—Nadie pensó que podría terminar así —lo confortaba Leona.

—Y yo otra vez soy parte del congreso que avalará esto…

Quintana Roo había sido electo diputado una vez más e iniciaría sus funciones el primero de enero.

—¡No me voy a presentar! ¡No puedo avalar la violencia y el desorden!

—Por eso mismo debes presentarte, amor. ¡Tienes que hablarles! ¡Tienes que convencerlos y ser parte de un cambio donde participemos todos de manera pacífica! Si tú no te presentas, otro tomará tu lugar y quién sabe qué resulte de eso.

Andrés lo sabía. Estaba consciente de que no debía sustraerse de las decisiones políticas del momento, ¡pero cuánto hubiera querido hacerlo!

El 9 de enero de 1829, el congreso anuló la elección presidencial, cediendo al "clamor popular". Ese mismo día, diputados y senadores después de muchas horas de acerbas discusiones, proclamaron a Guerrero presidente.

A principios de abril "el negro subido", "el populachero" Vicente Guerrero asumió la presidencia de la república.

A fines de enero de 1830, Andrés y Leona invitaron a la familia de él y a unos pocos amigos a una cena. Habían pasado una triste navidad y el peor de los fines de año. No había grandes motivos de celebración, pero como había sentenciado Andrés antes de mandar las invitaciones, "en momentos de preocupación y tristeza como estos, es cuando más se necesita el aprecio de la familia y los amigos".

Don José Matías Quintana era un viejecito bonachón que había formado parte del congreso nacional desde 1824. Eso no le impedía hacer bromas a la menor provocación y mandar obsequios a sus nietas con cualquier pretexto. Adoraba a Leona y no desaprovechaba la ocasión para alabarla con todo aquél que quisiera escucharlo.

Aquella tarde don Matías estaba preocupado.

—La gente le tuvo miedo al radicalismo de nuestro paisano Zavala tanto como a los amigos "populacheros" de Guerrero.

—La "gente bien" tuvo miedo de los "pelados" que llegaron al poder —Manuel Crescencio Rejón los acompañaba también esa tarde—, lo cual es comprensible. Conste que no estoy diciendo que tengan razón.

—Perdimos todo el apoyo —sentenció Andrés—. Las medidas resultaron extremas. ¡Enormes impuestos a las mercancías importadas!

—¡Pero Andrés! —reviró Rejón—, las importaciones dejaban en la miseria a los artesanos locales. Casi habían desaparecido los talleres en Oaxaca, en Jalisco, aquí mismo...

—Ya lo sé, mi amigo, yo sí lo sé, pero explíqueselo a los grandes comerciantes y a la gente de medios, ni a ellos les alcanza para comprar lo poco que llega de importación. Además, el ejército se enfureció con la supresión del fuero.

—¿Qué me dice usted, señor Rejón, de la atrevida reforma fiscal? —intervino Leona—. Todos pagamos más impuestos, incluso las pequeñas tiendas y pulperías.

—¡El erario estaba en bancarrota! —replicó Rejón, desesperado—. Y los ingleses dejaron de prestarnos debido a su propia crisis. ¡La situación era insostenible!

—Mi querido amigo —suavizó el tono Andrés—, no se trata de atacar a Guerrero o a nuestro buen amigo don Lorenzo, quien estableció esas medidas. Pero es necesario entender las razones del enojo general. El presidente atentó contra los intereses de todas las clases sociales.

Don Crescencio Rejón asintió en silencio, suspirando desolado.

—¡Y para acabarla de amolar, a España se le ocurre organizar una invasión de reconquista en julio! —recordó Leona.

Todos asintieron.

—Después de que Santa Anna los derrotó en Tampico, en septiembre, nos quedamos sin un peso otra vez.

—¡Y Guerrero tuvo que solicitar facultades extraordinarias al congreso! Todo el mundo tuvo miedo de que quisiera convertirse en dictador. Cuando convocó al congreso era demasiado tarde.

—¿Hubiera podido enfrentar la crisis de otro modo? —lo defendió Andrés.

—¡Siempre hay otro modo! —exclamó don Matías, enojado—. No hay ningún pretexto para convertirse en dictador.

—Y con el pretexto de combatir a los invasores extranjeros, Anastasio Bustamante se levantó en armas —fue la primera intervención de Domingo Quintana Roo, el hermano de Andrés.

—¿Y qué me dicen de nuestra "fiesta" de fin de año? —preguntó Rejón con tono irónico—. ¡Bonito día 31, con el desfile triunfal de las tropas de Anastasio Bustamante, el traidor!

—¡Qué triste destino el de Guerrero! Desconocido por el congreso —dijo Leona.

—Lo declararon moralmente incapaz para gobernar —dijo Andrés con un suspiro—. ¡Desgraciados!

—No te lo dije el día de tu discurso, hijo, porque me ganó la emoción y el temor por tu seguridad, pero ahora lo hago en frente de todos los presentes —comenzó don Matías, poniéndose de pie—. ¡Tuviste mucho valor al presentar tu voto en contra!

—¡No podía menos que hacerlo, padre! Sólo los locos son incapaces. Y como todo el mundo sabía, no se trataba de la incapacidad moral, se trataba del origen ilegítimo del gobierno de Guerrero, tan ilegítimo, en todo caso, como el que pretende instaurar el general Bustamante.

—Pero mira que recordarle al gobierno su origen ilegítimo… ¡Le diste una bofetada en la cara a Anastasio Bustamante! Juro que espero equivocarme —dijo don Matías con los ojos húmedos—, pero eso te puede costar muy caro.

—Ya no tengo miedo —respondió Andrés apagando su cigarro—. Ahora sólo temo traicionarme a mí mismo. Lo hice una vez, y no estoy dispuesto a hacerlo de nuevo.

Leona apretó la mano de su marido con una sonrisa satisfecha.

La lúgubre charla tocó su fin cuando María Inés entró al salón a avisar a los invitados que la cena estaba servida en el comedor.

23

n el transcurso de 1830 el régimen de Bustamante se fue endureciendo. Los antiguos radicales se exiliaron voluntariamente o a la fuerza, muchos periódicos dejaron de circular y desde los puestos más influyentes del gobierno, Lucas Alamán, ministro de Relaciones, y José Antonio Facio, ministro de Guerra, imponían silencio.

Andrés era uno de los diputados que más se oponía al régimen; el colmo fue el terrible trato que Facio le dio al exiliado, pobre y enfermo Gómez Pedraza, quien pisó tierra mexicana en octubre de aquel año y fue obligado a partir de inmediato al extranjero.

Andrés montó en cólera. Escribió cartas, mandó representaciones y finalmente presentó una acusación contra Facio en la cámara.

Se pasaba las noches dando vueltas en su estudio, buscando entre los tratados legales los argumentos para sostener su acusación. Leona lo acompañaba, unidos en una idea. Ella recostada en el mullido sillón de caoba y cerda negra, frente a la mesita laqueada, cubierta por un sarape de lana, oculta en la penumbra, le ayudaba a buscar argumentos. Él, caminando de un lado para otro, sentándose un momento frente al escritorio alumbrado por un velador de campana verde, que trazaba un círculo de claridad sobre el cielo raso, redactaba manifiestos y se devanaba los sesos para plasmar frases convincentes.

Al filo de la madrugada, agotado, se secaba la frente con el paliacate rojo que siempre traía colgado sobre un hombro y despertaba a Leona que en algún momento había cerrado los ojos, agotada también.

Cuando el general presidente le aseguró a Andrés que Facio sería removido de su cargo, la pareja festejó en casa con algunos de sus amigos, augurando el inicio de una nueva era de justicia y progreso.

Pasó el día de muertos, pasó todo noviembre, llegó diciembre y Facio seguía en su cargo, imponiendo silencio más que nunca. Andrés, furioso, ya como presidente de la cámara, presentó su acusación.

"Nada me atemoriza cuando defiendo la justicia" —le leyó a Leona la noche anterior al discurso ante el gran jurado del senado—. "Hoy no retrocedería ni ante la muerte, que de antemano acepto, en defensa de la libertad y el honor de la patria."

Ella, con lágrimas en los ojos, lo abrazó llena de orgullo, anticipando el placer de escucharlo en público al día siguiente, en el pleno del senado.

—Así es como te amo —le dijo quedito al oído—, exactamente así.

Y más lo amó cuando él decidió publicar de nuevo un periódico, *El Federalista mexicano*, opositor al gobierno de Anastasio Bustamante.

Pero en enero, al leer el segundo número del periódico, Leona se quedó atónita ante el atrevimiento de Andrés, quien escribió:

> La más descarada tiranía, usurpando el sacrosanto nombre de las leyes ensangrenta diariamente los patíbulos, el espionaje acecha hasta en nuestros suspiros...

Ella sabía que todo eso era verdad. Desde hacía meses, un hombre los seguía disimuladamente a todas partes, incluso a las nanas y sus hijas, cuando iban de compras a Los Portales o a visitar alguna amiga. La libertad de imprenta había sido clausurada, como en los viejos tiempos del virrey Venegas: los impresores no querían publicar los escritos de Andrés y los únicos periódicos que circulaban eran el *Registro Público* de Lucas Alamán y otros favorables al gobierno, como *El Sol*. En ellos, Anastasio Bustamante aparecía como un héroe, como un sabio, mientras que los enemigos del gobierno eran los traidores a la patria.

La situación le producía a Leona un malestar creciente, una rabia amarga y un profundo desencanto. De nuevo el presidente era un ex realista, alguien que no se había detenido ni un sólo momento para sacrificar a miles de personas de la manera más sangrienta; era, además, el responsable de su confinamiento y su huida y eso no se lo perdonaba.

¿Cómo se calma la rabia?, se preguntaba ella aquella tarde del día de la Candelaria. ¿Dónde se guarda la impotencia? A pesar de haber visto la revuelta y la guerra, a pesar de saber cómo a golpes de indignación la gente pacífica se levantaba en armas, ella en ese momento parecía no recordar cómo convertir ese peso amargo que se le atoraba en la garganta en golpes, balas, puñetazos certeros, cuchilladas.

María Inés la acompañaba en el salón de costura y respetaba el silencio de su patrona, el cual se convertía en finas puntadas en la labor de bordado. En la habitación contigua, Genoveva, una delicada criatura de catorce años y bucles color de miel, enseñaba a Dolores, de diez, a jugar a las cartas, mientras María Pascuala se entretenía guardando las velas recién bendecidas, poniendo las flores en los jarrones y regando las macetas del corredor. Abajo en el patio, el portero se arrullaba en una mecedora vieja entre los barriles sembrados con naranjos y los macetones de malvas.

Después de las oraciones Andrés se había ido a visitar a don Crescencio Rejón y Leona se disponía a dar órdenes para la cena. En eso, el portero anunció a dos militares que estaban buscaban al licenciado Quintana Roo y pedían hablar con ella.

Los recibió en el salón a pesar de la desconfianza que le causó la visita. Por supuesto, no era la primera vez que tenía que recibir a personas que querían hablar con su marido y pedían su intercesión para algún asunto particular, pero desconfió enseguida de los dos capitanes que iban armados. A pesar de sí misma, les ofreció asiento e incluso algo de beber.

—El licenciado no está —les informó muy correcta, bebiendo pequeños sorbos de su té de hojas de naranjo e invitándoles a hacer lo mismo—. ¿Puedo darle algún recado?

—Necesitamos hablar a solas con él —respondió el más alto, con cierta impaciencia.

—Entonces lo mejor scrá que vuelvan por la mañana, porque yo creo que él regresará por aquí entre nueve y media y diez de la noche —la inquietud de Leona crecía a cada instante.

Los dos personajes intercambiaron miradas y se quedaron inmóviles en los canapés. Uno de ellos habló del clima, el otro de lo difícil que se había vuelto conseguir un buen casimir de lana para una levita decente.

Después de media hora, María Inés entró al salón, para entregarle un recado a Leona. El portero le mandaba avisar que allá abajo en el zaguán estaban otros dos soldados armados que le habían prohibido cerrar la puerta de la casa.

Leona sintió miedo y rabia a la vez. Se puso de pie y preguntó firmemente a los visitantes:

—¿Hay algo más que pueda hacer por ustedes, señores? Tengo un asunto urgente que atender.

Los militares se levantaron sin mucho convencimiento y después de despedirse anunciando que volverían a buscar a Andrés el día siguiente salieron por fin de la casa.

Leona respiró aliviada. Mandó cerrar la puerta de la calle y escribió a toda prisa un recado para Andrés. A pesar de que el susto le había quitado el hambre, no quiso inquietar a su familia y dispuso la cena como todas las noches.

Estaban ya en los postres, las niñas como siempre jugueteaban con la servilleta a pesar de los esfuerzos de las Marías. Leona estaba ausente, angustiada ante la posibilidad de que hubieran detenido a Andrés.

El mozo al que había mandado con la nota para su esposo regresó en ese momento y le extendió, sudoroso por la carrera, una misiva.

En ella, Andrés le informaba que unos minutos antes le habían llegado las noticias de que los mismos sujetos intentaron confiscar la imprenta de la calle de las Escalerillas, pensando que encontrarían ahí las pruebas del periódico. Un joven aprendiz les dijo que *El Federalista* se imprimía en un taller situado en la accesoria a espaldas del hospital de San Andrés y los soldados, furiosos, lo cubrieron de cachetadas. El enojo de los militares creció al encontrar el local cerrado, por lo que entonces se fueron a la casa de la familia Quintana Roo. Por último, su marido le informaba que permanecería oculto aquella noche por temor a que la casa estuviera siendo vigilada.

Ya sin poder contenerse, mandó a las niñas a dormir y ordenó preparar el coche.

Cuando el criado y el cochero terminaron de hacer los arreglos, encontraron a Leona cubierta con un capotón de lana negra y con el sombrero de crespón puesto.

—Necesito ir a palacio.

—Señora, son las ocho de la noche —dijo tímidamente el cochero.

María Pascuala se alarmó:

—¿A estas horas, doña?

—Necesito ver al presidente ahora mismo. Creo que Andrés corre peligro.

—Voy con usté. ¡Ya mero la voy a dejar ir sola!

—Quédate con las niñas. No tardaré.

Sin poner más objeciones, la sirvienta se quedó y el cochero y el criado la escoltaron en el landó de la familia. En el corto camino hasta el despacho de Bustamante, a través de las calles oscuras y los pasillos todavía iluminados y custodiados por la guardia, ella se iba haciendo una idea de qué iba a decirle al presidente. Pero por más que pidió, suplicó y hasta exigió, el general presidente no la recibió aquella noche.

—Asuntos de suma trascendencia le impiden verla, señora —le comunicó el secretario—. El general Bustamante le suplica que vuelva mañana.

—¡Pero mañana podría ser demasiado tarde! —todavía protestó Leona.

Nada conmovió al tieso personaje que de inmediato se perdió tras una puerta ricamente adornada con filillos dorados, semioculta entre cortinajes de terciopelo rojo.

Leona no tuvo más remedio que regresar a primera hora del 3 de febrero, desvelada y sin probar bocado. Envuelta en su capotón de lana para soportar el vientecillo frío, entró de nuevo en la enorme sala de espera del despacho. Poco a poco fue llenándose el recinto con otros peticionarios: burócratas de levitas gastadas, mujeres del pueblo con niños en brazos, militares en desgracia con miradas amargadas y vacías... Y por fin, después de las once, Bustamante hizo pasar a Leona.

El presidente la invitó a sentarse y un ujier le trajo chocolate que ella no tuvo ánimos de rechazar.

—Usted dirá, doña Leona, ¿en qué puedo servirle? Tengo entendido que tiene usted un asunto muy urgente que tratar.

—Así es, señor general. Vengo a verlo porque enviados suyos han ido a buscar a mi marido a casa. Sé que tenían órdenes de confiscar la imprenta e incluso los ejemplares del periódico del licenciado Quintana Roo, *El Federalista*. Temo por la seguridad de mi marido, le soy franca. Y creo que si bien es verdad que a veces Andrés se excede en sus opiniones o tal vez comete errores en sus escritos, en todo caso debe ser reprimido por otros medios que no sean los violentos, como corresponde a un país republicano, ¿no le parece?

El general permanecía impasible detrás de su lujosa mesa. Era un hombre corpulento de mejillas llenas y nariz roja, la vida sedentaria de los últimos meses se reflejaba en un vientre abultado y una incipiente papada; sus labios delgados y apretados le daban una cierta dureza al rostro de frente amplia y ojos grandes y negros. La pechera del uniforme lucía llena de medallas que tintineaban al menor movimiento.

Por fin, el hombre encendió el cigarro que sostenía en la mano con el infaltable braserito de plata. Después de exhalar una primera bocanada de humo aromático, asintió con la cabeza sin decir nada. Una segunda aspirada al cigarro y luego, por fin, se dirigió al ujier que permanecía a sus espaldas:

—Dígale a Codallos que venga de inmediato.

En los escasos minutos que duró la espera, el presidente se ocupó en firmar papeles sin dirigirse a Leona para nada, mientras que ella, muy quieta en su silla, se alisaba el vestido de indiana oscura cerrado, con encaje blanco en las mangas y en el cuello. La peineta de teja sujetaba sus cabellos recogidos en un moño en lo alto de su cabeza y unos aretes de oro adornaban sus orejas discretamente.

El comandante general Felipe Codallos apareció por una puerta lateral. Era un militar duro, de mediana estatura y rostro cetrino que se descontroló un poco al ver a Leona.

—Explíquenos comandante, ¿a qué se debió la visita que hicieron a doña Leona los militares a su servicio?

—Mire usted, señor presidente, doña Leona: los capitanes sólo querían pedir una satisfacción al licenciado Quintana Roo a nombre del señor que fue atacado, al igual que el gobierno, por un tal *Federalista...*

Leona se revolvió en su asiento, incómoda.

—En ningún momento le faltaron al respeto a la señora y se retiraron enseguida.

—Pero prometieron volver, comandante —atajó Leona, con el pulso ya acelerado—. ¿Puede usted asegurarme de que mi marido no correrá ningún peligro?

—Señora, permítame decirle que se hace indispensable contestar a palos a los escritores que atacan al gobierno. Yo no voy a dar otra respuesta porque ni sé escribir.

Leona no podía creer lo que estaba oyendo. Incrédula miraba a Bustamante, esperando que el presidente reaccionara de alguna manera, sin embargo, al ver que el general permanecía impasible, con una media sonrisa irónica, no pudo más.

—Me asombra en extremo tan brutal doctrina y sobre todo, no puedo dar crédito que sea expuesta tan desembarazadamente por un empleado público ante el primer magistrado de una república libre.

Se puso de pie furiosa y sin ningún temor, se enfrentó al militar.

—La conducta impune de cuatro hombres armados que asaltan casas para vengarse de un ciudadano sólo prueba que debe considerarse disuelta a la sociedad y restituida a cada persona la obligación de defenderse por sí misma.

El presidente se puso de pie en ese momento también.

—¡Señora...!

—Me extraña, señor presidente, que hayan aparecido tales desfacedores de entuertos —dijo Leona mirando con sorna a Codallos—, que en lugar de sacar las espadas a favor de los desvalidos y doncellas menesterosas, no tratan sino vindicar a garrotazos el honor de unos individuos que bien podrían pedir satisfacción personalmente.

Leona se había erguido en toda su estatura, mirando alternativamente a los dos militares que, a su vez, tampoco podían creer en lo que veían.

Codallos insistía de modo lerdo en lo que ya había dicho.

—Ya le dije, señora, que no queda otro remedio que atajar a palos a los escritores que no entienden que el gobierno debe respetarse. Me fastidian todos esos escritorzuelos que pretenden convencer a la gente con ideas irrealizables. ¡A mí que no me cuenten y que se pongan a trabajar de veras!

—¡Qué barbaridad, caramba! —estalló ella—. Y usted, señor Bustamante, permítame decirle que no es usted el sultán de Constantinopla, sino el jefe de una república libre y, como tal, no debe permitir que en su presencia se haga esta burla de las leyes.

—Ay, señora, ¿qué quiere usted que haga? ¡Insultan tanto!

Casi sin poder hablar por la indignación, Leona se dirigió a la salida.

—Muy bien, señor general, yo sólo he venido a verlo para saber si puedo contar con la protección de la autoridad o debo defenderme con independencia de ella, como en estado natural.

—Dentro de su casa, usted y su esposo pueden contar con que estarán seguros, pero yo no puedo responder por lo que pase fuera.

La mujer salió dando un portazo y aguantándose las lágrimas de rabia hasta llegar a su casa, donde ya segura, estalló.

"No regreses", le escribió a su marido antes que nada. "Sobre todo, no salgas a la calle porque te estarán esperando por órdenes de Codallos. No estarás seguro en ninguna parte de esta ciudad. Vete a la hacienda lo antes posible."

No pasaron ni tres días antes de que los periódicos empezaran a hablar del incidente.

Leona leyó en *El Sol* que se le llamaba "apoderada y esposa" de Andrés y cómo se narraba con lujo de detalles la solicitud "escandalosa" al señor presidente para que castigara a unos oficiales a quienes ningún cargo se podía hacer "a menos que se quisieran castigar las intenciones".

Ella montó en cólera. ¿Para eso servía la prensa? ¿Para herir y mancillar? ¿Dónde estaba el papel honesto y noble que deberían jugar los periodistas? Se encerró el resto del día para redactar una contestación a los editores de *El Sol*. En su pequeño escritorio de laca negra decorado con florecillas de colores, redactó una y otra vez la contestación.

…No hubiera solicitado el castigo de los militares ni siquiera en el caso de que los referidos señores hubiesen completado un crimen, pues mis ideas no están por pedir venganzas de los agravios que se me hacen…

María Pascuala le llevó una charola con atole y pan de huevo.

—No ha comido nada en todo el día, señora ama.

—No tengo hambre. Llévate todo eso.

Y continuaba, como poseída, afilando la pluma, mesándose los cabellos y hablando sola.

…Tampoco es cierto que mi marido me haya nombrado su apoderada, porque no teniendo ni frenillo ni pepita en la lengua que le impidan defenderse, lo hará mejor que yo cuando le parezca oportuno…

—Cuando pueda regresar de la hacienda… ¡Mi pobre Andrés! ¡Tener que ocultarse como un cobarde! Pero, ¿de qué iba a servir preso en las cárceles de Bustamante?

…y a mí no me gusta defender a quien está en estado de poderlo hacer por sí mismo.

Ya tarde, completó la carta y la envió a la redacción del periódico, junto con una relación precisa de lo que había ocurrido. Pero los redactores no la publicaron ni al día siguiente ni al otro ni jamás.

En cambio, seguían publicando chistes sobre ella. Un día la presentaron con lanza y a caballo, como un quijote con enaguas; otro, asegurando que abrigaba temores fantásticos.

Y la gente comenzó a hablar. María Pascuala y María Inés se desgreñaron un día en el mercado porque otra sirvienta se había reído de ella. El colmo fue cuando a Genoveva le dijo una amiguita que su madre tenía que lanzarse a la defensa de su padre que era un cobarde. "Con razón se llama Leona; es como una fiera."

—Dile que ella es una hiena, o que por lo menos se ríe como tal —respondió Leona cuando su hija le contó lo sucedido.

Mandó publicar su carta y comunicado en *El Federalista,* ofreciéndole al impresor una fuerte suma, única forma en que logró convencerlo.

Mediante el *Registro Oficial* respondieron las autoridades, explicando que se había atendido a Leona como era debido. Días después, el mismo Codallos confesaba que si bien había proferido expresiones fuertes delante de Leona y del presidente, era porque Leona las había provocado con otras "que la pluma no podía transcribir sin repugnancia".

Leona medía la casa entera con sus pasos para soportar la rabia que le causaban tales injurias que ella sabía provenientes, más que de aquel palurdo, del propio Lucas Alamán, que se escondía tras las páginas del periódico.

Por momentos, el coraje le impedía respirar, sentía que se ahogaba dentro de las gruesas paredes. Ni las oraciones ni las maldiciones: nada la tranquilizaba. ¿A quién recurrir? Se sentía sola, lejos de Andrés que de seguro lograría darle razones para mitigar la rabia, se sentía culpable de no poder pensar en sus hijas, en su casa, en sus asuntos; una sola idea le daba vuelta en la cabeza, obsesivamente buscaba las palabras que pudieran herir de manera elegante y contundente a sus enemigos. ¡Ah, cuánto le hubiera gustado matarlos!

Sólo un par de amigas la visitaban, y ninguna podía ayudarla a buscar una solución. Prissette, el amigo francés de su marido era quien por momentos lograba llegar hasta su corazón con palabras sabias. Era él también quien le llevaba las noticias que no se publicaban en los periódicos.

—Mataron a Guerrero en Oaxaca. José Antonio Facio lo planeó todo por órdenes del presidente y fue a traición, porque de otra manera jamás lo hubieran logrado.

El grito dolorido de Leona fue acallado por su propia mano. Prissette la tomó del brazo y la llevó hasta el canapé del salón.

—¡Ese malnacido! ¡Y Bustamante se atreve a ascenderlo a general de brigada! No podemos seguir tolerando a este dictador cobarde. ¿Qué se hace? ¿Dígame usted qué podemos hacer? ¿Dónde están nuestros amigos? ¡Tenemos que hacer algo!

—Cálmese usted, por favor —pedía el francés angustiado. Ya se están haciendo cosas, ya mucha gente está trabajando para que esto no dure. Nosotros desde *El Federalista*, y de cuanto papel podemos financiar, estamos haciendo lo que podemos. Los intelectuales ya están abandonando a Bustamante, temen con razón que el general restablezca el poder de la iglesia y del ejército. Ha nombrado generales a todos sus amigos y Alamán es sólo un mandadero de las sotanas. El asesinato de Guerrero ha mostrado el gobierno del general como lo que es: una tiranía ilegal.

—Pues yo voy a responderle a ese idiota de Codallos ahora mismo.

—Doña Leona, Bustamante, Facio y sin duda Lucas Alamán, que es el más brillante de los tres, no se detuvieron a pensar antes de asesinar a Guerrero y a muchos otros que se les han rebelado. Usted sabe mejor que yo lo que les ha ocurrido a los opositores del régimen: cientos de presos, decenas de fusilados y desaparecidos... Mire usted lo que le hicieron hace unos días a don Crescencio Rejón, ¡apaleado en las calles, sin que nadie se haga responsable! Tenga cuidado por favor.

—Nunca he retrocedido ante el peligro, mi buen amigo, y tampoco pienso hacerlo ahora.

De nuevo redactó una carta llena de furia en contra de los redactores del *Registro*:

Es completamente falso que me haya propasado con palabras descompuestas, ajenas a mi carácter y mi educación. Nadie me ha conocido deslenguada y atrevida ni podrá discernir un sólo lineamiento del original en el injurioso retrato que hace de mí el editor del *Registro Oficial*, convertido en libelista, con desdoro de la dignidad del gobierno en cuyo nombre habla...

Silencio. Sólo silencio hubo en respuesta a la carta de Leona. Pero un mes después, cuando ella creyó que todo el asunto había por fin quedado atrás, Prissette llegó muy temprano en la mañana del 14 de marzo a visitar a Leona con el *Registro Oficial* bajo el brazo.

En ese momento, ella se encontraba almorzando con el resto de la familia. Invitó al francés a sentarse con ellos y tomarse un tarro de pulque recién llegado de la hacienda, con un buen plato de carne enchilada y frijoles.

El hombre esperó paciente a que todos terminaran y cuando Leona le contó que estaban haciendo preparativos para que Andrés regresara a casa, él respondió:

—Creo que no es buena idea, señora. Sé de cierto que Facio tiene adelantado el proceso en su contra, argumenta que fue difamado cuando el licenciado Quintana Roo lo acusó ante el senado. Será sentenciado a juicio común. En cuanto ponga un pie en México irá a la cárcel.

—Pero, ¿su fuero de diputado?

—A esa gente no le importa nada. Será mejor que se mantenga lejos, doña Leona. Hay una recompensa para quien lo delate. Usted sabe que su esposo sigue mandando los artículos que se publican en *El Federalista*, junto a los que yo sé que escribe anónimamente usted. La paciencia de Alamán y sus secuaces se está acabando.

—Sí, ya lo sé. No se cansan de poner multas al periódico. Pero mientras tenga con qué pagarlas, ¡de mi cuenta corre que nadie nos calle la boca!

—Eso no es todo, señora. Vengo a traerle malas noticias y no sabe cuánto lo lamento, pero es mejor que vea esto ahora mismo —le dijo, al tiempo que le extendía el periódico oficial.

El *Registro*, al responder a otro artículo de *El Fe-deralista*, decía de paso, como si fuera algo casual, que Leona había recibido casas y haciendas en pago de unos créditos "merced a cierto heroísmo romancesco, que el que sepa algo del influjo de las pasiones, sobre todo en el bello sexo, aunque no haya leído a Madame de Staël, podrá atribuir a otro principio menos patriótico".

Lívida, Leona regresó el periódico a Prissette. Quiso caminar hacia su habitación pero no logró llegar a la puerta, cayó fulminada sobre el tapete del salón. Y no fue sino hasta varios minutos más tarde cuando recuperó la conciencia en brazos de las Marías que la abanicaban y le daban a oler alcalí. Prissette había mandado llamar al médico y las niñas, asustadas, lloraban en un rincón.

—No pasa nada… —dijo débilmente—. Tráiganme papel para escribir. Tengo que responder, tengo que responder ahora mismo.

Casa de usted, marzo 26 de 1831

Señor don Lucas Alamán:

Muy señor mío de toda mi atención:

En el *Registro Oficial* del día 14 de este mes, me lleva de encuentro sin saber porqué, tachando mis servicios a la patria de heroísmo romancesco, y dando a entender muy claramente que mi decisión por ella, sólo fue efecto del amor. Esta impostura la he desmentido ya otra vez y la persona que la inventó se desdijo públicamente de ella y no creo que usted lo haya ignorado; mas por si se le hubiese olvidado, remito a usted un ejemplar de vindicación que en aquel tiempo se imprimió, en donde se hallan reunidos varios documentos que son intachables y que desmienten tal impostura.

No imagine usted que el empeño que he tenido en patentizar al público que los servicios que hice a la patria no tuvieron más objeto que el verla libre de su antiguo yugo, lleva la mira de granjearme el título y lauro de heroína. No. Mi amor propio no me ha cegado nunca hasta el extremo de creer que unos servicios tan comunes y cortos como los míos puedan merecer elogios gloriosos que están reservados para las acciones grandes y extraordinarias.

Mi objeto en querer desmentir la impostura de que mi patriotismo tuvo por origen el amor, no es otro que el muy justo de que mi memoria no pase a mis nietos con la fea nota de haber sido yo una atronada que abandoné mi casa por seguir a un amante. Me parece inútil detenerme a probar lo contrario, pues además de que en mi vindicación hay suficientes pruebas, todo México supo que mi fuga fue de una prisión y que ésta no la originó el amor, sino el haberme apresado a un correo que mandaba yo a los antiguos patriotas. En la correspondencia interceptada, no apareció ninguna carta amatoria, y el mismo empeño que tuvo el gobierno español para que yo descubriera a los individuos que escribían con nombres fingidos, prueba bastantemente que mi prisión se originó por un servicio que presté a mi patria. Si usted cree que el amor fue el móvil de mis acciones, ¿qué conexión pudo haber tenido éste con la firmeza que manifesté, ocultando, como debía, los nombres de los individuos que escribían por mi conducto, siendo así que ninguno de ellos era mi amante?

Confiese usted, señor Alamán, que no sólo el amor es el móvil de las acciones de las mujeres: que ellas son capaces de todos los entusiasmos y que los deseos de la gloria y la libertad de la patria no les son unos sentimientos extraños, antes bien, suelen obrar en ellas con más vigor, como que siempre los sacrificios de las mujeres, sea cual fuere la causa por quien los hacen, son más desinteresados y parece que no buscan más recompensa de ellas, más que la de que sean aceptados.

Si Madame de Staël atribuye algunas acciones de patriotismo de las mujeres a la pasión amorosa, esto no probará jamás que sean incapaces de ser patriotas, cuando el amor no las estimula a que lo sean.

Por lo que a mí toca, sé decir que mis acciones y opiniones han sido siempre muy libres, nadie ha influido absolutamente en ellas y en este punto he obrado siempre con total independencia, y sin atender a las opiniones que han tenido las personas que he estimado. Me persuado de que así serán todas las mujeres, exceptuando a las muy estúpidas y a las que por efecto de su educación hayan contraído un hábito servil. De ambas clases hay también muchísimos hombres.

Aseguro a usted, señor Alamán, que me es sumamente sensible que un paisano mío, como lo es usted, se empeñe en que aparezca manchada la reputación de una compatriota suya, que fue la única mexicana acomodada que tomó una parte activa en la emancipación de la patria.

En todas las naciones del mundo ha sido apreciado el patriotismo de las mujeres, ¿por qué mis paisanos, aunque no lo sean todos, han querido ridiculizarlo como si fuera un sentimiento impropio en ellas? ¿Qué tiene de extraño ni ridículo el que una mujer ame a su patria y le preste los servicios que pueda, para que a éstos se les dé por burla el título de heroísmo romancesco?

Si ha obrado con injusticia atribuyendo mi decisión por la patria a la pasión del amor, no ha sido menor la de creer que traté de sacar ventaja de la nación en recibir fincas por mi capital.

Debe usted estar entendido, señor Alamán, que pedí fincas, porque el congreso constituyente, a virtud de una solicitud mía para que se quitara al Consulado de Veracruz toda intervención en el peaje porque no pagaba réditos, contestó que el dinero del peaje lo tomaba el gobierno para cubrir algunas urgencias y que yo podía pedir otra cosa con qué indemnizarme porque en mucho no podrían arreglarse los pagos de réditos.

¿Qué otra cosa que no fueran fincas podía yo haber pedido?

¿O cree usted que hubiera sido justo que yo careciera enteramente de mi dinero al mismo tiempo que tal vez servía para pagar sueldos a los que habían sido enemigos de la patria?

Las fincas de que se cree que saqué tantas ventajas, no había habido quién las quisiese comprar con la rebaja de una tercera parte de su valor, y yo las tomé por el todo. La casa en que vivo tenía los más de los techos apolillados y me costó mucho repararla. De todas las fincas, incluyendo en ellas el capital que reconocía la hacienda de Ocotepec, que también se me adjudicó, sólo sacaba la nación al año 1 500 pesos, pues que como usted ve, es el rédito de 30 000 pesos, y con eso se me pagaron 112 000.

Si usted reputa esto por una gran ventaja, no la reputó por tal aquel congreso, que confesó que mi propuesta había sido ventajosa para la nación.

Me parece que no he desvanecido bastantemente las calumnias del *Registro*. Espero que mis razones lo convenzan a usted, y que mande insertar esta carta en el referido periódico, para que yo quede vindicada y usted me dará una prueba de ser justo e imparcial; lo que además le merecerá una eterna gratitud de su atenta y segura servidora,

María Leona Vicario.

24

l *Federalista* fue clausurado —el parsimonioso Germán Prissette había perdido toda la calma y su rostro rubicundo se había encendido aún más.

Leona fue quien tuvo que calmarlo esta vez, controlando su propia rabia. Lo hizo tomar asiento en el salón e insistió en que se bebiera completa una copa de jerez.

—¿Qué podemos hacer? —La mujer hacía esfuerzos sobrehumanos por no dejar salir su propia frustración. Daba vueltas al chocolate humeante, pero la cucharita de plata parecía trazar sangrientos círculos en la taza, a juzgar por la energía con la que Leona le daba vueltas.

—Nada. Esta vez nada. No hubo multa, no es una reprimenda. Llegaron los esbirros de Bustamante, con Codallos a la cabeza, a clausurar el local y poner un candado enorme en la puerta. Se acabó. Si el periódico llega a salir, todos, y eso quiere decir todos, incluidos usted y yo, iremos a la cárcel. Ése fue el recado que me enviaron con los ejecutores.

Leona suspiró.

—¡Sea por Dios! Ya habrá manera de burlar la vigilancia de los usurpadores... Entretanto, no hay nada qué hacer.

Con el pulque que llegaba todos los días de la hacienda, llegaban las cartas de Andrés, que aunque no se había mantenido inactivo en su encierro, esperaba con impaciencia el momento más adecuado para regresar a la Ciudad de México.

En sus cartas le contaba a Leona cómo había formado una red de comunicaciones con los descontentos de varios lugares, sobre todo de Zacatecas y de Toluca. Había ido a visitar al general Santa Anna a Veracruz, a su hacienda de Manga de Clavo, donde el jalapeño "vivía como un sultán, disfrutando de los placeres de aquella tierra pródiga".

A Leona se le hacía agua la boca y echaba a andar la nostalgia y el deseo, cuando Andrés le describía los jugosos mangos, las piñas y las guanábanas, el café aromático y el rumor de las cañas de azúcar en las tardes de viento.

"Sé que no tengo derecho a pedírtelo, sé que no debo hacerlo porque pondría tu vida en peligro, pero necesito verte, necesito que regreses a mi lado...", le escribió una noche de junio, cuando la tormenta azotaba los visillos de su habitación y el calor le pegaba el camisón de lino al cuerpo.

Todas las mañanas, a las nueve en punto, los peones de la hacienda de Ocotepec llegaban al número dos de la calle de los Sepulcros de Santo Domingo, conduciendo los carros con los barriles de pulque para su venta en la

Ciudad de México. Los criados de la casa abrían el portón cuando se acercaba la hora; minutos más tarde, la calle entera se llenaba de compradores ávidos, desde las criadas con vasijas de barro o jarras de cristal, hasta los dueños de pulquerías que venían en burro o caballo a surtirse del preciado líquido.

Ese primero de julio no fue distinto. Nadie se dio cuenta de que uno de los peones no se quedó en el patio a ayudar con la venta del pulque, sino que se atrevió a subir a la planta alta, donde estaban las habitaciones de la familia.

Cuando Leona vio a su marido ataviado con calzones y camisa de manta y cubierto con un capotón de jerga y sombrero de palma, soltó el polvorón que mojaba en la taza de atole del almuerzo.

Corrió a abrazarlo y Andrés tuvo que acallar sus gritos de júbilo con besos. La familia entera se reunió a su alrededor. Las niñas se colgaban de su cuello, felices de ver a su padre otra vez.

Por segundos Leona se enojaba por el atrevimiento de su marido, pero luego le ganaba el gusto otra vez.

—No podía dejar a "mi apoderada" sola —le decía para hacerla enojar—. ¿Qué tal si me retira su apoyo? ¿Quién me defenderá entonces?

Pero Leona estaba tan contenta que nada más se reía.

—Te extrañamos tanto… —le susurraba al oído, abrazándolo fuerte, fuerte aquella noche, hasta que se quedó dormida.

Desde su casa, el diputado siguió organizando el ataque al presidente. Siguieron enviándose multitud de cartas y llegando las visitas, como cuando él no estaba, por lo que no hubo nada raro que los espías de Bustamante, apostados siempre a prudente distancia de la casa, pudieran reportar a sus patrones.

Desde su despacho, Andrés colaboró con su amigo Crescencio Rejón en una nueva aventura periodística: *El Tribuno del pueblo mexicano*.

—Pero amigos míos —les reñía Leona cariñosamente—, ¿qué les hace pensar que los usurpadores del gobierno les van a permitir seguir adelante con su empresa?

—Las cosas han cambiado un poco doña Leona —le rebatía Rejón—. El gobierno tiene ya mucha oposición. De todas partes del país se oyen las voces de disgusto. Bustamante se está quedando sin aliados. Hasta sus propios compañeros de logia lo han abandonado, ahora que es inminente el término de su mandato. Él y sus esbirros quieren realizar elecciones y se saben débiles: ahora viene nuestra oportunidad.

—Lamentablemente no hay camino democrático, Leona. Que no nos quiera engañar ese perverso canalla con que habrá elecciones limpias. Alamán tiene redes por todas partes y sin duda la elección estará amañada: lo que tiene en mente es una farsa.

Cuando pocos meses más tarde el periódico fue clausurado, Andrés y sus amigos una vez más estuvieron de acuerdo en que debían organizarse para derrocar al régimen. Leona fue gustosa anfitriona en las reuniones de radicales en la sala de su casa: Andrés y don Crescencio invitaron a los intelectuales todavía más combativos que ellos, del extremo más liberal, quienes, entre copas de jerez, vasos de pulque curado e incontables cigarros, se ponían de acuerdo a gritos sobre la estrategia a seguir.

—Un nuevo periódico —sugería alguien.

—*El Fénix de la Libertad* saldrá dos veces por semana —informó uno más.

—¡Vamos a sobrevivir a las multas mensuales de estos malditos! —afirmaba aquél, inflamado por la rabia.

—¡El jefe político de Guadalajara, adicto a Anastasio Bustamante, estuvo a punto de fusilar a un impresor por no querer revelar el nombre del autor de un
panfleto subversivo! El congreso local en pleno tuvo que
mudarse a Lagos, por falta de garantías —les contaba
otro.

—Denunciaremos los atropellos del régimen ahora
más que nunca —decidía Andrés, con el acuerdo de todos los demás.

—¡Hay rumores del golpe de estado por todas partes! —repetía alguno.

—¡Santa Anna se rebeló con la guarnición de Veracruz!

La noticia causó un suspiro de alivio en el grupo
aquel día de enero de 1832. Los planes tenían que irse
afinando. Había que apoyar al jalapeño con todos los
recursos al alcance. Andrés decidió ir personalmente a
Toluca a buscar el apoyo de los que sabía sus aliados.

En mayo, cuando al fin Bustamante aceptó la renuncia
de sus ministros, punto esencial en las demandas de los
alzados, Andrés se sintió satisfecho.

—¡Por fin, Leoncilla! ¡Es lo que yo estuve pidiendo desde que Facio injurió a Gómez Pedraza! ¡Dos años
pidiéndolo! ¡Y todo lo que tuvimos que hacer para que
Bustamante accediera!

—Toda la prensa exige la renuncia del general, mi amor. Me temo que no es suficiente con que los ministros se hayan ido: Bustamante tendrá que irse también —Leona lo abrazó, compartiendo su entusiasmo.

—Santa Anna quiere que vuelva Gómez Pedraza a cumplir con lo que resta de su mandato. Aunque no estoy de acuerdo, creo que es lo más sensato en estos momentos en que una elección seguramente amañada no dejará satisfecho a nadie y que el congreso prácticamente ha terminado su gestión, si es que puede llamársele así... Me pregunto si Gómez Pedraza querrá volver...

El martes 3 de enero de 1833, Santa Anna entró triunfal a la Ciudad de México, acompañado por Gómez Pedraza, quien gobernaría hasta marzo. De nuevo hubo desfiles de adhesión al mandatario y misas de Te Deum dedicadas al general vencedor.

—Por fin podremos respirar tranquilos... —aseguró Leona a sus hijas la noche en que todos los amigos de Andrés se reunieron en su casa, para celebrar que el licenciado Quintana Roo, junto a otros cinco intelectuales de diferentes lugares de México, formaba parte de la junta consultiva que haría las veces de congreso hasta que se convocara a elecciones.

El Fénix de la Libertad apoyó la candidatura de Santa Anna, publicando todos los días su nombre en primera página. Todo el mundo parecía estar de acuerdo en que el vencedor de los españoles, el restaurador de las libertades, llegara a la silla presidencial.

A Leona no le extrañó que Santa Anna triunfara y que Valentín Gómez Farías resultara vicepresidente. Lo que sí resultaba menos comprensible era que el general veracruzano dejara de inmediato las riendas del poder a su segundo al mando.

Andrés se convirtió en uno de los principales apoyos del vicepresidente. Primero como diputado y luego como encargado del Ministerio de Justicia y Negocios Eclesiásticos. Leona apenas compartía algunas horas con él, pero lo veía tan contento, tan entusiasta con las reformas que emprendía, que no tenía corazón para reprocharle nada.

—¡Ahora sí vamos a cambiar al país, corazón! —llegaba diciéndole, a deshoras de la madrugada, oloroso a tabaco y a sudor, después de las largas discusiones con los asesores—. Reformas a la educación, desamortización de bienes del clero, reducción de los cuerpos de la milicia y sus fueros... ¡Vamos ahora sí por la senda del progreso!

—Acuérdate de lo que les pasó a Guerrero y a Zavala, amor mío —contestaba Leona medio dormida.

—Las cosas ya cambiaron, verás —se acurrucaba junto a ella y con el vigor que le daba el entusiasmo, la amaba hasta el amanecer, cuando los dos caían rendidos en brazos del sueño.

Leona gozaba los triunfos de su marido porque esta vez compartía sus ideas. Juntos celebraban la promulgación de decretos para limitar el poder del clero. Como cuando Andrés prohibió a los sacerdotes tratar asuntos de política en el púlpito o cuando revocó la ley que permitía al gobierno obligar a la gente a pagar los diezmos y a las novicias a cumplir sus votos.

—Recibí la súplica de una novicia para ser apoyada por el gobierno y poder salir del convento, donde permanece a la fuerza. Iré esta misma tarde a sacarla de ahí, con el licenciado Rejón —comentó Andrés una mañana de noviembre—. Pero quiero contar con tu apoyo, Leoncilla. Van a venir a decirte no sé cuántas cosas y querrán que me convenzas de dar marcha atrás.

Leona se quedó un momento en silencio, con una sonrisa pícara en la cara.

—¿A dónde la vas a llevar? ¡Mucho cuidadito de irte a enamorar de la monjita!

—¡Por Dios, Leona! La voy a depositar en una casa decente.

Los periódicos hablaron del asunto con sorna. La familia donde la ex monja había sido depositada, la llevó a la ópera y la introdujo pronto a los placeres del mundo. Quintana Roo era tratado como Satanás.

No faltó la acomedida que fue a contarle "el chisme" a Leona, para saber de primera mano qué opinaba la católica señora de Quintana Roo de los "extravíos" de su marido.

Y esa acomedida fue su hermanastra, la marquesa.

—Confío en que sigas yendo a misa y teniendo un buen director espiritual —comentó, bebiendo con delicadeza de su taza—. No toleraría que tu alma se perdiera por las acciones de tu marido.

—No sabía que tuvieras tanto interés en mi alma —respondió Leona con ironía—. Escúchame: no tengo por qué darte explicaciones, pero lo haré de todos modos. Me considero enormemente afortunada de ser testigo de un cambio de esta magnitud. Ya era hora de transformar este país. No dejo de acordarme de mi encierro en el Colegio de San Miguel de Belén y de las historias dramáticas de las muchachas que tenían que permanecer dentro de esas lúgubres paredes en contra de su voluntad. Más de alguna quiso matarse, más de alguna lo logró.

—¡Pero qué dices! Nuestra propia hermana es una monja, ¿te olvidaste? Y tú eres una buena católica, siempre tuviste fe.

—Esto no tiene nada que ver con la fe. Tiene que ver con el estado. Es preciso separar los intereses de la religión de los del gobierno. Eso es todo. Y antes que buena católica, soy una amante de la libertad. No estoy de acuerdo en que el gobierno obligue a nadie a cumplir sus compromisos con la iglesia. Cada quien debe ser libre de creer en lo que le dé la gana, de darle su dinero a quien le dé la gana y de entregar o no entregar su vida al Señor en la forma que mejor le convenga.

—Estos pelados no tienen idea de lo que les conviene, Leona. Si los dejas en libertad, volverán a adorar a sus antiguos ídolos y a derrochar su dinero en borracheras.

—Ahí es donde tú y yo jamás estaremos de acuerdo, María Luisa —Leona se puso de pie conteniendo la furia—. Tú no has salido nunca de los salones y de los teatros. Desde el palacio de Iturbide, siendo su dama de honor, no pudiste haber visto gran cosa. No has visto como yo a los curas dejar los cuerpos insepultos de los indios porque no tenían con qué pagarles el sepelio en el campo santo o porque eran insurgentes ¡y no se merecían el campo santo! Tú no has oído cómo los curas desde el púlpito amenazaban a esa pobre gente con las penas del infierno si seguían a Morelos o a Rayón y los convencían de seguirse dejando explotar por los gachupines.

—Hidalgo era un cura, ¿no? —María Luisa se levantó también—. Y Morelos...

—Los dos fueron excomulgados. Como todos los demás curas que osaron seguirlos. No tengo nada qué explicarte. No tengo por qué justificarme ni justificar a mi marido. Tú y yo, María Luisa, no tenemos nada de qué hablar, te agradecería que no volvieras a pisar esta casa. Buenas tardes.

Leona salió del salón, obligando a su hermanastra a marcharse y cuando oyó el carruaje salir de la cochera, presa de la rabia exclamó:

—¡Imbécil!

Muchas veces Andrés se quedaba a trabajar en su despacho de la casa que había trasladado a la planta baja, junto al zaguán, para no perturbar a la familia con las visitas constantes. Cuando eso ocurría, una muchedumbre se reunía en el patio inferior, esperando audiencia o la resolución de algún asunto pendiente. Una tarde, al filo de las siete, un muchacho de no más de catorce años llegó hasta el despacho del ministro, que siempre permanecía con la puerta entreabierta.

—Pasa, ¿qué quieres, hijo? Di tu negocio —le invitó Andrés al joven harapiento que conservaba la dignidad debajo de un sombrero arrugado y un barragán verde de forro encarnado que más parecía un mapa o un óleo por las manchas y lo despintado de la tela en porciones desiguales.

Intimidado por la austeridad del lugar, por los bustos de los filósofos griegos y pensadores modernos, por la figura alta y enhiesta de Andrés, como una estatua más bajo la luz verde del velador, el muchacho lanzó un torrente de palabras al señor ministro, narrando la muerte de su padre y los desdenes que había sufrido por parte de su familia y amigos aristócratas. Le contó la locura de su madre y cómo él tenía que trabajar en lo que fuera para mantenerla, cuando lo que quería era ser poeta.

En varias ocasiones Andrés quiso interrumpirlo, pero el muchacho no cortaba su narración por temor a ser lanzado de aquel santuario de sabiduría antes de terminar su historia de penuria y amargura. El ministro se conmovió y vació sus bolsillos para socorrer a aquel adolescente desastrado.

Aquella noche, a la hora de la cena, Andrés todavía conmovido, le contó a su familia la historia del muchacho.

—¿Dices que murió su padre? —preguntó Leona interesada.

—¡Y que quiere ser poeta! —intervino Genoveva, ya convertida en una una hermosa señorita de dieciséis años.

—¿Y que su madre enloqueció de tristeza cuando su padre murió? —los ojos de Dolores se humedecieron.

—Sí —Andrés se quedó pensativo remojando la concha en el chocolate—. Todos los días recibo a mucha gente, ustedes lo saben, que me viene a contar cada historia… Algunas son ciertas, otras a leguas se ve que no. Todo eso le va endureciendo a uno el corazón, pero este chico, no sé…, algo me dice que lo que contó es cierto y por la manera de expresarse, por las palabras que usó, se ve que no es de la plebe, que ha recibido una educación.

—Sería una pena que un joven así perdiera la oportunidad de salir adelante —Leona volvió a servirles chocolate a todos—. Si vuelve habría que socorrerlo de alguna manera, ¿no crees, amor?

Pocos días más tarde, el chico regresó.

—No vengo por dinero, señor ministro, no quiero que me dé limosnas: no soy un pordiosero.

Andrés soltó la pluma e invitó a pasar al muchacho.

—Siéntate, cuéntame de tu madre, haz el favor.

El chico sintió una enorme pena al ser obligado a hablar de lo que más le dolía. Contó cómo recordaba las caricias de aquella mujer cuando estaba cuerda, cómo el dolor y la miseria quebraron su razón sin querer seguir viviendo, cómo su mirada perdida no lo reconocía más, cómo él tenía que ingeniárselas para que una vecina la cuidara mientras salía a buscar el pan y cómo él tenía que ocuparse de todo su bienestar, sin saber la manera de refrenar su propia desesperación.

El ministro observaba con suma atención al muchacho. No tenía ese tono afectado de los pordioseros profesionales que se han aprendido el cuento de memoria. El joven tartamudeaba, callaba por momentos, ocultando su vergüenza y su rabia, para continuar después, movido por la desesperación y la necesidad de consuelo.

Andrés sintió un vuelco en el estómago. Vinieron a su mente aquellos momentos en que fue a pedir la mano de Leona al abogado Fernández de San Salvador y que aquél lo corrió de su casa como a un ladrón. Luego, tomando una resolución, dijo:

—Cálmate hijo, cálmate, siéntate, serénate… Buscaremos la manera de ayudarte, ya verás.

Era la hora del chocolate y María Inés entró al despacho con la bandeja y la servilleta blanca que colocó sobre la mesita de centro.

—¿Quieres tomar algo? María Inés, por favor, trae un poco de dulce para el joven.

La criada volvió con un platón con un borrego de alfeñique, con sus lanas sembradas de oro volador y listones, y sus ojos de escuditos de oro.

—Sírvete —le dijo—, repíteme tu nombre por favor.

—Guillermo —dijo el chico tomando toda la pata del borrego para sí—, Guillermo Prieto.

Mientras Andrés le contaba sus aventuras de muchacho, Guillermo se apropiaba de las soletas, mostachones, puchas y otras maravillas de pan dulce, escondiéndolas en su chaqueta para llevarlas a su madre.

El ministro, viendo todo lo que el muchacho hacía, ocultó su compasión con una pregunta:

—¿Y qué sabes hacer?

—¿Que qué sé hacer? Pues… ¡sé hacer sonetos!

Andrés no contuvo las carcajadas.

—¡Y eso sí, en menos de un decir Jesús!

Y sin esperar más, el chico empezó a recitar:

En la risueña edad de los amores
cuando el vendado Dios muestra contento
yo sólo acompañado del tormento
sufro de la fortuna los rigores…

—¡Con eso es suficiente! —dijo Andrés aplaudiendo y poniéndose de pie—. Te daré una carta para el director de la aduana para que puedas emplearte en algo para mantener a tu madre y otra para el rector del Colegio de San Juan de Letrán y que aprendas ahí alguna cosa. Ven cuando quieras, podrás estudiar aquí conmigo. Verás que todo saldrá bien.

Guillermo saltó a los brazos del abogado y cubrió su frente de besos y de lágrimas agradecidas.

Cuando Andrés le contó a su familia lo ocurrido, las tres mujeres al mismo tiempo se echaron a los brazos de Andrés.

—¡Por eso te quiero! ¡Por eso siempre serás el amor de mi vida! —le dijo Leona, emocionada, antes de llevárselo al comedor a cenar.

Guillermo Prieto se convirtió en un hijo más de la familia. Aunque vivía con su madre en un cuartito, casi todas las tardes acudía al despacho de Andrés a que le tomara la lección o le prestara libros, y su figura agradable y dicharachera presente en las comidas y las cenas de la casa consoló a todos en los momentos de desazón que se sucedieron uno a otro desde aquella tarde de finales de mayo de 1834, cuando los amigos llegaron anunciando a toda voz:

—¡Santa Anna se ha unido al golpe de los sacerdotes contra el gobierno de Gómez Farías! ¡Gómez Farías será obligado a dimitir! ¡Se disolverá el congreso!

El 23 de junio, Andrés renunció a su cargo en el Ministerio de Justicia y a todos los encargos que ocupaba en el gabinete progresista. El obispo de Michoacán ocupó su lugar.

25

Hacienda de Ocotepec-Ciudad de México, julio de 1834-agosto de 1842

a luz daba de manera especial sobre los volcanes aquella tarde. El carro de viaje recorría con velocidad uniforme los caminos polvorientos de los llanos de Apan, bordeados por verdes campos erizados de magueyes. Aquí y allá se levantaba alguna construcción parecida a un castillo medieval o una fortaleza rodeada de jacales. Unos cuantos minutos después de pasar por el pueblo, la hacienda de Ocotepec apareció a lo lejos. Era una finca de piedra con las casas de los peones adheridas a ella. La entrada principal estaba protegida por una reja de hierro y un patio empedrado alrededor de una hermosa fuente que proveía de agua a la hacienda. Del lado derecho se encontraban los tinacales para elaborar el pulque y junto a ellos la entrada a las caballerizas y la pequeña capilla; del lado derecho estaban los talleres y la pequeña escuela que los Quintana Vicario habían construido para los hijos de los peones. Al fondo estaba el portón de entrada, guardado por dos cipreses enormes.

Cansados de la política, Andrés y Leona en compañía de sus hijas tomaron la decisión de habitar la hacienda y pasar una temporada en santa paz. Primero se fueron Leona y las niñas, mientras Andrés finiquitaba los últimos pendientes derivados de las responsabilidades que había dejado atrás. Sólo aceptó el cargo de ministro de la Suprema Corte de Justicia, con la condición de poder pasar algunas temporadas en la hacienda en compañía de su familia. Dos meses más tarde, en agosto, logró reunirse con ellos.

Andrés había viajado desde antes del amanecer para llegar lo antes posible. Leona lo esperaba en la puerta principal junto a la cocinera, una amable matrona sonriente llamada María del Pilar y dos criados mulatos que sujetaron los caballos mientras él descendía del carro de viaje junto a su protegido, Guillermo Prieto.

A pesar de los veinticinco años transcurridos desde la primera vez que lo había visto, a Leona le pareció atractivo y el corazón le dio un vuelco cuando él la apretó en sus brazos. ¡Qué orgullosa estaba del flamante ministro de la Suprema Corte, vestido como siempre de manera sencilla pero elegante!

Entraron riendo al fresco zaguán y luego atravesaron el amplio patio interior alrededor del cual estaban distribuidas las habitaciones. Andrés no había vuelto a la hacienda desde 1831 y en tres años la administración de Leona se notaba con creces. El patio estaba limpio y adornado con grandes barriles para los naranjos que, en plena floración, llenaban el ambiente de aromas celestiales.

Dolores correteaba alrededor de la fuente con los hijos morenos de las sirvientas mientras Genoveva, ya una hermosa doncella de diecisiete años, le gritaba que una señorita no se comportaba de aquel modo. Los criados acompañados de las nanas metieron el equipaje a las habitaciones y la cocinera les llevó limonada con chía en una enorme jarra de barro hasta las mecedoras de los pasillos donde se habían instalado. Leona se abanicaba con los ojos cerrados, tarareando una melodía dulce que subía y bajaba entre los pilares del pasillo y se perdía más allá de las habitaciones.

—Pensé que nunca volvería a sentirme tan feliz —dijo muy bajito, tomando la mano de Andrés entre las suyas—. No quiero volver a salir de aquí nunca.

—Ay Leona, haremos lo que tú quieras, pero dudo que quieras quedarte aquí para siempre. Estás acostumbrada a la refriega de la política y no te imagino peleándote con las autoridades de Apan.

—No lo descartes —respondió todavía con los ojos cerrados, disfrutando del aroma de los naranjos y del frescor de la limonada.

María del Pilar los llamó a comer momentos después y Andrés, tras lavarse en la hermosa habitación que había sido arreglada para él, se encaminó con su mujer al comedor.

La enorme mesa estaba cubierta con las delicias de la cocina regional. Dos jarras de pulque fresco presidían el banquete y, más allá, se sucedían los platones con tlacoyos, gusanos de maguey fritos en manteca, tamales de acociles, barbacoa cubierta con hojas de maíz, quiote de maguey con huevos y otras delicias.

La comida se prolongó en una sobremesa llena de anécdotas sobre los sucesos de los pasados meses y años. Ahora Leona se podía, incluso, reír de las tonterías de Codallos, así como de la actitud de su hermanastra, pero eso sí, no perdonaba a Lucas Alamán.

Cuando bajó el sol, Andrés y Leona se encaminaron a dar un paseo por el enorme jardín trasero. Dolores quería mostrarle a su padre el estanque nuevo donde vivían decenas de patos. En los últimos años Leona había mandado a hacer una casita para los patos y los gansos que corrían a placer entre los altísimos eucaliptos. También había mandado a arreglar el piso de duela en el boliche y ordenó poner hermosos azulejos de talavera en la cocina principal. La cocina de humo, donde se horneaba y se hacían las tortillas, estaba recién pintada; la enorme biblioteca, ordenada y arreglada con algunos óleos de excelente factura. La gran chimenea del salón se había reparado completamente para que no ahumara y el cuarto de la pareja había sido habilitado con un hermoso ropero de caoba de tres puertas con sendas lunas biseladas donde se reflejaba la cama con dosel y cortinas de tul.

—Te has mantenido ocupada —dijo Andrés besándola en la mejilla con gran cariño.

—Mientras mi marido se peleaba con el general Santa Anna y renunciaba a todos sus cargos… —se burlaba Leona.

—¡Ah que mi general Santa Anna…! —suspiró Andrés, desilusionado—. ¡Mira nomás dónde fue a acabar! ¡Del lado de los curas, nada menos!

En cuanto oscureció y tras una cena frugal se fueron a la cama. Andrés esperaba ese momento. Hacía tanto tiempo que no tenía a su mujer entre sus brazos…

A la luz del velador de pantalla roja, Leona se quitó la ropa. Estaba a punto de cubrirse con la bata de noche cuando él le dijo:

—Quédate así.

—Pero Andrés, tengo cuarenta y cuatro años —se quejó sin mucha convicción mientras se soltaba la larga melena color de miel.

—Yo tengo cuarenta y seis y me veo mucho más viejo que tú.

Él se abrió la camisa, dejando al descubierto el pecho sembrado de vello rizado que empezaba a encanecer. Se quitó el pantalón y apareció el vientre algo flácido y un miembro enhiesto que probaba cuán viril era todavía.

Leona se metió en la cama y lo cubrió de besos. Aún era hermosa, a pesar de haber perdido algo de turgencia en el pecho y de firmeza en los muslos. La grupa era una pendiente sin fin donde Andrés perdía la razón, la noción del tiempo y el espacio, el arco de su espalda llevaba a paraísos sin nombre y el aroma del pubis todavía provocaba a caer en los excesos y llevaba a la perdición.

—Creo que yo también podría quedarme aquí para siempre —dijo Andrés todavía jadeante, mucho tiempo después.

—Mentiroso —murmuró Leona medio dormida entre sus brazos—. En cuanto te llame Santa Anna te irás de ministro o a cualquier encargo del señor presidente.

Andrés no respondió. Sabía que era verdad. A pesar de su disgusto ante las medidas tomadas por el presidente, una estimación profunda lo unía al veleidoso veracruzano. ¿Por qué? No sabía definir muy bien sus sentimientos. Tal vez admiración por el militar capaz, por el político sagaz que se había conducido hábilmente a través de los regímenes de tendencias opuestas. Andrés creía que un hombre fuerte, carismático como el general, con la asesoría adecuada, lograría estabilizar al país... si no se desbarrancaba antes.

En las siguientes semanas Leona sintió que de verdad había encontrado la tranquilidad después de tanto trajín político. En silencio, mientras recorría la hacienda al amanecer en su caballo favorito, una yegua fina tan caprichosa como ella, se prometía que nunca se volvería a meter en problemas, se quedaría en la hacienda el mayor tiempo posible y trataría de encontrar la serenidad. No se imaginaba poder aburrirse cuando había tanto qué hacer, desde supervisar la manufactura del pulque, principal actividad del lugar, recorrer la finca por los campos de maíz, los sembradíos de maguey, las siembras de alfalfa y cebada, las hortalizas para alimentar a las familias de los peones, administrar junto con el fiel empleado, quien llevaba las cuentas y asistía puntualmente de nueve a cinco desde su casa en Apan; visitar a las mujeres y los niños de los trabajadores, ayudándolos en cuanto podía; e incluso hacer visitas de cortesía a las haciendas vecinas, a los poderosos señores del pulque, aunque muy poco tiempo después Andrés y ella dejaron de hacerlo, porque nada compartían con ellos.

—Ellos piensan que son aristócratas —le decía Leona a Andrés en su camino de regreso la última vez que asistieron a la casa de uno de aquellos propietarios—, pero son descamisados llegados a más, que no tienen más oficio que ser capitalistas de Apan, además no reportan ningún beneficio más que a sí mismos.

—No seas tan dura, mujer —la reprendía bonachón su marido que en el fondo pensaba igual que ella.

—No pienso volver a verlos. Prefiero quedarme encerrada en la hacienda.

Leona mandó traer óleos y pinceles de la Ciudad de México para rehacer de memoria sus murales en la gran terraza que miraba al jardín trasero. Muchas tardes se dedicó junto a Dolores y las Marías a delinear en todas las paredes y en el techo el viaje de Telémaco, mientras Genoveva practicaba en el piano del salón y Guillermo, en compañía de Andrés, estudiaba gramática y leía poesía. Trazar una vez más aquellas figuras le producía un profundo bienestar a Leona. Cuando terminó con pinceladas azul turquí el regreso del hijo de Ulises, la invadió el convencimiento de que todo finalmente estaba en su lugar.

Después, Leona decidió pasar la mayor parte del tiempo en Ocotepec. Sólo iba a la capital para acompañar a Genoveva a las fiestas familiares a las que comenzaban a invitarla por su belleza y elegancia. Aunque a Leona no le hiciera mucha gracia, sabía que era conveniente buscar un buen partido para la niña y esos eran los lugares adecuados para ello.

En la Ciudad de México Leona permanecía alejada del bullicio y la continua inestabilidad del gobierno, mientras que Andrés realizaba sus funciones de magistrado. Leona no tenía que salir de la casa para estar acompañada, el patio de la casona de la Calle de Los Sepulcros de Santo Domingo siempre estaba lleno de solicitantes y pordioseros, y por las noches se celebraban ahí las tertulias literarias que Andrés organizaba. Aunque esas actividades tuvieron que reducirse al máximo cuando Anastasio Bustamante regresó al poder en 1837.

La existencia regulada por las estaciones, por el tiempo de siembra, por el momento de cosecha: ésa era la verdadera dicha. Que salieran los tlachiqueros y rasparan las plantas en tiempo y forma, que en el día y hora exactos el mayordomo bendijera el tinacal con sus hileras de tinas de cuero, sus murales, su oscuridad húmeda y lujuriosa, para iniciar la producción del pulque como Dios manda.

Irse de cacería o a una larga cabalgata hasta los confines de la hacienda y comer de los tordos que preparaban los indios, cocidos en un hoyo cavado en la tierra y envueltos en la penca del maguey, enteros, sin quitarles las negras plumas relucientes. Aprender los secretos de las plantas y las maneras de cocinar a las hormigas y las salsas de jinicuil.

Ver crecer a sus hijas, saber a Genoveva enamorada, preparar la boda en primavera, sobre todo, cuidar que fuera en luna creciente, como le habían enseñado los indios en Tierra Caliente. Verla partir con rumbo a su propia vida, haciéndose cada vez más chiquita en la línea curva del horizonte...

Vivir de cerca la amistad de Dolores con Guillermo Prieto, un año mayor que la niña, y ver cómo aprendieron a tocar el piano y a bailar mazurcas juntos.

—La generación de relevo llegó —le dijo un día a su marido después de la acostumbrada cabalgata al amanecer—. Este muchacho dará mucho de qué hablar en el futuro.

Pero Andrés no contestó. Sospechaba que todavía le quedaba mucho por hacer a su propia generación.

La paz de la hacienda se vio turbada cuando en 1838 llegaron las noticias de la invasión francesa a Veracruz, reclamando miles de pesos por daños causados por los soldados de Santa Anna a cierto pastelero de Tacubaya...

—¡Se fueron sin pagar! —contaba Leona a Dolores.

—¿Pues cuántos miles de pasteles se comieron, mamá? —preguntaba la chica, incrédula.

—No creo que ni un batallón completo se pueda comer seiscientos mil pesos de pasteles —respondió Andrés con ironía—. Santa Anna ahora está defendiendo el puerto de Veracruz, pero no está claro que logre vencer a los franceses.

—Si se internan en nuestro territorio, los rechazaremos. Ahora tenemos con qué apoyar. Para algo servirá la hacienda. Demos las órdenes que consideres necesarias, corazón —Leona lucía preocupada.

—Le diré al administrador que mande gente, caballos, ganado, semillas...

—¡Lo que haga falta!

—...para la marcha cómoda de una división. Yo mismo iré si es necesario.

No fue preciso que Andrés saliera personalmente a defender a la patria contra el invasor, que finalmente aceptó los acuerdos y recibió su pago; pero sí acompañó a don Crescencio Rejón y a otros liberales, quienes a punta de fusil llegaron al palacio a dar un golpe de estado a Anastasio Bustamante en 1840.

—¿Colgado de las cornisas del palacio dices? —preguntaba Leona incrédula a Guillermo, quien venía acompañando a su marido a la hacienda después del fallido golpe.

—¡Papá! —se escandalizaba Dolores, con lágrimas en los ojos.

—No fue para tanto, Leoncilla, no te asustes —respondía Andrés satisfecho. A sus más de cincuenta años, consideraba una hazaña aquel atentado contra su enemigo acérrimo.

Por más que Leona lo reprendió, un dejo de orgullo se colaba en sus palabras. Le decía que ya no estaba en edad, pero con sus manos acariciaba su pecho. Le reclamaba la imprudencia, pero lo besaba con los ojos. Por fin, cuando estuvieron solos, con todo su cuerpo le explicó sin palabras cuánto seguía amándolo a pesar de esas locuras, o tal vez a causa de ellas.

Desde entonces, Andrés se quedó más tiempo en la hacienda, incluso después de que el general Santa Anna volvió a ser presidente.

Cuando el piquete de la guardia personal del presidente llegó una tarde de principios de noviembre de 1841 buscando a Andrés, a Leona el corazón le dio un vuelco. De lejos contempló la escena en que los militares le entregaron una carta a su marido, lo cual prolongó el malestar.

Náusea, dolor en el vientre y súbito mareo. Leona buscó el respaldo de una silla en la habitación. "Es el miedo", se dijo, aunque su cuerpo le decía otra cosa que ella no quería escuchar.

—Santa Anna considera que una de las primeras acciones de su nuevo gobierno debe ser evitar la separación de Yucatán.

—¿Qué prisa tiene? —preguntó Leona aguantando estoica un dolor creciente que le nacía en el centro del cuerpo y parecía romperla por dentro—. Tomó posesión el mes pasado.

—No quiere perder la península como perdió Texas. Cada día aumenta el apoyo de los tejanos a la sublevación de aquellos territorios. Quiere que yo sea el negociador y que parta de inmediato a Mérida. —Andrés notó cómo cambiaba el rostro de su esposa y cambió su tono de voz—: ¿Qué tienes Leona? ¡Te has puesto pálida!

—No es nada. Me debe haber hecho daño el mole… —respondió restándole importancia al malestar.

—Llamaré al doctor en Apan y no me iré hasta que él diga que estás bien.

—Eso te haría perder mucho tiempo. Tienes que irte ahora mismo, te están esperando los guardias, amor. No hay tiempo que perder.

A toda prisa Andrés arregló su equipaje y con el corazón destrozado se despidió de Leona, cubriéndola de besos y llenando de recomendaciones a Dolores.

—¡Cuídala! ¡Cuida a tu madre, por favor! Volveré tan pronto como pueda.

Los cascos de los caballos se perdieron en la distancia y Leona los siguió no sólo con el oído, sino con el corazón y con el alma. Cuando regresó la calma, la pálida mujer se desmayó.

Al volver en sí, estaba en su cama. A su lado derecho, Dolores y doña Pilar le acercaban las sales, al izquierdo, las Marías revoloteaban sin saber qué hacer. Pronto el médico del cercano poblado recomendó que se fuera a México de inmediato. No pudo decirle nada más.

—Ya me imaginaba que esto no era un malestar menor. Desde hace tiempo siento algo extraño por dentro —confesó Leona.

—Madre, si usted ya sabía que no estaba bien de salud, ¿por qué dejó ir a mi padre?

—Porque tanto tu padre como yo consideramos que el deber hacia la patria es el primero de los deberes. Así nos lo juramos desde el principio, hijita mía. La pérdida del territorio es una herida sangrante en el corazón de este país y si ahora Yucatán se separa, el pacto federal se romperá definitivamente. Tu padre tiene un encargo serio y la política es su vida.

—¡Pero madre! ¿Usted está dispuesta a no verlo por quién sabe cuánto tiempo? ¿Y si algo le pasa en un viaje tan arriesgado? ¿Y usted? El médico le dijo que su enfermedad es de cuidado. ¡El primer deber de mi padre es con usted!

—No, mi niña. ¿Para qué lo quiero aquí nomás dando vueltas? Él tiene una misión: eso es lo que más le importa y si yo le pido que se quede, lo estaré obligando a traicionarse. Yo en su lugar, haría exactamente lo mismo.

Los ruidos de campo se diluían a lo lejos; los relinchos de los caballos, los trinos de los pájaros buscando un nido en los árboles para guarecerse antes de caer la noche, el mugido de una vaca solitaria y el concierto de los perros. Una paz solemne y aterradora se extendió sobre los llanos de Apan antes de que la luna sangrienta y enorme surgiera fantasmal en el cielo helado de noviembre.

—¿Dónde estoy? —se preguntaba Leona en el delirio de la fiebre.

A pesar de que Dolores nunca la dejaba sola en la habitación de la esquina en la calle de Los Sepulcros de Santo Domingo, los terrores nocturnos la asaltaban.

Sentía las secreciones nauseabundas saliendo de su vientre y sabía que el sopor de la muerte la rondaba de cerca. Con los labios cubiertos de llagas murmuraba sin descanso. ¿Quién protegería a sus menesterosos? ¿Quién asumiría sus causas perdidas? ¿Quién cuidaría a Andrés?

La muchacha humedecía su frente con agua de rosas y le susurraba al oído palabras de consuelo. Pascuala se mantenía en un rincón rezando y sobando las cuentas rojas y negras de su collar pidiendo clemencia a sus deidades yorubas con nuevos nombres. Inés comenzaba a rezar el padre nuestro y terminaba pidiendo a los dioses zapotecas que fueran piadosos con su señora.

A fuerza de láudano, Leona conseguía tolerar los dolores que destrozaban su vientre y descansar unas cuantas horas, aunque con mayor dificultad fijaba la vista en los objetos, en las personas amadas.

—Andrés… —llamaba, escudriñando las sombras en los rincones de la habitación—. ¿Por qué te tardas tanto en volver?

En medio del dolor y de la angustia pensaba que Andrés estaba donde debía estar; firmando tratados y realizando complejas negociaciones, sirviendo al país que habían ayudado a crear. Para eso habían vivido, para eso habían luchado, aunque en más de una ocasión implicara la separación y la soledad. ¿Había valido la pena? Ese país no era el que habían soñado. La Independencia no trajo la libertad. No había podido dejar de luchar nunca, ¿se realizaban los sueños alguna vez?

¡Qué pronto se había ido la vida! ¡Qué breve había sido el viaje! Ella que había querido ser Telémaco para emprender aventuras y conocer el mundo, por fin estaba regresando a casa.

En las largas noches de duermevela pasaban frente a sus ojos las imágenes: los cardos del camino, los niños muertos en la batalla, el terror a una emboscada en Tierra Caliente, los alacranes, el hambre, la disentería y las fiebres del paludismo, Genoveva en un huacal enredada en las naguas de Pascuala... pero había valido la pena.

Todo había valido la pena por ver la bandera de tafetán azul de Morelos en los palacios de gobierno itinerantes del Supremo Congreso del Anáhuac. Cada joya perdida, cada rasguño, cada insulto había valido la pena, por ver el brillo en los ojos de los niños indígenas en la hacienda de Tiripetío jugando a las escondidas junto a los mulatos y a los hijos de Rayón. Cada palabra amenazante de los inquisidores, cada hora de cautiverio, cada insolación había valido la pena si eso los había acercado un poco, tan siquiera un poco al país que habían soñado.

Volvía a ser joven, el corazón volvía a latir con fuerza inusitada al recordar la alegría de la gente en la plaza de Oaxaca cuando leyó el discurso del general Morelos. ¡Todos iguales! ¡Todos libres bajo la custodia del águila mexicana!

¡Qué ilusos habían sido! ¡Las cosas habían resultado de manera tan distinta! Pero a pesar de todo, volvería a hacerlo otra vez. ¿Qué decirle a sus hijas? ¿Qué decirle a Guillermo Prieto que a diario iba a verla con los ojos llenos de lágrimas? Que a pesar de Iturbide y de Bustamante, a pesar de la democracia equívoca y de Santa Anna, a pesar de la desilusión de la política y el cinismo de todos los partidos, a pesar de los intereses mezquinos de las sotanas y el rastro de sangre que habían dejado los traidores hasta llegar al poder, volvería a hacerlo otra vez porque había valido la pena.

Había vivido una vida placentera, había conocido el goce, más de un instante había sentido que la vida podía ser eterna y eso era lo que importaba. Con sus palabras, con sus sacrificios había contribuido a crear un país independiente, aunque no podía decir que la tarea hubiese concluido. Había ayudado, a golpes de miseria y hambre, a golpes de sangre y frío, a fraguar la libertad... aunque la libertad no fuera perfecta ni la labor estuviera terminada.

¿Qué decirles entonces? Que la libertad no se conquista de golpe. Que la justicia no está dada de una vez y para siempre. Que la tarea no había terminado... si es que terminaba alguna vez. A ella le había tocado sólo el principio y la obligación de ellos era seguir peleando sin mirar atrás.

—Hice lo mejor que pude... —susurraba al oído de su hija—. A ustedes les toca lo demás.

—Claro mamita. Tranquila, tranquila ya.

No le heredaba sólo la hacienda y las casas de México, le heredaba también un mundo incierto donde el gobernante no era nombrado por Dios mismo. Le heredaba un país libre que sin la mano fuerte del monarca no sabía hacia dónde ir. Tal vez ése era el precio de la libertad.

Entre un estertor y el otro, sus ojos se llenaban de lágrimas de alegría porque no tenía que vencer en esa guerra que esta vez era contra el cuerpo enfermo. Quería dejarse ir en brazos de la muerte, porque sabía que no habría más llanto. No más zozobra, no más burlas de políticos ineptos y de periodistas vendidos al poder, no más lejanía de Andrés porque estaría con él por siempre.

—Andrés... ¿llegaste ya?

¿Cómo era que no podía distinguir su silueta enhiesta, su voz amada? ¿Dónde estaba? Lejos, más lejos de la vieja Tenochtitlán, más allá del lago cubierto de patos, más allá de los volcanes dorados, rosados, grises por los tonos cambiantes de la luz, más allá de los llanos de Apan y aún más allá de los bosques de niebla, entre grandes desfiladeros cubiertos de helechos y plátanos. Su marido corría, volaba y sentía que no avanzaba, como en las pesadillas: cabalgaba hasta reventar el caballo y no lograba pasar de los poblados donde los niños de mejillas rojas por el frío le pedían monedas o un trozo de pan.

El magistrado no se detenía ni a dormir; después de penurias sin fin, pasó a través de los bandidos en Río Frío que se conmovieron al ver su rostro marcado por la pena y lo dejaron ir. El sopor del láudano le permitía a Leona tocarlo a través de la distancia, acariciar su rostro, besar sus mejillas con los labios secos y decirle adiós.

Sentía que el dolor iba abriendo poco a poco una puerta, detrás de ella estaban todos los seres que había amado en la vida. Sus muertos la esperaban con flores y vino de ambrosía. Ahí aguardaba don Matías Quintana y hasta su tío Agustín. La muerte le permitía ver de nuevo la sonrisa de Alconedo, escuchar las risas de Vázquez

Aldana y sentir el abrazo fraterno de sus amigos Guadalupes. A medida que la puerta se abría de par en par,
la risa franca de Morelos se hacía cada vez más clara y
las jaranas tocaban más alto, invitándolos a bailar los
sonecitos del sur.

Aunque Andrés estaba a su lado, ya no podía verlo.
Aunque el amor de su vida la llamaba por su nombre:

—Leoncilla, Leona María, Leona Camila, Leoncita
de la Soledad…

Ella ya no podía responderle. En silencio le prometió:

—Te estaré esperando. ¡No tardes en llegar!

Sus amigos la invitaban a dar el primer paso, otro
más. No había nada qué temer. Juntos iban a brindar por
la memoria, por el futuro y por la historia. Por lo que no
fue y por lo que debió ser, por lo que faltaba por hacer y
por las generaciones futuras a quienes les tocaba aprender a usar la libertad que a ellos les costó la vida.

Su madre doña Camila la llamaba y no había tiempo
qué perder.

—Cierra los ojos, pequeña —le decía—, duerme ya.

Epílogo

ndrés Quintana Roo se embarcó a bordo del bergantín *El Piloto* rumbo a Mérida el 4 de noviembre de 1841, y tras largas y desventajosas negociaciones, consiguió que Yucatán no se separara de México. Sin embargo, los acuerdos no fueron aceptados por el gobierno de Santa Anna. A su regreso, el 28 de diciembre de ese mismo año, los texanos de Sisal atacaron la barca *Luisa*, donde navegaba, y lo pusieron preso en la corbeta *Austin*. Llegó a Veracruz el 17 de enero de 1842, liberado gracias a las negociaciones del gobierno mexicano. La separación de Yucatán no llegó a conjurarse sino hasta años después. Uno de los estados de la península lleva el apellido del ilustre abogado y una pequeña población de esa entidad lleva el nombre de su mujer.

Leona Vicario murió el 21 de agosto de 1842 a las nueve de la noche en su casa de la Ciudad de México. Fue nombrada "Benemérita dulcísima madre de la Patria" y el presidente Antonio López de Santa Anna formó parte de la guardia de honor en su funeral. Su esposo le sobrevivió hasta 1851 y, años después de su muerte, sus cenizas fueron reunidas a las de Leona Vicario por sus hijas. Actualmente reposan en la Columna de la Independencia.

El gobierno de Coahuila revocó el decreto que otorgó el nombre de la heroína a la ciudad de Saltillo y a pesar de los reconocimientos recibidos a su muerte, la vida y servicios prestados al movimiento de Independencia por doña Leona Vicario son poco conocidos y su nombre con frecuencia es ignorado en las celebraciones patrias.

Esta novela es un homenaje a esta mujer excepcional y a todas las otras mujeres cuyos nombres ni siquiera se conocen hoy, las cuales sufrieron penalidades, prisión, tortura y muerte en la defensa de los ideales de la insurgencia.

Apéndice

Miguel Bataller. Auditor de Guerra y Oidor Real en la Nueva España, presenció las confesiones de casi todos los insurgentes ante la Inquisición. Desempeñó un papel fundamental para la destitución del virrey Iturrigaray y formó parte de la conspiración de la Profesa.

Nicolás Bravo (1786-1854). Político y militar que jugó un papel clave en la Independencia. Se unió al ejército encabezado por Hermenegildo Galeana en 1811 en el ataque a Chichihualco. Su actuación durante el sitio de Cuautla fue destacada por su valentía y posteriormente fue nombrado comandante militar en Veracruz. Estuvo preso entre 1817 y 1820. Se unió al Plan de Iguala, proclamando la Independencia. Junto con Vicente Guerrero, formó un ejército desde Chilapa para combatir al imperio. Una vez exiliado Iturbide, formó parte del llamado Triunvirato, que asumió el poder ejecutivo desde marzo de 1823 a octubre de 1824. Por su apoyo decidido a Gómez Pedraza, fue atacado por Guerrero y exiliado a Ecuador. Regresó amnistiado en 1829. Fue presidente interino varias veces: en julio de 1839, en octubre de 1842 y en julio de 1846. Al año siguiente, estuvo en la defensa de Chapultepec donde cayó prisionero. Murió retirado en Chilpancingo.

Anastasio Bustamante y Oseguera (1780-1853). Militar y político, combatió a los insurgentes en 1810. Fue parte de las fuerzas de Agustín de Iturbide y se adhirió al Plan de Iguala. En 1828 asumió la vicepresidencia, durante el mandato de Vicente Guerrero, a quien finalmente traicionó al promover que el congreso lo declarara inhabilitado y poderse nombrar presidente. Su gestión fue muy controvertida dado el uso de la fuerza contra sus detractores, de hecho, mandó asesinar a Guerrero. Tuvo que abandonar el poder para defenderse de la rebelión que encabezó Santa Anna en su contra. Firmó un convenio con Manuel Gómez Pedraza y Antonio López de Santa Anna para cederle el mando al primero, en 1833. Volvió a gobernar al país entre 1837 y 1839, año en que Santa Anna le arrebata el poder. Murió en 1853 y pidió que sus restos descansaran en la catedral, junto con los de Agustín de Iturbide.

Carlos María de Bustamante (1774-1848). Político, cronista, periodista e historiador fundador de *El Diario de México* del que fue director en 1805. Aunque simpatizaba con las ideas independentistas, mantuvo una actitud prudente. Al proclamarse la libertad de imprenta en 1812, publicó *El Juguetillo* que no fue bien visto por el virrey, por sus ideas favorables a la rebelión. Anticipándose a la persecución de las autoridades, cuando la libertad de imprenta fue cancelada, huyó de la Ciudad de México. En mayo de 1813 se encontraba en Oaxaca, ciudad tomada por las tropas insurgentes, en donde publicó *El Correo Americano del Sur*, en sustitución de José Manuel de Herrera. Fue diputado al Congreso de Chilpancingo y redactó la Declaración de Independencia del 6 de noviembre de 1813. Aunque ayudó a redactar la constitución de Apatzingán, no la firmó por acompañar a Ignacio López Rayón hasta Zacatlán. Se separaron el 22 de octubre de 1814. Rayón regresó al fuerte de Cóporo y Bustamante se dirigió a Nautla. Después de muchas peripecias, pidió el indulto en 1817. Formó parte del congreso constituyente en 1822, aunque luego fue detenido con otros diputados, en agosto de ese año, siendo liberado a la caída de Iturbide en 1823.

Félix María Calleja del Rey (1753-1828). Político y militar que residió en la Nueva España desde 1789. Defendió a la corona española ante los ejércitos independentistas, a quienes derrotó en varias ocasiones, causando numerosas bajas y recuperando territorios en manos de los rebeldes, encabezados por López Rayón y el cura Morelos. Fue nombrado conde de Calderón gracias a sus victorias y en 1813 se convirtió en Jefe Político Superior, con la misión de poner orden en el gobierno, sacar la hacienda pública de la bancarrota y volver a organizar al ejército, con 39 mil hombres a su cargo. Al ser abolida la constitución de Cádiz fue nombrado virrey de la Nueva España hasta que se le relevó de su cargo el 20 de septiembre de 1816.

José Joaquín Fernández de Lizardi (1776-1827). Escritor y periodista liberal. Al proclamarse la libertad de imprenta en 1812, fundó *El Pensador Mexicano*, publicación favorable a la independencia, por lo que fue prohibida por el virrey y el autor llevado a la cárcel de la Inquisición. En 1825, ya consumada la Independencia, de la que era partidario, dirigió la *Gaceta del Gobierno*. Escritor versátil, cultivó varios géneros, además del periodismo, como el teatro y la poesía, pero su obra más emblemática es *El periquillo sarniento*, una novela satírica publicada en cuatro tomos donde se manifestaba en contra de la esclavitud y retrataba el fin del imperio español.

Fernando VII de Borbón (1784-1833). Rey de España en 1808, con una gran aceptación popular, conocido como "El Deseado" o "Rey Felón". Durante la intervención francesa a España, fue sustituido y tomó su lugar José Bonaparte. Volvió al poder en 1813. Con el tiempo, se mostró como un soberano absolutista. Durante su reinado España perdió el poderío sobre México y, en 1829, intentó reconquistar al país, pero su plan fue fallido. A su muerte le sucedió en el trono José I.

Vicente Guerrero (1782-1831). Participó del movimiento insurgente desde el inicio de la guerra, bajo el mando de Hermenegildo Galeana. Fue nombrado capitán por Morelos, quien le dio la misión de atacar Taxco. A la muerte de Morelos, en 1816, continuó su lucha por las montañas del estado que actualmente lleva su nombre. En 1821 pactó con el ejército realista comandado por Agustín de Iturbide en el llamado abrazo de Acatempan y promulgó el Plan de Iguala formando el Ejército de las Tres Garantías, poniendo fin a la guerra independentista. Más tarde, se unió a Antonio López de Santa Anna en el Plan de Veracruz para combatir a Iturbide, proclamado emperador. En 1829 tomó posesión como presidente, puesto que sólo ocupó unos meses, hasta diciembre de ese mismo año, cuando el congreso lo declaró imposibilitado para ejercer el mando. Se retiró a combatir al sur y, en 1831, fue apresado, condenado a pena de muerte y fusilado en Cuilapam, Oaxaca.

José Manuel de Herrera (1776-1831). Militar y político que participó junto a Morelos en la guerra de Independencia. Estuvo presente cuando los rebeldes tomaron la ciudad de Oaxaca en 1812 y se le comisionó publicar *El Correo Americano del Sur* para difundir las ideas insurgentes. Como diputado al Congreso de Chilpancingo, apoyó el documento *Los sentimientos de la Nación*, que leyó Morelos, el Decreto de abolición de la esclavitud, así como la Declaración de Independencia. Fue uno de los encargados de redactar la constitución de Apatzingán. Rompió relaciones con el gobierno de Iturbide en 1822, tras desempeñarse como ministro de Relaciones. Murió en Puebla en septiembre de 1831.

Agustín de Iturbide (1783-1824). Al inicio de la guerra de Independencia, fue parte del ejército realista y combatió a los insurgentes. Al final, proclamó con Guerrero, a quien había enfrentado, el Plan de Iguala en 1821 y ambos firmaron los Tratados de Córdoba, con lo que se logró consumar la Independencia de México. Encabezó el primer gobierno provisional mexicano y en 1822 se proclamó emperador. Abdicó en 1823, tras una intensa oposición de antiguos insurgentes de tendencias republicanas, quienes se levantaron en armas, y se exilió en Europa. El congreso mexicano dictó que, de volver a pisar territorio nacional, sería apresado por traición a la patria. Sin haberse enterado de esta resolución, desembarcó en Tamaulipas en 1824, donde fue arrestado y, finalmente, fusilado.

Ignacio López Rayón (1773-1832). Uno de los más importantes insurgentes mexicanos, se unió al ejército de Miguel Hidalgo desde el inicio de la rebelión. Tras el fusilamiento de Hidalgo, se convirtió en el líder del movimiento y estableció la Suprema Junta Gubernativa en Zitácuaro y Tlalpujahua, de donde era originario. Participó en el congreso de Chilpancingo en 1813. Poco a poco fue alejándose de los integrantes del congreso y de Morelos. Estuvo preso de 1817 a 1820. Murió el 2 de febrero de 1832, en la Ciudad de México.

Mariano Matamoros (1770-1814). Al inicio de la guerra de Independencia, era sacerdote en Jonacatepec, simpatizante de los insurgentes, por lo cual había orden de aprehenderlo y tuvo que escapar. Se unió a Morelos en 1811 y un año después fue nombrado coronel de infantería. Participó en la toma de la ciudad de Oaxaca; antes había estado en el sitio de Cuautla y otras batallas importantes, por lo que fue considerado el segundo al mando después de Morelos. Lo hicieron prisionero después del fallido ataque a Valladolid, en 1814. Morelos ofreció liberar 200 pesos realistas a cambio de su liberación, pero fue fusilado el 3 de febrero del mismo año.

Matías de Monteagudo. Rector de la Universidad, canónigo de la Santa Iglesia Metropolitana de México y, antes, director del Colegio de San Miguel de Belén, donde estuvo presa Leona Vicario. Al terminar la guerra, tras el Plan de Iguala, formó parte de la Junta Provisional Gubernativa y firmó el Acta de Independencia.

Guillermo Prieto (1818-1897). Escritor, político y uno de los mayores cronistas del siglo XIX mexicano. Protegido por Andrés

Quintana Roo, con quien fundó la Academia de Letrán para impulsar a las letras nacionales. Debido a sus críticas a la dictadura de Santa Anna fue exiliado. Más tarde, participó en las filas de los liberales y en 1857 fue ministro de Hacienda en el gobierno de Benito Juárez. Su libro *Memorias de mis tiempos* es una crónica de la vida social, política y literaria del siglo XIX, en la que plasma su testimonio acerca de la Independencia, la guerra de Texas y el imperio de Maximiliano, entre otros episodios trascendentales.

Juan Bautista Raz y Guzmán. Abogado y agente fiscal de la Audiencia de México. Formó parte del grupo llamado Los Guadalupes y fue apresado varias veces por ser sospechoso de infidencia. Una vez consumada la Independencia, fue parte de la Junta Provisional Gubernativa a la entrada del ejército trigarante a la Ciudad de México, en 1821. Se adhirió al Plan de Iguala y firmó el Acta de Independencia.

José Luis Rodríguez Alconedo (1761-1815). Pintor, grabador, arquitecto y militante del movimiento de Independencia. En 1808 fue preso por apoyar al virrey Iturrigaray, enviado a la prisión de San Juan de Ulúa y después exiliado a Cádiz. A su regreso se unió a los insurgentes y en 1812 marchó a Valladolid con Morelos. Se cree que fue él quien acuñó las monedas insurgentes. Participó en el rescate de Leona Vicario del colegio de Belén y marchó con ella hacia Oaxaca. Participó en el Congreso de Chilpancingo y se unió a López Rayón. El 25 de septiembre de 1814 fue arrestado por el ejército realista y en mayo de 1815 fue fusilado en los llanos de Apan, horas antes de que llegara el indulto autorizado para él.

Juan Manuel Sartorio (1746-1829). Sacerdote que se negó a predicar contra los insurgentes durante la guerra de Independencia por lo que se ordenó su detención, salvándose por intercesión de sus amigos poderosos. Formó parte del grupo de Los Guadalupes, y estuvo presente en la conspiración de 1811 contra Venegas.

Desde la Ciudad de México, votó porque se nombrara a Morelos generalísimo y apoyó al Congreso de Chilpancingo. A pesar de las sospechas que contra él existieron, no se le apresó. A la entrada del ejército trigarante a la Ciudad de México, formó parte de la Junta Provisional Gubernativa y firmó el Acta de Independencia. Murió el 28 de enero de 1829.

Antonio Vázquez Aldana. Teniente Coronel de dragones del ejército realista en Campeche, su ciudad natal. Al igual que Allende, abandonó su cargo en las milicias españolas para unirse al movimiento de los insurgentes. Participó en la liberación de Leona Vicario en el Colegio de San Miguel de Belén y la escoltó hasta Oaxaca. Estuvo presente en diversas acciones de guerra al lado de Morelos. Se indultó en 1817.

Guadalupe Victoria (1786-1843). Militar que luchó por la Independencia de México, llegó a ser el primer presidente del país entre 1824 y 1829. Combatió en el ejército de Morelos y tomó la ciudad de Oaxaca en 1812. Fue derrotado en 1817 y al no aceptar el indulto tuvo que ocultarse hasta que se puso en marcha el Plan de Iguala. En Veracruz, se unió a Antonio López de Santa Anna para derrocar al imperio de Iturbide. Fue diputado de Durango, su estado natal, antes de su periodo presidencial, en el que logró que se rindiera el último reducto del ejército español en San Juan de Ulúa, y posteriormente expulsó a los españoles del país; declaró abolida la esclavitud, impulsó la educación y fundó el Museo Nacional.

Lorenzo de Zavala (1788-1836). Político e historiador que fue apresado en 1814 y detenido en San Juan de Ulúa hasta 1817 debido a sus ideas liberales, plasmadas en los periódicos que fundó y dirigió a lo largo de su vida (*El Aristarco, El Redactor, El Filósofo, El Hispano-Americano,* entre otros). Fue electo diputado al Congreso Nacional durante el gobierno de Iturbide. A la caída del imperio, fue diputado al congreso constituyente y redactó el discurso preliminar de la constitución de 1824.

Participó en el movimiento que le dio el mando a Vicente Guerrero en 1828, constituyéndose en el verdadero poder detrás del presidente como secretario de Hacienda; las medidas radicales que tomó entonces contribuyeron a la impopularidad de este gobierno. En 1833, colaboró con el gobierno de Valentín Gómez Farías, realizando un proyecto de supresión de monasterios y propiedades eclesiásticas, el cual ha sido considerado antecedente de las leyes de Reforma.

Virreyes de la Nueva España entre 1808 y 1821
José de Iturrigaray Aréstegui: 4 de enero de 1803 a 15 de septiembre de 1808.
Pedro de Garibay: 16 de septiembre de 1808 a 19 de julio de 1809.
Francisco Javier de Lizana y Beaumont (obispo de Teruel y arzobispo de México): 20 de julio de 1809 a 8 de mayo de 1810.
Gobierno provisional de la Real Audiencia de México: 8 de mayo a 13 de septiembre de 1810.
Francisco Javier Venegas y Saavedra: 14 de septiembre de 1810 a 4 de marzo de 1813.
Félix María Calleja del Rey: 4 de marzo de 1813 a 20 de septiembre de 1816.
Juan José Ruíz de Apodaca y Eliza: 20 de septiembre de 1816 a 5 de julio de 1821.
Pedro Francisco Novella y Azábal: 5 de julio a 24 de septiembre de 1821.
Juan O'Donojú y O'Ryan: 24 a 27 de septiembre de 1821.

Gobernantes posteriores a 1821
Agustín de Iturbide: 27 de septiembre de 1821 a 19 de marzo de 1823.
Triunvirato integrado por Pedro Celestino Negrete, Nicolás Bravo, Guadalupe Victoria: de 1823 a 10 de octubre de 1824.
Guadalupe Victoria: 10 de octubre de 1824 a 31 de marzo de 1829.
Vicente Guerrero: 1 de abril al 17 de diciembre de 1829.

José María Bocanegra, presidente interino: 18 al 23 de diciembre de 1829.

Junta de Gobierno Provisional integrada por Pedro Vélez, Luis Quintanar y Lucas Alamán: 23 al 31 de diciembre de 1829.

Anastasio Bustamante: 1 de enero de 1830 al 13 de agosto de 1832.

Melchor Múzquiz, presidente interino al marchar Bustamante a sofocar la rebelión en su contra: 14 de agosto al 24 de diciembre de 1832.

Manuel Gómez Pedraza: 24 de diciembre de 1832 a 1 de abril de 1833.

Valentín Gómez Farías, vicepresidente. Asume la presidencia de manera intermitente cada vez que Santa Anna se retira a Veracruz, entre abril de 1833 y abril de 1834 cuando es finalmente depuesto por una rebelión conservadora.

Antonio López de Santa Anna. Asume la presidencia de manera intermitente entre mayo de 1833 y abril de 1834, fecha en la que él mismo encabeza la rebelión conservadora en contra de las reformas liberales emprendidas por su vicepresidente Gómez Farías. Permanece en la presidencia hasta enero de 1835.

Miguel Barragán: 28 de enero de 1835 al 27 de febrero de 1836.

José Justo Corro: 2 de marzo de 1836 al 19 de abril de 1837.

Anastasio Bustamante: 19 de abril de 1837 al 18 de marzo de 1839.

Antonio López de Santa Anna: 18 de marzo al 10 de julio de 1839.

Nicolás Bravo, presidente interino: 10 al 19 de julio de 1839.

Anastasio Bustamante: 19 de julio de 1839 al 22 de septiembre de 1841.

Francisco Javier Echeverría: 22 de septiembre al 10 de octubre de 1841.

Antonio López de Santa Anna: 10 de octubre de 1841 al 26 de octubre de 1842.

Integrantes del Congreso de Chilpancingo (1813)
Ignacio López Rayón, diputado por la provincia de Nueva Galicia.
José Sixto Verduzco, diputado por la provincia de Michoacán.
José María Liceaga, diputado por la provincia de Guanajuato.
Andrés Quintana Roo, diputado por la provincia de Puebla.
Carlos María Bustamante, diputado por la provincia de México.
José María de Cos, diputado por la provincia de Zacatecas.
Cornelio Ortíz Zárate, diputado por la provincia de Tlaxcala.
Carlos Enríquez del Castillo, secretario.
José María Murguía, diputado por la provincia de Oaxaca.
José Manuel Herrera, diputado por la provincia de Técpan.

Firmantes de la Constitución de Apatzingán (1814)
José María Liceaga.
José Sixto Verduzco.
José María Morelos y Pavón.
José Manuel Herrera.
José María Cos.
José Sotero Castañeda.
Cornelio Ortíz Zárate.
Manuel de Aldrete y Soria.
Antonio José Moctezuma.
José María Ponce de León.
Francisco Argándar.
Remigio de Yarza.
Pedro José Bermeo.
Los señores: Ignacio López Rayón, Manuel Sabino Crespo, Andrés Quintana Roo, Carlos María de Bustamante y Antonio Sesma "poseídos de los mismos sentimientos que se expresan en este manifiesto, no pudieron firmarlo por hallarse ausentes".

Agradecimientos

Quiero agradecer a todos aquellos que me ayudaron en la investigación histórica sobre la vida de Leona Vicario. Mis colegas: Miguel López Domínguez, Alejandro Monsiváis, Ana Rosa Suárez, Carlos Sánchez Silva, Francisco Ruíz Cervantes, Moisés Guzmán Pérez, Fernanda Núñez, Juan Ortiz Escamilla, Arturo Camacho y Luciano Ramírez. Y a mis maestros, a cuyas lecciones volví una y otra vez: Miguel Soto y Álvaro Matute.

Y por supuesto, mi sincero y cariñoso agradecimiento a Jorge Solís Arenazas, cuyo profesionalismo y dedicación han hecho esta novela mucho más legible y placentera. Gracias.